DIETER WÖLM

Blutstern

RÄTSELHAFTE ZEICHEN Im Aschaffenburger Pompejanum wird eine Frauenleiche gefunden. Ihr wurde ein Stern in die Haut geritzt. Sechs tote Katzen liegen im Kreis um sie herum, ein Pentagramm aus Katzenblut ist auf den Mosaikfußboden gemalt. Zwei Wochen nach dem Mord fällt Thomas Drucker, der Sohn der Toten, fast einem Anschlag zum Opfer. Er überlebt, wird aber weiterhin verfolgt, sogar auf einer Geschäftsreise in Kenia kann er sich nicht sicher fühlen.

Wer steckt dahinter? Satanisten, wie die Presse vermutet? Gibt es Bezüge zur Aschaffenburger Textilindustrie, in welcher der Verfolgte als Marketingleiter arbeitet? Spielt der frühere Partner seiner Freundin eine Rolle? Oder melden sich die Schatten der Vergangenheit von Druckers Mutter? Denn die Tote hatte ihrem Sohn nie etwas über seinen Vater erzählt ...

Kommissar Rotfux ermittelt in verschiedene Richtungen. Dann geschieht ein weiterer Mord: Wieder wurde dem Opfer ein Stern in den Körper geschnitten und ein blutiges Pentagramm ist auf den Boden gezeichnet.

Dieter Wölm, geboren 1950, war viele Jahre in der Wirtschaft tätig, unter anderem als Marketingleiter eines großen deutschen Versandhauses. Danach schlug er eine wissenschaftliche Karriere ein und war als Professor für Marketing an der Hochschule Aschaffenburg tätig. Beide Positionen erforderten Kreativität, die er inzwischen auch beim Krimischreiben auslebt. Mit Kommissar Rotfux und seinem Dackel Oskar hat Dieter Wölm ein liebenswertes Ermittlerteam geschaffen, das nicht nur Hundefreunde begeistert. Man merkt es seinen Büchern an, dass er selbst einen Dackel besitzt, der ihn inspiriert und auch im wahren Leben Oskar heißt.

DIETER WÖLM

Blutstern

KRIMINALROMAN

Die automatisierte Analyse des Werkes, um daraus Informationen insbesondere über Muster, Trends und Korrelationen gemäß § 44b UrhG (»Text und Data Mining«) zu gewinnen, ist untersagt.

Bei Fragen zur Produktsicherheit gemäß der Verordnung über die allgemeine Produktsicherheit (GPSR) wenden Sie sich bitte an den Verlag.

Spannung pur – mit unserem Newsletter informieren wir Sie regelmäßig über Wissenswertes aus unserer Bücherwelt.

Gefällt mir!

Facebook: @Gmeiner.Verlag
Instagram: @gmeinerverlag
Twitter: @GmeinerVerlag

Besuchen Sie uns im Internet:
www.gmeiner-verlag.de

© 2013 – Gmeiner-Verlag GmbH
Im Ehnried 5, 88605 Meßkirch
Telefon 07575/2095-0
info@gmeiner-verlag.de
Alle Rechte vorbehalten

Lektorat: René Stein
Herstellung: Mirjam Hecht
Umschlaggestaltung: U.O.R.G. Lutz Eberle, Stuttgart
unter Verwendung eines Fotos von: © pennylayn / sxc.hu
Druck: Zeitfracht Medien GmbH, Industriestraße 23,
70565 Stuttgart
Printed in Germany
ISBN 978-3-8392-1375-9

*Personen und Handlung sind frei erfunden.
Ähnlichkeiten mit lebenden oder toten Personen
sind rein zufällig und nicht beabsichtigt.*

1

Otto Oberwiesner wurde durch das Bimmeln seines Telefons aus dem Schlaf gerissen. Er tastete schlaftrunken nach dem Hörer und fragte sich, welcher Idiot ihn am Neujahrstag in aller Herrgottsfrühe anrief.

»Oberwiesner«, brummte er mürrisch in die Sprechmuschel.

»Otto, entschuldige, hier Rudolf … Wir haben einen Mord im Pompejanum, grausige Sache, ich muss dich bitten zu kommen.«

»Im Pompejanum?«

»Ja, wurde mir gerade gemeldet. Eine Frau liegt dort. Splitternackt und übel zugerichtet.«

Oberwiesner begann zu begreifen. Mord am Neujahrstag. Und das in Aschaffenburg, ausgerechnet in seinem Revier.

»Klar Chef, ich komme. Bleibt mir ja wohl nichts anderes übrig.«

»Ach ja, Otto, und natürlich noch alles Gute für 2012«, sagte Rudolf Rotfux. »Tut mir leid, dass dieses Jahr so scheußlich beginnt.«

»Jaja, schon gut. Wünsche ich dir auch, Rudolf. Ist schließlich unser Job. Da kann man nichts machen.«

Oberwiesner kannte Kommissar Rudolf Rotfux seit über 20 Jahren. Sie waren per Du und hatten manchen Fall gemeinsam geklärt, aber an einen Mordfall, der am Neujahrstag gemeldet wurde, konnte sich Oberwiesner nicht erinnern. Er stellte sich kurz unter die Dusche, wobei er die Duschkabine mit seinen drei Zentnern fast völlig ausfüllte und sich beim Abseifen mehrmals die Ellenbogen an den Glasscheiben der Kabine stieß. Dann rasieren, Haare föhnen, anziehen, ein schneller Kaffee und wenig später saß er in seinem dunkelgrünen Passat auf dem Weg zum Pompejanum. Die Feuerwehrzufahrt von der Pompejanumstraße war geöffnet, zwei Streifenwagen standen quer vor der nachgebauten römischen Villa, rot-weiße Absperrbänder hielten einige Schaulustige auf Distanz, die sich sofort eingefunden hatten. Rotfux kam ihm entgegen.

»Ich hoffe, du hast gut gefrühstückt, Otto. Auf nüchternen Magen hält man das nicht aus …«

»So schlimm?«

»Noch schlimmer. Kann mich nicht erinnern, so etwas Scheußliches schon mal gesehen zu haben. Der junge Seidelmann hat uns gleich vor die Tür des Pompejanums gekotzt.«

Donnerwetter, so kannte Oberwiesner Kommissar Rotfux gar nicht. Normalerweise war er gelassen, freundlich, ließ sich nicht leicht aus der Ruhe bringen, doch heute …

»Komm mit«, sagte der Kommissar und ging voraus. »Hier, sieh mal, die Tür wurde aufgebrochen.« Er deutete auf die hölzerne Eingangstür des Pompejanums, deren olivgrünes Holz in Höhe des Schlosses gesplittert war, wahrscheinlich, weil die Tür mit einem Brecheisen aufgehebelt wurde.

Oberwiesner schüttelte den Kopf. »Weshalb haben der oder die Täter sich solche Mühe gegeben, nur um hier jemand umzubringen?«, dachte er laut nach.

»Das wirst du gleich sehen, Otto. Zieh dir mal die Plastikschuhe über.«

Sie traten in den Vorraum des Atriums und Oberwiesner blieb fast das Herz stehen.

»Mein Gott«, murmelte er und hielt sich für einen Moment an dem metallenen Absperrgitter fest, welches den Vorraum vom Atrium trennte. Auf dem Mosaikfußboden lag eine nackte Frau, verkehrt herum auf ein Holzkreuz gebunden, bleich und blutleer wie eine Wachsfigur. Man hatte ihr ein sternförmiges Symbol in Brust und Bauch geritzt, zudem war sie über und über mit Blut besprizt. Sechs tote schwarze Katzen waren genau im Kreis um das Holzkreuz gelegt, als ob sie die Tote bewachen sollten.

»Wahnsinn«, stammelte Oberwiesner.

Sie gingen durch das Kassenhaus, das frühere Zimmer des Atriumswärters, und traten in die großzügige Säulenhalle. Durch das Glaspyramidendach des Atriums fiel die Sonne und warf schillernde Lichtflecken auf den Boden. Die wunderschöne Kassettendecke mit ihren sternförmigen Ornamenten stellte einen seltsamen Gegensatz zum grausigen Geschehen dar, welches sich hier abgespielt haben musste.

Der junge Seidelmann begrüßte Oberwiesner. »Noch alles Gute für 2012«, sagte er leise.

Oberwiesner hatte den Eindruck, dass er gegen das Würgen ankämpfte. »Danke! Ebenfalls. Ist ja eine schöne Bescherung …«

»Kann man wohl sagen.«

Oberwiesner schätzte, dass die Frau so um die 50 sein musste, gute Figur, noch straffe Brüste, rot lackierte Nägel, hübsches Gesicht, jetzt völlig entstellt, den Mund wie zu einem Schrei geöffnet, die Augen weit aufgerissen, als ob sie ihren Mörder noch voller Schrecken angesehen hatte.

»Warum sie die Frau auf das Holzkreuz gebunden haben?«, murmelte Rotfux. »Und der blutrote Stern auf dem Mosaikfußboden, die sechs schwarzen Katzen … Was soll das alles?«

»Mhhm«, brummte Oberwiesner. »Sieht irgendwie nach Ritualmord aus oder ein Verrückter hat hier seinen sexuellen Fantasien freien Lauf gelassen. Einfach Wahnsinn.«

»Weiß man, wer sie ist?«, fragte er.

»Laut Ausweis heißt die Tote Ilona Drucker«, antwortete Kommissar Rotfux. »Wir haben Handtasche und Kleider säuberlich aufgeräumt in einem Nebenraum des Atriums gefunden. Ihr Ausweis und sogar Geld steckten noch in der Handtasche. Gerda versucht gerade herauszufinden, ob sie Angehörige hatte.«

Gerda Geiger war die Kollegin aus dem Bereich der Spurensicherung. Rotfux hatte ihr den Auftrag erteilt, Angehörige zu ermitteln.

»Also weder Raubmord, noch Interesse daran, die Identität der Toten zu verheimlichen. Seltsam, seltsam«, wunderte sich Oberwiesner.

»Kann man wohl sagen«, murmelte Rotfux.

Anschließend wurde der Kommissar geschäftig. Es schien, als ob ein Knoten in ihm geplatzt war. Er gab Kommandos und wies seine Beamten an, alles genauestens zu untersuchen.

»Fingerabdrücke, Haare, Hautschuppen … Nichts übersehen! Alles kann von Bedeutung sein. Die Leiche wird nachher in die Gerichtsmedizin gebracht. Bin gespannt, ob sie noch lebte, als sie das mit ihr veranstaltet haben.«

»Wahrscheinlich«, sagte Oberwiesner leise. »Wenn du siehst wie hoch das Blut an die Wand und an die Säulen gespritzt ist. Die *muss* noch gelebt haben, während man auf sie eingestochen hat.«

Als Kommissar Rotfux das Pompejanum verließ, kam ihm Gerda Geiger mit einem jungen Mann entgegen. Ihre blonden Haare quollen unter ihrer Mütze hervor, ihre Lippen waren wie üblich dunkelrot geschminkt. Sie sah blass aus, leichenblass sogar. Hatte wahrscheinlich lange ins neue Jahr hineingefeiert und war von Rotfux aus dem Bett geholt worden.

»Hallo, Frau Geiger«, begrüßte er sie, »haben Sie jemanden ausfindig machen können?«

Gerda Geiger deutete auf den Mann, der neben ihr ging und etwa 30 Jahre alt sein mochte.

»Vermutlich ja. Das ist Thomas Drucker, wahrscheinlich der Sohn der Toten.«

Rotfux sah ihn an. »Das wird schwer für Sie, Herr Drucker. Aber wir brauchen Ihre Hilfe. Ich muss Sie leider bitten, uns zu sagen, ob die Tote Ihre Mutter ist.«

Während der Kommissar sprach, fiel ihm wenige Schritte entfernt, hinter dem rot-weißen Absperrband, der ›Maulaff‹ auf. Nicht der schon wieder, dachte er. Rotfux hatte den vorwitzigen Gaffer in einem Wutanfall einmal Maulaff genannt, seitdem kannte ihn jeder unter diesem Namen. Er konnte den alten Mann in seinem tannengrünen Lodenmantel mit den glänzenden Metallknöpfen nicht leiden. Gierig hing dieser hinter dem Absperrband, wie üblich einen schwarzen Filzhut tragend, und starrte sich die Augen aus dem Kopf. Wie immer war sein viel zu großer Mund in Bewegung und verbreitete seine Vermutungen unter den Schaulustigen. Die Streifenpolizisten wussten, dass der Alte dem Kommissar mit seiner Gafferei auf die Nerven ging, und versuchten ihn auf Abstand zu halten.

»Ich hoffe nicht, dass es meine Mutter ist, mein Gott, ich hoffe nicht«, stammelte Thomas Drucker. »Gestern habe ich sie noch besucht. Alles war normal, nichts Besonderes, ich hoffe nicht, mein Gott, ich hoffe nicht …«

Der junge Mann war völlig außer sich. Rotfux sah, dass er zitterte. Zu dünn angezogen war er für die Kälte am Neujahrstag, welche auch von den ersten Sonnenstrahlen, die auf die Terrasse vor der römischen Villa fielen, nicht vertrieben werden konnte.

Rotfux ließ sich den Ausweis der Toten bringen.

»Hier, sehen Sie, sie heißt Ilona Drucker. Ist das der Ausweis Ihrer Mutter?«

Thomas Drucker starrte den Ausweis entsetzt an. Im nächsten Augenblick begann er zu schwanken und wäre fast auf den Boden geknallt, hätte ihm Kommissar Rotfux nicht beherzt unter die Arme gegriffen und ihn gestützt.

»Mist«, entfuhr es Rotfux, »das war wohl zu viel für ihn.«

Gerda Geiger und zwei Polizisten packten sofort mit an. Sie trugen Thomas Drucker in die Säulenhalle im hinteren Teil des Pompejanums und legten ihn auf den Boden.

»Beine hoch«, sagte Rotfux, »und ruft einen Arzt. Der junge Mann braucht Hilfe.«

Wenig später trat Dr. Becker zu ihnen. Auch er hatte Plastiküberzüge über den Schuhen, die sie alle trugen, um keine Spuren zu verwischen.

»Schöne Bescherung«, begrüßte ihn Rotfux. »Danke, dass Sie so schnell gekommen sind. Und alles Gute natürlich noch für 2012!«

Die beiden Männer schüttelten sich kurz die Hand. Rotfux kannte Dr. Becker von verschiedenen Einsätzen. Er war Notarzt am Aschaffenburger Klinikum und ihm mehrfach begegnet. Als er sich über Thomas Drucker beugte, kam dieser langsam wieder zu sich.

»Hallo, hören Sie mich?«, fragte er ihn und tätschelte seine Wange.

»Ja, wo bin ich?«

»Es ist alles in Ordnung, ich bin Dr. Becker. Sie sind ohnmächtig geworden. Wir nehmen Sie am besten ins Klinikum mit. Dort können Sie sich erholen …«

»Die Tote ist seine Mutter«, flüsterte Rotfux. »Das war alles zu viel für ihn.«

Dr. Becker warf einen Blick in Richtung der toten Frau auf ihrem Holzkreuz. »Ja, scheußlich. Ich bekomme ja einiges zu sehen, bei Unfällen zum Beispiel, aber so etwas hätte ich mir nicht vorstellen können.«

Der junge Mann begann zu schluchzen. »Ja, ich verstehe das nicht, gestern war ich noch bei ihr, alles war normal, ich verstehe das nicht …«

Er zitterte wieder und Dr. Becker sah Thomas Drucker besorgt an.

»Wir müssen ihn stabilisieren, sagte er zu Rotfux, »heute Nachmittag oder besser morgen können Sie ihn befragen.«

Es lag etwas Vorwurfsvolles in diesem Hinweis. Rotfux war klar, dass er im Moment von Thomas Drucker nichts mehr erfahren konnte. Er sah noch zu, wie sie ihn auf eine Trage legten und zum Rettungswagen brachten.

»Gute Besserung, Herr Drucker«, verabschiedete er sich von ihm.

Noch am Nachmittag des Neujahrstages besuchte Kommissar Rotfux den Sohn der Ermordeten im Klinikum.

»Mein herzliches Beileid, Herr Drucker!«, begrüßte er ihn. »Es tut mir leid, dass ich Ihnen noch ein paar Fragen stellen muss.«

Thomas Drucker lag im Bett. Eine Infusionsflasche hing silbern glänzend über ihm, aus der Tropfen für Tropfen eine Flüssigkeit durch eine Plastikkanüle in seinen Arm floss.

»Ich konnte noch nichts essen«, erklärte er dem Kommissar, nachdem er dessen verwunderten Blick sah. »Sie führen mir eine Nährlösung zu, damit ich zu Kräften komme. Morgen darf ich vermutlich wieder nach Hause.«

»Wo wohnen Sie denn?«

»Am Floßhafen, wo ich eine Mansardenwohnung habe. Stammt aus meiner Studentenzeit. Mit Blick auf den Main, wirklich sehr schön.«

»Haben Sie hier in Aschaffenburg studiert?«

»Ja, BWL. Die Hochschule hat einen sehr guten Ruf. Schneidet hervorragend bei allen Rankings ab.«

»Davon habe ich gehört«, sagte Rotfux. »Der Oberbürgermeister lobt die Hochschule über den grünen Klee. Scheint ganz begeistert zu sein. Und inzwischen haben Sie Ihr Examen?«

»Ja, seit vier Jahren. Arbeite als Marketingleiter bei Flieger-Moden.«

»Alle Achtung, mein Glückwunsch! Ist eine sehr solide Firma. Ich kenne den Firmengründer, den alten Johann Flieger.«

Rotfux war stolz über seine Kontakte und wurde auf dem Besucherstuhl etwas größer. Dann kam er zum eigentlichen Thema. »Sie sagten, Sie haben Ihre Mutter gestern noch besucht, Herr Drucker. Wann war das?«

»Am Nachmittag, so gegen 15 Uhr.«

»Und da fiel Ihnen nichts auf?«

»Nein, nichts, alles war wie sonst. Sie bot mir etwas zu trinken an und ich erzählte ihr, dass ich den Silvesterabend mit Sabine verbringen würde.«

»Sabine?«

»Ja, mit Sabine Flieger, das ist meine Freundin. Habe sie während des Studiums kennengelernt. Hat ebenfalls in Aschaffenburg studiert.«

»Ach, ist ja interessant«, murmelte Rotfux, »und sie hat Ihnen die Stelle bei Flieger-Moden besorgt?«

»Nein, überhaupt nicht! Das hatte damit nichts zu tun. Wir haben unsere Beziehung während des Studiums geheim gehalten. Weder ihre Eltern noch Mitarbeiter der Firma sollten davon wissen.«

Thomas Drucker hatte sich im Bett aufgerichtet, während er sprach. Seine Wangen glühten und Rotfux merkte, wie sehr den jungen Mann der Gedanke aufregte, er sei über die Beziehung zu seiner Freundin in die Firma Flieger-Moden eingetreten.

»Wieso sollte es denn niemand wissen?«, fragte Rotfux.

»Das ist eine längere Geschichte. Sabine hatte damals einen Freund, den ihre Eltern sehr schätzten: Alexander Leitner. Sie kennen vielleicht die Firma Leitner-Moden …«

»Klar, kennt doch jeder in Aschaffenburg«, brummte Rotfux.

»Alexander ist der Sohn der Inhaberfamilie. Das hätte

natürlich gut gepasst mit Sabine und Alexander. Ihre Eltern waren begeistert davon, doch zum Glück hat sie sich in mich verliebt. Den Rest können Sie sich denken: Sabine hatte Angst, es ihren Eltern zu sagen. Da haben wir unsere Liebe zuerst geheim gehalten, bis ich mein Examen hatte und in der Firma beschäftigt war. Habe mich ganz normal beworben und hatte Glück.«

»Und Sabines Eltern wissen immer noch nichts?«

»Doch, doch, inzwischen hat sie es ihnen gesagt. Waren natürlich nicht begeistert, aber sie lassen uns wenigstens in Ruhe.«

»Wissen Sie, wo Ihre Mutter den Silvesterabend verbracht hat?«, kam der Kommissar wieder zum eigentlichen Thema zurück.

»Nein, keine Ahnung. Ich kann mir das Ganze nicht erklären. Ich dachte, sie wäre zu Hause, so wie in den letzten Jahren, und würde fernsehen. Um Mitternacht habe ich sie angerufen, bin ewig nicht durchgekommen, das Netz war total überlastet.«

»Und dann haben Sie aufgegeben?«

»Ja. Ich war mit Sabine im V3. Musik, Stimmung, total voll – ich weiß nicht, ob Sie sich das vorstellen können … irgendwann habe ich es aufgegeben und mir vorgenommen, sie am Neujahrstag anzurufen.«

»Können wir Ihren Vater benachrichtigen? Gibt es sonst Verwandtschaft?«

»Ich habe keinen Vater«, antwortete Thomas Drucker sehr leise und irgendwie traurig.

»Na, Sie werden sicher einen Vater haben«, lachte Rotfux, dann merkte er, dass er einen Fehler gemacht hatte. Er schob schnell hinterher: »Sie meinen bestimmt, dass Sie ihren Vater nicht kennen.«

»Ja, er hat sich aus dem Staub gemacht. Jedenfalls hat mir Mutter nie etwas Konkretes über ihn gesagt. Und jetzt ist sie tot, mein Gott, jetzt kann sie nichts mehr sagen …«

Thomas Drucker wurde von einem Weinkrampf überwältigt und lag heulend im Bett.

»Können Sie sich einen Grund für den Mord denken? Hatte Ihre Mutter Feinde, gibt es etwas zu erben, haben Sie sonst eine Idee?«

»Keine Ahnung«, schluchzte Thomas Drucker. »Wir waren arm, sie musste sich mit mir durchschlagen, hat Gelegenheitsjobs angenommen, viele Jahre bei der Caritas gearbeitet, in der Altenpflege, wirklich … keine Ahnung.«

»Am Tatort haben wir sechs tote schwarze Katzen gefunden, Ihre Mutter war auf ein Holzkreuz gebunden. Können Sie sich darauf einen Reim machen? Verkehrte Ihre Mutter in mystischen Zirkeln, war sie irgendwie seltsam in letzter Zeit?«

Thomas Drucker wurde durch einen erneuten Weinkrampf geschüttelt. Er schien nicht mehr in der Lage zu sein, überhaupt noch zu antworten.

Rotfux bereute es, dass er diese scheußlichen Details angesprochen hatte. Er erhob sich und gab dem jungen Mann die Hand. »Tut mir schrecklich leid für Sie, Herr Drucker«, sagte er. »Nun ruhen Sie sich erst mal aus. Hier, mein Kärtchen, falls Ihnen noch etwas einfällt. Wenn Sie wieder auf den Beinen sind, können wir ja nochmals sprechen.«

2

Der weiße Sarg stand in der Aussegnungshalle auf dem Aschaffenburger Altstadtfriedhof, genau inmitten des Kreises, der dort auf dem hellen Boden um das Symbol des Kreuzes gezogen war. Thomas Drucker hatte es so gewollt. Weiß sollte der Sarg seiner Mutter sein, weiß wie die Unschuld, als Gegensatz zu dem grausamen Mord, dem sie zum Opfer gefallen war. Über dem Sarg wölbte sich ein Bukett aus roten Rosen, das ihn fast ganz bedeckte. Zwei dicke Kerzen brannten rechts und links zwischen den Grünpflanzen, die zur Dekoration aufgestellt waren.

In der Nacht hatte es geschneit. Auf dem Dach der Aussegnungshalle lag eine zarte weiße Decke und auf dem kleinen Kreuz, welches ganz vorne auf dem Dachfirst thronte, türmte sich ein weißes Käppchen aus Schnee. Sabine wartete neben Thomas. Ihren blonden Pferdeschwanz hatte sie unter einer dicken schwarzen Wollmütze versteckt, ihr hübsches schmales Gesicht sah blass aus, ein auf Taille geschnittener Fellmantel betonte ihre schlanke Figur, ihre langen Beine steckten in schwarzen Lederstiefeln. Sie litt mit Thomas und drückte ihm unauffällig die Hand.

Die Trauergemeinde war klein. Thomas selbst hatte keine Verwandtschaft. Einzig die alte Maria Beletto war gekommen, seine ›Oma‹. Zumindest nannte er sie so. Seit er denken konnte, war sie da gewesen, von seinen ersten Kindertagen an. Auch wenn er den Grund nicht kannte, sie war für seine Mutter eine Art Familienersatz in Aschaffenburg gewesen, nachdem ihre eigenen Eltern sehr früh verstorben waren.

»Schön, dass Sie gekommen sind«, begrüßte Thomas Drucker den Vater von Sabine. Er freute sich aufrichtig über dessen Anteilnahme, nachdem das Verhältnis zu Sabines Eltern immer noch angespannt war. Bernhard Flieger war 65, groß und schlank, hatte volle graue Haare, sah für sein Alter sehr gut aus und wirkte in seinem schwarzen Wintermantel wie ein offizieller Vertreter der Firma Flieger-Moden auf der Trauerfeier. Er drückte seiner Tochter einen scheuen Kuss auf die Wange und stellte sich neben sie. Maria Beletto trat unwillkürlich einen Schritt zur Seite. Fast schien es so, als ob sie sich vor diesem vornehmen Herrn fürchtete.

Anschließend begrüßten einige ehemalige Studienfreunde Thomas, danach erschien seine Sekretärin, Stefanie Bauer. Sie war deutlich älter als er und bereits seit einigen Jahren in der Firma beschäftigt. Er konnte sich auf sie verlassen. Er hatte sie als Sekretärin von Bernhard Flieger übernommen, der sie loswerden wollte, um eine jüngere bei sich einzustellen. Sie sah gut aus, war aber mit den Jahren kräftiger geworden. Als sie ihm ihr Beileid aussprach, merkte er, dass sie es wirklich aufrichtig meinte. Sie fuhr sich mit einem Taschentuch über ihre feuchten Augen.

»Einfach unbegreiflich für mich«, sagte sie leise und stellte sich zu den Trauernden neben den Sarg.

Einige Unbekannte stießen zur Trauergemeinde, wahrscheinlich Schaulustige, die von dem Mord im Pompeja-

num in der Zeitung gelesen hatten. Von Anfang an waren Kommissar Rotfux und seine Leute in der Nähe und beobachteten aufmerksam das Geschehen. Als die Glocken bereits läuteten, eilten Alexander Leitner und sein Vater über den breiten Zugangsweg auf die Aussegnungshalle zu. Sabine stieß Thomas Drucker in die Seite.
»Sieh mal, wer da kommt«, flüsterte sie.
»Ja, unglaublich.«
Mit allem hätte er gerechnet, nur damit nicht. Er erinnerte sich an die Schlägerei mit Alexander, als sie sich wegen Sabine geprügelt hatten. Er konnte sich nicht vorstellen, dass ausgerechnet Alexander ihm aufrichtig sein Beileid aussprechen wollte. Wahrscheinlich sollte das Ganze eine Provokation sein. Vielleicht wollte er sich an seinem Schmerz erfreuen oder sich wieder an Sabine heranschleichen.

Nachdem der Priester mit der Predigt begonnen hatte, wurde der Wind heftiger und blies die Schneeflocken zwischen den beiden Säulen der offenen Aussegnungshalle hindurch bis zum Sarg. Die roten Rosen wurden mit einem weißen Flaum überzogen, die Trauergäste schlugen ihre Mantelkragen hoch und der Priester sprach lauter, um gegen den Wind anzukommen. Thomas Drucker konnte sich nicht mehr konzentrieren, er hörte nur einzelne Wortfetzen der Predigt und der Gebete.
»… wie auch wir vergeben unseren Schuldigern …«, sagte der Priester.
Niemals werde ich vergeben, dachte Thomas Drucker.
»… sondern erlöse uns von dem Bösen …«
Ja, erlöse uns, erlöse uns, dachte Thomas Drucker und fixierte mit seinem Blick diesen Alexander Leitner, der

ihm gegenüber stand und seine Augen nicht von Sabine lassen konnte.

Nach dem letzten Gebet hoben die Friedhofsdiener den Sarg auf einen fahrbaren Wagen und schoben ihn zur vorgesehenen Grabstätte. Der Priester schritt direkt dahinter, es folgten Sabine und Thomas, daneben Maria Beletto, danach die restliche Trauergemeinde. Sie gingen am Kriegerdenkmal vorbei, durch die endlose Reihe der Grabsteine für die gefallenen Soldaten, welche Schneehäubchen trugen. Die Äste der Trauerbirken schwankten im Wind, als wollten sie die weiße Decke abschütteln, die auf ihnen lag. Am Ende der breiten Allee bog der Trauerzug nach links ab, hinein in einen schmaleren Weg, wo unter einer kräftigen Buche das frisch ausgehobene Grab lag. Kalt und abweisend glotzte sie das dunkle Loch an, dessen Ränder mit Schnee überzuckert waren. Die Friedhofsdiener ließen den Sarg in die Tiefe. Er schwankte bedrohlich und schlug unten unsanft auf. Tomas Drucker stieß die kleine Schaufel in die Erde und schickte seiner Mutter seinen letzten Gruß, der auf den Sarg polterte. Sabine warf ein Blumensträußchen. Maria Beletto stand lange am Grab und schien sich gar nicht trennen zu können, die anderen verbeugten sich jeweils kurz und warfen Erde oder Blumen.

Nach der Trauerfeier wartete Kommissar Rotfux am Friedhofsausgang.

»Entschuldigen Sie, Herr Drucker, darf ich Ihnen eine Frage stellen?«

»Ja, bitte.«

»Können Sie sich erklären, warum Alexander Leitner gekommen ist? Sie hatten mir in der Klinik von ihm erzählt.«

»Woher soll ich das wissen, Herr Kommissar?«, platzte es aus Thomas heraus. »Ich habe mich das auch gefragt, aber leider keine Ahnung!«

»Mhhm«, brummte Rotfux, »nun ja, wir werden ja sehen. Ich dachte, dass es seltsam ist ...«

Der Kommissar reichte Sabine Flieger und Thomas Drucker die Hand und verließ sie in Richtung Oberwiesners dunkelgrünem VW Passat.

»Hast du den anderen gesagt, dass wir uns noch zu einer Besprechung im Kommissariat treffen?«, fragte Rotfux, als er in den Wagen einstieg.

»Ja, Chef, habe ich.«

Sie wendeten vor der Friedhofsgärtnerei, fuhren durch die Lamprechtstraße in Richtung Main und von dort über die Willigisbrücke zum Kommissariat im Stadtteil Nilkheim.

»War eine seltsame Trauerfeier«, sagte Rotfux.

»Ja, komisch. Der Sohn der Toten hat ständig Alexander Leitner angestarrt und der wiederum schien nur Augen für Sabine Flieger zu haben.«

»Was uns aber in unserem Mordfall irgendwie nicht weiterbringt«, murmelte Rotfux in Gedanken. »Vor allem fehlt uns bisher ein Motiv für den Mord. Die Tote war nicht reich, von krummen Geschäften oder Affären ist bisher nichts bekannt, und in mystischen Zirkeln scheint Ilona Drucker nicht verkehrt zu haben.«

»Bisher also keine heiße Spur.«

»Nein, leider nicht. Wir müssen gleich nochmals alles genau durchgehen, vielleicht kommen wir auf eine Idee.«

Als Rotfux und Oberwiesner das Besprechungszimmer im Kommissariat betraten, waren die anderen schon da. Seltsam feierlich sahen sie aus in ihren schwarzen Kleidern. Otto Oberwiesner wirkte in seinem Anzug und dem dunklen Hemd sehr ungewöhnlich, da er ansonsten stets ein kariertes Hemd trug.

»Frau Geiger, zunächst zu den Fakten«, begann Rotfux die Besprechung, »haben Sie inzwischen den Bericht von der Rechtsmedizin?«

Gerda Geiger sah gut aus in ihrem schwarzem Pulli, über den ihre blonden Haare locker fielen. Wie so oft waren ihre Lippen dunkelrot geschminkt und sie lächelte Rotfux mit ihren blauen Augen an.

»Ja, ist heute Vormittag eingegangen«, sagte sie.

»Und? Irgendwelche Überraschungen?«

»Eigentlich nicht. Todeszeitpunkt zwischen Mitternacht und 1 Uhr am Neujahrstag. Todesursache waren die Stiche in die Brust, vor allem einer, welcher die Aorta getroffen hat. Die Rechtsmedizinerin sagt, Ilona Drucker habe noch gelebt, als man auf sie eingestochen hat.«

»Mhhm«, brummte Rotfux, »das würde die enormen Blutspritzer an Säulen und Wänden im Pompejanum erklären.«

»Das Pentagramm auf Brust und Bauch wurde ihr vermutlich in den Körper geschnitten, bevor sie getötet wurde, also bei vollem Bewusstsein«, fuhr Gerda Geiger fort. »Die sechs schwarzen Katzen sind etwa um Mitternacht getötet worden. In ihrem Fell fanden sich Faserspuren eines Jutesackes, in dem die Tiere vermutlich zum Tatort transportiert wurden.«

»Und sonst? Fingerabdrücke, Haare, DNA-Spuren?«, fragte Rotfux.

»Leider keinerlei Fingerabdrücke, weder am Holzkreuz noch anderswo. Kein Sperma, keine Anzeichen einer Vergewaltigung.«

»Immerhin ist der Todeszeitpunkt interessant«, dachte Rotfux laut nach. »Sie wurde vermutlich getötet, als über Aschaffenburg das Silvesterfeuerwerk tobte. Kein Mensch konnte ihre Schreie hören. Das war sehr genau geplant. Danke, Frau Geiger, für Ihren Bericht!«

Gerda Geiger freute sich über das Lob ihres Chefs und lehnte sich wieder entspannt in ihrem Stuhl zurück. Schon die ganze Zeit rutschte allerdings der junge Peter Seidelmann unruhig auf seinem Platz hin und her.

»Was gibt's, Herr Seidelmann? Haben Sie weitere Erkenntnisse?«, sprach ihn Rotfux an.

»Ich habe mich über Satanismus informiert, Herr Kommissar. Es ist irre, was ich alles gefunden habe«, sprudelte Seidelmann voller Begeisterung.

»Na, dann lassen Sie mal hören.«

»Es gibt in Deutschland tatsächlich mehrere Tausend Anhänger Satans. Die Zahlen, die ich gefunden habe, schwanken zwischen 7.000 und 20.000. Es existieren verschiedene Richtungen, aber viele orientieren sich an der Satanischen Bibel von La Vey. In Kalifornien ist die ›Church of Satan‹ sogar als Kirche anerkannt. Sie haben eigene Gebote, eigene Symbole, alles …«

»Ist ja interessant«, brummte Rotfux. »Und was sind das für Symbole?«, wollte er wissen.

»Sie werden es nicht glauben, genau die Zeichen, die wir beim Mord im Pompejanum gefunden haben. Das Pentagramm, der umgekehrte fünfzackige Stern, ist das bekannteste Symbol. Auch die Zahl 666 wird als satanisches Zeichen verstanden, deshalb wohl die sechs toten Katzen neben den zwei Mal sechs Säulen des Atriums. Zudem wird gern Tier- oder sogar Menschenblut verwendet. Ich habe Berichte im Internet gefunden, dass Satanisten Babys gegessen hätten. Diese Berichte sind allerdings zweifelhaft. Da wird von den Medien viel aufgebauscht, jedoch Blutopfer mit Tieren gibt es auf jeden Fall.«

»Womöglich haben wir es bei unserem Fall mit einem Menschenopfer zu tun«, sagte Rotfux leise.

»Unglaublich, was es in Deutschland alles gibt«, murmelte Oberwiesner.

»Es existieren noch mehr Symbole, zum Beispiel das umgekehrte Kreuz«, fuhr der junge Seidelmann fort.

»Deshalb war sie auf dieses umgedrehte Holzkreuz gebunden«, sagte Gerda Geiger. »Ist ja absolut scheußlich. Wer bloß auf solche Ideen kommt?«

»Zum Teil zeigt sich im Satanismus eine Protestbewegung gegen überkommene Werte der Gesellschaft«, antwortete Seidelmann, der von diesem Thema regelrecht begeistert schien. »Die Satanisten propagieren das Animalische im Menschen und sehen den Menschen als das bösartigste aller Tiere. Deshalb kommt auch ritueller Missbrauch vor, sozusagen als Zeichen völliger Entfesselung.«

»Gibt es denn solche Satanisten in Aschaffenburg?«, fragte der Kommissar.

»Darüber habe ich leider nichts gefunden«, sagte Seidelmann. »Die wahren Satanisten geben sich nicht zu erkennen. Es gibt zwar junge Leute, die in schwarzen Klamotten und mit Satanssymbolen herumlaufen, aber das sind keine *wirklichen* Satanisten.«

»Also tappen wir trotz all der Informationen ziemlich im Dunkeln«, brummte Rotfux. »Gibt es sonst noch Hinweise?«

»Eine Kleinigkeit hätte ich noch«, meldete sich Otto Oberwiesner zu Wort. »Wir haben im Pompejanum einen

Knopf gefunden, vermutlich von einer Bluse. An der Bluse des Opfers fehlte aber keiner.«

»Ist ja interessant, Otto. Das müssen wir im Auge behalten. Vielleicht lässt sich der Knopf irgendwann den Tätern zuordnen. Alles scheint auf einen satanischen Hintergrund zu deuten. Wir müssen nochmals überprüfen, ob die Tote irgendwie mit solchen Kreisen zu tun hatte. Otto, du nimmst dir das Thema bitte zusammen mit Herrn Seidelmann vor. Vielleicht gibt es irgendwelche Anhaltspunkte, die wir übersehen haben.«

3

Es war fast 21 Uhr, als Thomas Drucker die Firma verließ. Er hatte länger gearbeitet, da durch den Tod seiner Mutter einiges liegen geblieben war. Der Pförtner, der am Haupteingang in seinem Glaskasten saß, grüßte freundlich. Er war es gewohnt, dass Thomas als einer der Letzten ging.

Auf dem Firmenparkplatz standen nur noch wenige Fahrzeuge. Die Reklameschrift ›Flieger-Moden‹ warf ein blaues Licht über die verbliebenen Wagen. Müde ging er auf seinen dunkelroten VW Golf zu. Er wunderte sich, dass zwei Plätze weiter ein pechschwarzer Leichenwagen parkte. Einen solchen hatte er hier noch nie gesehen. Doch er war zu erschöpft, um sich darüber weitere Gedanken zu machen.

Er entriegelte seinen Golf mit der Fernbedienung, die Türknöpfe sprangen hoch, er wollte die Fahrertür öffnen, als ihn ein schwerer Schlag in die Kniekehlen traf, der ihm förmlich die Beine wegriss. Er fiel nach hinten und schlug mit dem Rücken auf dem Parkplatz auf. Mist, dachte er, versuchte sich zu konzentrieren, wollte schreien, aber bevor er den Mund aufmachen konnte, wurde ihm dieser mit einem Knebel gestopft. Zwei Männer mit schwarzen Kapuzen packten ihn, schleppten ihn zum Leichenwagen, banden ihm Arme und Beine zusammen, öffneten die hintere Klappe des Leichenwagens, zogen einen Sarg ein Stück weit heraus, sahen sich prüfend auf dem Parkplatz um, hoben ihn hoch und ließen ihn in den Sarg gleiten. Er tobte zwar und wand sich in seinen Fesseln, aber es half ihm nicht. Kurz darauf hatten sie den Deckel auf den Sarg gelegt und begannen, die Schrauben anzuziehen.

Es war das Schlimmste, was er bisher erlebt hatte: Dieses Gefühl der Beklemmung, dieses Gefühl, in einem Sarg zu liegen und keine Luft mehr zu bekommen, dieses Gefühl, irgendwelchen Verbrechern völlig hilflos ausgeliefert zu sein. Er versuchte ruhiger zu werden, atmete ganz leise, wollte Luft sparen, merkte, dass das Auto anfuhr, vom Parkplatz rollte und rechts abbog, Richtung Zentrum.

Wo sie mich wohl hinbringen?, fragte er sich.

Obwohl der Sarg mit Stoff ausgeschlagen war, lag er sehr hart. Für Lebende zu unbequem, dachte er. Wie lang er noch leben durfte? Was sie mit ihm vorhatten? Sie konnten jetzt mit ihm machen, was sie wollten. Auf die Idee, einen Leichenwagen zu kontrollieren, kam sicher niemand. ›Dürfen wir mal bitte in den Sarg schauen?‹ Auf die Idee würde kein Polizist kommen. Also konnten sie ihn bringen, wohin sie wollten. Keiner würde Verdacht schöpfen. Und Sabine, seine Freundin, war es gewohnt, dass er abends spät nach Hause kam. Sie würde so schnell nicht unruhig werden. Das Handy hatten sie ihm abgenommen, bevor sie ihn in den Sarg gehoben hatten, das waren offensichtlich Profis, mit denen nicht zu spaßen war. Also blieb ihm nichts anderes übrig, als ruhig liegen zu bleiben und zu warten, was als Nächstes passierte.

Irgendwann fuhr der Wagen langsamer. Er hörte ein automatisches Garagentor, merkte, wie sie nach unten in eine Tiefgarage fuhren und endgültig hielten. Endstation, dachte er.

Vielleicht waren sie zum Krematorium beim Waldfriedhof gefahren und würden ihn dort bei lebendigem Leibe verbrennen. Die seltsamsten Gedanken gingen ihm durch den Kopf. Er hörte, dass sie die hintere Klappe des Leichenwagens öffneten, spürte, dass sie den Sarg ein Stück weit aus dem Auto zogen, vernahm das Geräusch der sich drehenden Schrauben. Im nächsten Augenblick wurde der Deckel vom Sarg genommen und das Neonlicht der Garage traf ihn wie eine Keule.

»Los, schnell jetzt«, hörte er einen der Männer mit den schwarzen Kapuzen sagen. Sie packten ihn und hoben ihn aus dem Sarg. Auf seinen gefesselten Beinen konnte er sich kaum halten.

»Schnell, in den Ausstellungsraum, dort wartet sie«, sagte der größere der beiden Männer.

Sie zerrten ihn zu einer dieser grauen Metalltüren, die für solche Tiefgaragen typisch sind. Dahinter lag ein langer Gang, der zu einem Ausstellungsraum führte. Sie mussten ihn in den Keller eines Bestattungsinstituts transportiert haben, jedenfalls standen reihenweise Särge in verschiedensten Ausführungen an den Wänden aufgereiht. Im Vorbeigehen sah er die Preise. Bis zu 20.000 Euro konnte man hier für einen Sarg ausgeben. In der Mitte des Raumes, zwischen all den Särgen, stand ein Tisch, eher eine Bahre, auf der vielleicht die Toten für die Bestattung vorbereitet wurden.

»Da seid ihr ja endlich«, sagte eine Frau, die neben der Bahre wartete. Ihr Alter war schwer zu schätzen. Sie mochte um die vierzig sein, hatte rotblonde Haare, ihre Haut war hell und glatt. Kalte graue Augen sahen ihn durch eine dunkle Maske an und es lief ihm eiskalt den Rücken herunter.

»Bindet ihn auf den Tisch«, sagte sie.

Ihre Stimme klang unerbittlich, als sei sie es gewohnt, Befehle zu erteilen. Ihr dunkles, eng geschnittenes Kostüm endete in einem Stehkragen, ihre schlanken Beine steckten in Lackstiefeln.

»Na los, nun macht schon, wir haben nicht unendlich Zeit«, trieb sie die beiden Männer mit ihren Kapuzen an.

Der Ausstellungsraum wurde allein durch Kerzen beleuchtet. Zwei standen neben der Bahre, dicke Kerzen auf hohen Ständern, so wie er sie als Altarkerzen aus der Kirche kannte.

Er versuchte zu schreien, allerdings ohne Erfolg. Durch den Knebel, der noch in seinem Mund steckte, drang nur ein gurgelndes Röcheln nach außen. Die beiden Männer waren rücksichtslos, brutal, achteten nicht darauf, ob sie ihm weh taten. Schuhe aus, Socken aus, an Armen und Beinen noch gefesselt, schnallten sie ihn mit zwei Ledergurten auf die Bahre. Ihm war kalt. Er merkte, dass sich eine Gänsehaut an seinen Armen bildete, die noch stärker wurde, als die schwarz maskierte Lady um die Bahre herum ging und ihn genauestens betrachtete.

»Sieht eigentlich gut aus«, sagte sie, »warum sie ihn wohl loswerden wollen?«

Sie strich ihm mit ihren weißen Seidenhandschuhen über die Wange und lächelte. »Eigentlich schade«, sagte sie, »doch sie haben gut bezahlt, also müssen wir den Auftrag erledigen.«

Er fragte sich, um welchen Auftrag es ging, hatte Angst,

panische Angst. Loswerden wollten sie ihn. Aber wer waren ›sie‹? Vor zwei Wochen war seine Mutter im Pompejanum ermordet worden. War jetzt er dran?

»Wir werden ihm noch ein paar schöne Stunden bereiten«, sagte die Lady. »Sterben kann schön sein, wenn man es richtig ausführt.«

Er begann zu zittern und sie genoss es offensichtlich. Er wunderte sich, dass sie hier den Ton angab, doch als er die beiden Kapuzenmänner unterwürfig ein Stück abseits stehen sah, wusste er, dass hier nur sie etwas zu sagen hatte.

»Du brauchst keine Angst zu haben, es wird nicht schlimm für dich sein. Wir beherrschen unser Handwerk.«

Das tröstete ihn wenig. Er dachte an Sabine, verabschiedete sich in Gedanken von ihr, dachte an seine Mutter, die ihn alleine groß gezogen hatte. Seinen Vater hatte er nie gekannt, der hatte sich aus dem Staub gemacht. Oh Herr, bitte hilf mir, betete er in der Stille.

»Er ist bestimmt ein Genießer, so wie er aussieht«, sagte die maskierte Lady. »Wir werden ihm einen guten Tropfen servieren. Los, nehmt ihm den Knebel raus.«

Die beiden Männer, welche respektvoll Abstand gehalten hatten, gehorchten und traten an die Bahre.

»Hilfe«, schrie er sofort aus Leibeskräften. »Hilfe, Hilfe, Hilfe …«

Allerdings kam keine Hilfe. Stattdessen zog seine Peinigerin eine Lederpeitsche aus ihrem rechten Stiefelschaft und peitschte auf ihn ein, genau dorthin, wo es am meisten schmerzte.

»Wirst du wohl aufhören zu schreien«, sagte sie leise. »Es hört dich hier niemand. Wenn du weiter plärrst, schlagen wir dich grausam mit der Peitsche tot. Also nimm dich zusammen. Wir werden es bestimmt richtig machen.«

Was konnte man da richtig machen? Wie es aussah, wollten sie ihn töten. Da konnte man nichts ›richtig‹ machen!

»Man kann sehr grausam sterben«, sagte sie, als ob sie seine Gedanken gelesen hätte. »Manche verfaulen bei lebendigem Leib, andere ersticken jämmerlich, aber du hast Glück, unsere Auftraggeber haben nicht gespart, haben für dich einen schönen Tod bestellt. Das ist natürlich nicht billig, dafür angenehm. Du solltest es genießen, mein Lieber, statt hier blöde rumzuschreien.«

Sie strich mit der Peitsche über seinen Hals, über seine Brust. Er wurde ganz still und sagte nichts mehr.

»Hast du noch einen besonderen Wunsch?«, fragte sie.

»Einen besonderen Wunsch?«

»Ja, einen besonderen Wunsch. Willst du einen letzten Abschiedsgruß übermitteln, jemand um Verzeihung bitten, ein Geheimnis verraten …?«

Er begann fieberhaft nachzudenken. Klar, Sabine hätte er gerne eine Nachricht zukommen lassen, allerdings müsste er dann ihre Adresse preisgeben, und womöglich …

»Nein, ich will leben, sonst habe ich keine Wünsche«, sagte er.

»Das ist das Einzige, was wir nicht erfüllen können. Unsere Auftraggeber haben einen letzten Wunsch für dich mitgebucht, wenn du ihn nicht beanspruchen willst, verfällt er eben.«

Sie strich ihm mit der Peitsche über die Fußsohlen und er merkte, wie es kitzelte.

Noch lebe ich, dachte er. Noch will ich kämpfen.

»Kann ich mich freikaufen? Ich bezahle mehr als eure Auftraggeber.«

Sie lächelte. »Das kannst du nicht.«

»Warum nicht?«

»Sie haben sehr viel bezahlt.«

»Aber wenn ich mehr bezahle?«

»Das kannst du nicht. Wir sind seriöse Partner.« Sie lächelte und strich ihm mit der Peitsche über die Beine.

»Ich kann Geld aufnehmen, ich habe eine reiche Freundin, ich kriege das Geld irgendwie zusammen«, stammelte er und wand sich auf der Bahre.

Sie genoss ihre Macht über ihn. »Tut mir leid«, sagte sie, »das ist nicht vorgesehen. Ich muss mich an die Regeln halten.«

Der harte Holztisch drückte ihn am Rücken, sein linkes Bein war inzwischen durch die Fesselung eingeschlafen, sein rechtes Auge zuckte nervös.

»Nun entspanne dich, mein Lieber«, sagte sie. »Du willst sicher sterben wie ein Mann und nicht wie eine jammernde Memme.«

»Mir ist es egal, wie ich sterbe. Ich will überhaupt nicht sterben, bin noch zu jung, will noch leben!«

Sie lächelte. Sie hatte ein überirdisches Lächeln. Thomas Drucker hatte den Eindruck, es gäbe für sie nichts Schöneres, als andere zu töten. Sie erhob die Peitsche und schlug ihm mit voller Wucht auf die Brust.

»Nun ergib dich endlich in dein Schicksal«, sagte sie. »Für dich ist ein schöner Tod vorgesehen. Genieße ihn!«

Sie ging um die Bahre herum, bückte sich und brachte eine Flasche Wodka zum Vorschein.

»Hier, trink einen Schluck, mein Freund«, sagte sie. »Das macht alles viel leichter.«

Er presste die Lippen aufeinander, wollte nicht trinken, aber sie kam näher, er sah ihre kalten grauen Augen, roch ihr Parfüm. Sie hielt ihm die Nase zu, bis er nach Luft schnappte. Dann schob sie schnell die Flasche in seinen Mund, der Wodka floss in ihn hinein, bis der Wodka ihm aus dem Mund lief, seitlich über seine Wange, am Hals hinunter, auf den Holztisch.

»Wirst du wohl trinken«, schimpfte sie und schlug ihm mit der Peitsche zwischen die Beine. »Das ist ein guter Tropfen, den lässt man nicht auf den Tisch rinnen!«

Sie flößte ihm mehr Wodka ein und er bemühte sich zu schlucken, denn er sah keinen anderen Ausweg mehr. Vielleicht war es das Beste, ihr nachzugeben. Gefesselt hatte er gegen die beiden Männer mit ihren schwarzen Kapuzen ohnehin keine Chance. Er dachte wieder an Sabine, sah sie vor sich, in seiner kleinen Wohnung unter dem Dach, wo sie sich geliebt hatten und wo sie sicher auf ihn wartete und vielleicht noch nicht einmal ahnte, dass er heute nicht mehr kommen würde. Er merkte, dass der Wodka Wirkung zeigte. Es wurde ihm leichter ums Herz. Manche starben früh, manche starben spät. Keiner hatte das in der Hand. Gut, er hätte gern noch gelebt, aber wenn es jetzt sein sollte …

»Sie haben eine gute Sorte für dich gebucht. Du wirst keine Kopfschmerzen bekommen«, lachte sie.

Fast wurde sie ihm sympathisch, obwohl sie älter war als er. Dreißig war er vor wenigen Wochen geworden, hatte groß mit Sabine und seinen Freunden gefeiert. Sie wollten sich verloben, wollten in eine gemeinsame Wohnung ziehen. Und jetzt? Alles vorbei?

Die beiden Männer beobachteten die Zeremonie still. Sie hielten Abstand und ließen die Maskierte ihr Werk verrichten. Die hatte inzwischen eine zweite Flasche unter dem Tisch hervorgeholt und gab Thomas weiter zu trinken. Er lag ergeben auf der Bahre, trank Schluck für Schluck und spürte, wie eine tiefe Müdigkeit in seine Glieder zog.

»Na, geht's inzwischen besser?«, fragte sie.

»Es geht so«, antwortete er. »Doch ich möchte leben!«

»Du Dummerchen«, sagte sie und strich ihm mit der Peitsche über die Augen. Sie tat das zärtlich, fast, als habe sie sich in ihn verliebt.

»Ich schätze meine Opfer«, flüsterte sie, »nur so kann man ihnen den guten Tod geben.«

Guter Tod?, dachte er. Kann der Tod gut sein?

Er schlief jetzt fast, spürte den harten Tisch nicht mehr unter sich, spürte kaum noch die Peitsche, mit der sie ihn hier und da berührte. Er sah die Kerzen rechts und links neben der Bahre, die stark heruntergebrannt waren. Er sah die beiden Männer mit ihren Kapuzen wie in weiter Ferne.

»Bist du bereit?«, fragte sie ihn.

»Ja, ich bin bereit«, sagte er.

Er konnte sie kaum noch erkennen. Sie schien auf einmal jünger zu sein, nahm das Gesicht von Sabine an.

»So ist es gut«, sagte sie, »du hast es begriffen. Du wirst den Tod lieben. Bald kommt er zu dir, bald wird er dich erlösen.«

Die Kerzen flackerten. Er wusste nun, warum in Kirchen Kerzen brannten. Er sah die Decke der Sixtinischen Kapelle über sich, sah das Werk Michelangelos, das er mit Sabine in Rom bewundert hatte, in Rom, beim Papst, der aus dem Fenster winkte. Ihm war er jetzt ganz nah, nun konnte der Tod kommen. Er hatte keine Angst mehr vor ihm, begrüßte ihn als seinen Bruder, der ihn mitnahm in eine andere Welt, wo ewiger Frieden herrschte.

»Er ist so weit«, sagte sie leise. »Legt ihn in den Sarg. Ihr wisst was zu tun ist. Alles wie besprochen.«

Er spürte, dass sie seine Fesseln und die Ledergurte lösten und ihn wegtrugen. Er sah die Maskierte noch winken, doch sie kam nicht mit. Sie stand zwischen den Kerzen wie ein blasser Engel und sah ihm nach.

Die beiden Männer sprachen nichts. Sie trugen ihn zum Leichenwagen in der Tiefgarage und legten ihn in den Sarg. Er träumte, glaubte mit einer Kutsche zu fahren, die weite Strecke zum Paradies, durch Scharen von Engeln, die auf ihren Wolken saßen und ihn freundlich winkend begrüßten.

Irgendwann verschwanden die Engel und kräftige Hände packten ihn. Er merkte, dass die Kapuzenmänner ihn aus dem Sarg zerrten und über ein Geländer stießen. Wo bin ich nur, fragte er sich. Er hatte das Gefühl zu fliegen, fühlte sich plötzlich ganz leicht, bis er hart auf der Wasseroberfläche aufschlug und unterging. Er strampelte, schlug mit den Armen um sich, kam mit dem Kopf wieder über die Oberfläche, alles drehte sich um ihn, er meinte Schreie zu hören, ging wieder unter, es war ihm kalt, er ruderte verzweifelt, bis er nicht mehr konnte, bis Sterne vor seinen Augen tanzten und sich alles in einem blaugrauen Nichts verlor.

»Können Sie mich hören, Herr Drucker?«

»Habe ich es geschafft?«, fragte er leise.

»Ja, Sie haben überlebt«, sagte die weiße Gestalt, die an seinem Bett stand. »Man hat Sie aus dem Main gezogen. Ein Liebespaar hat zufällig gesehen, wie Sie von der Willigisbrücke stürzten und den Rettungswagen alarmiert. Sie hatten 2,8 Promille im Blut.«

Thomas Drucker verstand das alles nicht. Er wusste nicht, wo er war, glaubte im Himmel zu sein, allerdings sah diese weiße Gestalt nicht wie Petrus aus.

»Wo bin ich?«, fragte er.

»Im Klinikum, auf der Intensivstation. Sie können froh sein, dass Sie noch leben.«

Er hörte die Worte wie aus weiter Ferne und schlief wieder ein. Irgendwann spürte er die Lippen von Sabine auf seiner Stirn.

»Du musst leben, mein Liebling«, sagte sie. »Ich brauche dich, ich liebe dich sehr …«

Es war schön, sie zu spüren. Jetzt bin ich wohl wirklich im Paradies angekommen, dachte er. Er gab sich alle Mühe und öffnete die Augen ein wenig, nur einen schmalen Spalt, doch es reichte, um sie zu sehen. Ihre blonden Haare fielen ihm ins Gesicht und ihre blauen Augen sahen ihn ängstlich an.

»Wo bin ich?«, fragte er nochmals.

»Im Klinikum, auf der Intensivstation. Es ist alles gut. Du wirst wieder gesund.«

Er griff nach ihrer Hand und sie strahlte.

»Mein Gott, Thomas, dass du lebst«, flüsterte sie leise. Sie streichelte ihm über die Wangen, über den Mund, über die Augen. Sie drückte vorsichtig seine Hand, in der eine Kanüle steckte. Sie strich ihm übers Haar und gab ihm einen Kuss auf den Mund. Er spürte ihre Lippen und er wusste, dass er den Himmel auf Erden hatte. Ich habe es überlebt, begriff er. Ich kann sie noch lieben, kann noch leben, und der Tod muss noch warten.

»Wie lange bin ich bereits hier?«

»Drei Tage.«

»Drei Tage? So lange schon?«

»Ja, es stand sehr schlimm um dich. Hattest 2,8 Promille im Blut. Hätte tödlich enden können … Ich war jeden Tag bei dir, aber du hast nur geschlafen.«

Thomas Drucker sah sich im Zimmer um und bemerkte, dass im Bett neben ihm ein alter Mann lag, von oben bis unten mit Schläuchen und Kabeln versehen. Er entdeckte den Monitor hinter seinem eigenen Bett, über den giftgrüne Kurven flimmerten, und begriff den Ernst der Lage.

4

Ilona war glücklich. Er hatte sich mit ihr verabredet. Sein dunkelblauer Mercedes 280 SLC rollte auf den Parkplatz vor dem Aschaffenburger Schloss. Er stieg aus und kam auf sie zu.

»Hallo, Ilona«, sagte er und reichte ihr die Hand.

Sie strahlte ihn an. Er war ihr Traum, groß, schlank, mit kräftigem schwarzem Haar. Seine dunkelbraunen Augen musterten sie kurz.

»Komm, steig ein«, sagte er.

Sie kannten sich erst wenige Tage. Er hatte sie in der Eisdiele angesprochen und sie zu einem Spaziergang durch den Schlosspark überredet. Sie wusste eigentlich gar nicht, warum sie spontan mit ihm mitgegangen war. Irgendwie konnte sie nicht anders. Er sah gut aus und schien gebildet, lachte viel und hatte einfach Besitz von ihr ergriffen.

»Wo fahren wir hin?«

»Lass dich überraschen«, sagte er, »wir machen eine Fahrt ins Blaue.«

Ilona war einen Kopf kleiner als er, hatte ihr schwarzes Haar zu einem Bubikopf geschnitten, ihre hübschen schlanken Füße steckten in weißen Riemchensandalen und ein eng anliegendes, hellblaues Sommerkleid betonte ihre gute Figur.

»Für Wanderungen bin ich aber nicht angezogen.«

»Keine Angst, ich sprach von einer Fahrt ins Blaue«, lachte er, »und ein paar Schritte wirst du ja gehen können.«
Ilona stellte ihre Handtasche in den Fußraum des Fahrzeuges und setzte sich auf den lederbezogenen Beifahrersitz. Noch nie hatte sie in einem solchen Auto gesessen. Der Mercedes-Stern in der Mitte des Lenkrades strahlte Eleganz aus, die Tachoanzeige reichte bis 240 und in der Mittelkonsole war eine Radio-Kassetten-Kombination installiert, die sicher nicht billig gewesen war. Sie verließen das Stadtzentrum von Aschaffenburg und nahmen die Landstraße in Richtung Elsenfeld. Es war 11 Uhr und die Maisonne stand hoch am Himmel. Rechts glitten Obstbaumwiesen vorbei, er schaltete das Radio ein, Roggen und Maisfelder wechselten sich ab, Barbara Streisand sang ›Woman in love‹, sie erreichten Sulzbach und er wurde gesprächiger.
»Alles unsere Konkurrenten«, sagte er, als im Ort verschiedene Schilder auf Kleiderfabriken hinwiesen. »Sulzbach und Leidersbach sind voll von ihnen.«
Ilona wusste, dass seine Familie eine Aschaffenburger Kleiderfabrik besaß, aber es war ihr eigentlich egal. Er hätte ihr auch ohne großes Auto und Fabrik gefallen.
»Ist sicher nicht einfach mit der Konkurrenz«, sagte sie, um auf ihn einzugehen.
»Nein, bei Gott nicht, oder besser: beim Teufel nicht! Sie können einem das Leben ganz schön schwer machen. Und die Billig-Konkurrenz aus Fernost wird immer schlimmer.«
Spitzgiebelige Fachwerkhäuser säumten die Straße. Nach dem Ortsausgang schimmerte der Main zwischen den mächtigen Weiden hindurch, die an seinem Ufer wuchsen. Er legte seine rechte Hand auf ihren Oberschenkel, bewegte seine Finger zärtlich hin und her. Roland Kaiser sang ›Santa

Maria‹ und er lächelte still in sich hinein. Da der Mercedes über eine Automatik-Schaltung verfügte, konnte er locker mit einer Hand fahren. Ilona genoss seine Zärtlichkeiten, obwohl es ihr ein wenig schnell ging, aber sie wollte ihn nicht vor den Kopf stoßen, sondern ließ ihn gewähren.

»Ist das herrlich hier«, seufzte sie.

Er schien ihren Seufzer missverstanden zu haben und glitt sofort mit seiner Hand noch weiter nach oben.

»Nein, bitte nicht, wir kennen uns erst drei Tage«, wehrte sie sich. Er zog die Hand ein Stück zurück, beließ sie aber auf ihrem Oberschenkel.

»Genieß den Tag einfach«, sagte er. »Wir sollten uns nicht von den Konventionen ausbremsen lassen. Mach dir nicht so viele Gedanken.«

Peter Maffay löste Roland Kaiser mit ›Über sieben Brücken musst du gehen‹ ab. Sie querten den Main über die alte Mainbrücke mit ihrem auffälligen Brückenturm. Miltenberg lag vor ihnen und sie steuerten einen Parkplatz direkt am Ufer des Flusses an.

»Hier machen wir Mittagsrast. Ist das okay?«

»Ja, gern. Ich war lange nicht mehr in Miltenberg.«

»Wir gehen zuerst auf die Burg«, schlug er vor.

An alten Gärten vorbei, ein Stück durch den Wald, erreichten sie bald die Mildenburg. Ein herrlicher Blick über Stadt und Main belohnte sie, nachdem sie den alten Bergfried bestiegen hatten, den ältesten Teil der Burg.

»Der Turm stammt aus dem 13. Jahrhundert«, sagte er und zog Ilona zu sich heran. Sein Gesicht kam näher, sie sah seine dunkelbraunen Augen, sein Lächeln, wusste was er wollte und wehrte sich nicht.

»Ein Glück, dass ich dich in der Eisdiele getroffen habe«, flüsterte er.

Sein Mund kam näher, sie spürte seine Lippen, sie war glücklich und fühlte dieses Kribbeln im Bauch, das man angeblich hatte, wenn man verliebt war.

»*Komm, ich lade dich in den Riesen ein. Du hast sicher Hunger.*«

Arm in Arm stiegen sie den Burgberg hinab, bummelten vom Marktplatz durch die Hauptstraße von Miltenberg, vorbei an Souvenirläden und Cafés, bis zum Gasthof Riesen.

»*Wollen wir uns draußen setzen?*«

»*Ja, gern, wenn du möchtest ...*«

»*Klar, so sitzen wir fast auf dem Hexenplatz. Das passt zu uns.*«

Ilona verstand nicht, was er damit meinte. »*Du willst wohl nicht sagen, dass ich eine Hexe bin?*«, *lachte sie.*

»*Doch, gewiss, du bist meine kleine Hexe. Jedenfalls seitdem ich dich geküsst habe.*«

Sie setzten sich an einen der Holztische vor dem Lokal, bestellten und er erklärte ihr, woher der Hexenplatz seinen Namen hatte. »*Im Mittelalter glaubte man, dass sich Hexer und Hexen auf bestimmten Plätzen zum Hexentanz treffen, und dieser Platz galt als solcher. Im 17. Jahrhundert wurden in Miltenberg 69 Hexen und Hexer auf dem Scheiterhaufen verbrannt ... Habe ich irgendwo gelesen. Man warf den Hexen vor, dass sie Unzucht mit dem Satan getrieben hätten und kleine Kinder töteten, um daraus ihre ›Schmier‹ zu machen, ihre Hexensalbe.*«

»*Das ist ja scheußlich!*«

»*Ja, kann man sich heute gar nicht mehr vorstellen. In Wirklichkeit haben sie wohl ungetaufte Totgeburten verwendet, um daraus Heilsalben zu fertigen.*«

Das Essen kam und Ilona war irgendwie froh, dass damit dieses Hexenthema endete.

»*Lass es dir schmecken*«, *sagte er und zerlegte seinen Zander, während Ilona sich ihr Kalbsschnitzel auf der Zunge zergehen ließ.*

Nach einem Eisbecher und einem Kaffee zahlte er. Geld schien für ihn keine Rolle zu spielen. Er besaß nicht einmal eine Geldbörse, sondern zog ein dickes Geldscheinbündel aus seiner Hosentasche, gab ein üppiges Trinkgeld und steckte den Rest wieder ein.

»*Vielen Dank! Kann ich mich irgendwie beteiligen?*«

»*Beteiligen?*«, *lachte er.* »*Na ja, ich hätte da noch eine Idee.*«

Sie gingen zum Parkplatz zurück.

»*Wohin geht's jetzt?*«, *fragte sie ihn.*

»*Lass dich überraschen. Du weißt ja, Fahrt ins Blaue*«, *antwortete er und verließ die Stadt in Richtung Wertheim.*

Kaum lag Miltenberg hinter ihnen, kam links der Main wieder ziemlich dicht an die Straße heran.

»*Wir sollten ein wenig zum Fluss fahren*«, *sagte er und bog in einen Feldweg ab.*

Entweder kannte er sich sehr gut aus oder es war Zufall, dass sie auf einen romantischen Platz stießen. Sie erreichten über den Feldweg eine Wiese am Mainufer. Er parkte unter einer weit ausladenden Weide, deren Zweige fast den Boden berührten.

»*Hier haben wir unsere Ruhe*«, *freute er sich.*

Aus dem Kofferraum holte er eine Decke, breitete sie ziemlich nah bei der Uferböschung aus und legte sich darauf.

»*Komm*«, *sagte er,* »*lass uns ein Mittagsschläfchen machen.*«

Ilona zögerte. »Ich weiß nicht. Ich bin eigentlich gar nicht müde.«

»Ach was, nun hab dich nicht so. Du machst dir über alles viel zu viele Gedanken!«

Auf dem Main schipperte ein Lastkahn vorbei. Ein paar Enten wurden durch die Wellen aufgescheucht, die anschließend ans Ufer schwappten.

»Nun komm schon«, sagte er. »Oder willst du die ganze Zeit neben der Decke stehen?«

Er wusste genau, was er wollte. Er war ein paar Jahre älter als sie, vielleicht fünf, vielleicht sogar zehn, das konnte Ilona nicht genau sagen. Seine Selbstsicherheit beeindruckte sie, auch wenn sie ihr gleichzeitig unangenehm war. Langsam setzte sie sich zu ihm auf die Decke.

»Na siehst du, ist doch tausendmal bequemer«, sagte er.

Er zog Schuhe und Strümpfe aus und hielt seine Füße in die Sonne, saubere, gepflegte Füße, die Ilona gefielen.

»Nun leg dich hin, kannst deine Schuhe auch ausziehen, ist viel angenehmer in der warmen Sonne.«

Ilona öffnete die Riemchen ihrer Sandalen und streifte sie von den Füßen. Dann legte sie sich tatsächlich auf den Rücken und sah nach oben in das grüne Blätterdach. Die gertenschlanken Zweige der Weide mit ihren schmalen Blättchen schwankten leise im Wind. Eine tiefe Ruhe und Geborgenheit ging von diesem Baum aus. Ilona wurde müde. Sie spürte seine Hand auf ihrer Hand, sie hörte das Plätschern des Wassers am Ufer, sie lauschte dem Quaken der Enten, die ab und zu die Stille durchbrachen. Selig schlief sie ein, vergaß alle Alltagsprobleme und träumte vom Glück, das sie endlich gefunden hatte. Irgendwann spürte sie seine Hand auf ihrem Oberschenkel und fuhr erschreckt in die Höhe.

»Nicht, bitte nicht, wir kennen uns erst seit drei Tagen.«

»Entschuldige, ich war noch im Halbschlaf, wusste gar nicht, was ich tat«, stammelte er.

Er kam auf sie zu und küsste sie. Sie spürte seinen Körper, der sich an sie drängte. Sie wusste, dass er mehr wollte, als sie ihm zu geben bereit war.

»Ich müsste so langsam wieder nach Hause«, versuchte sie ihn abzulenken.

»Aber es ist erst fünf.«

»Schon, doch bis wir zurück sind? Es ist noch ziemlich weit.«

»So weit nun auch wieder nicht. Wir können von Wertheim über die Autobahn zurück. Das geht schnell.«

Er hatte sich aufgesetzt und sie fühlte sich augenblicklich erleichtert. Jetzt noch nicht, dachte sie, irgendwann sicher, doch jetzt noch nicht.

Nach einem köstlichen Abendessen in Wertheim, zu dem sie sich überreden ließ, kehrten sie spät am Abend nach Aschaffenburg zurück.

»Ich muss dir unbedingt noch etwas zeigen«, flüsterte er. »Ein kleines Geheimnis sozusagen.«

»Was meinst du damit?«

»Lass dich überraschen. Zu einer Fahrt ins Blaue gehört eine Abschlussüberraschung.«

Sie fand seine Geheimnistuerei seltsam, doch sie wehrte sich nicht, sondern fuhr mit ihm in Aschaffenburg die Ludwigsallee hinauf zum Godelsberg, wo er am Rande der Obstbaumwiesen das Auto abstellte.

»Komm, wir machen einen kleinen Verdauungsspaziergang. Das kann nie schaden«, sagte er und zog sie zwischen den Obstbäumen hindurch in den Wald.

Es war halb zwölf in der Nacht. Ilona fühlte sich unwohl.

»Wollen wir nicht lieber nach Hause? Nicht dass noch etwas passiert.«

»Ach, was soll passieren«, lachte er, »ich bin ja bei dir.«

Der Weg führte durch den Wald bergauf. Unter ihren Füßen raschelten die Blätter der Buchen, deren schwarzgraue Stämme sich in den Nachthimmel reckten. Holunderbüsche wuchsen am Wegrand. Sie wirkten bei Nacht wie eine undurchdringliche schwarze Wand, der man nicht ausweichen konnte. Ilona wurde es unheimlich.

»Was, um Himmels willen, willst du mir denn hier mitten in der Nacht zeigen?«

»Eher um Teufels willen«, lachte er, »das wirst du bald sehen.«

Ilona war leicht außer Atem. Sie fühlte sich schläfrig vom Rotwein, den sie beim Abendessen getrunken hatte, und verspürte wenig Lust, mit ihm durch den Wald zu gehen.

»Lass uns umkehren. Ich habe Angst«, sagte sie.

»Wir sind gleich da. Nur noch ein kurzes Stück.«

Ein schmaler Weg zweigte nach links vom Hauptweg ab und führte leicht bergab.

»Sieh, da drüben«, sagte er.

Schemenhaft konnte sie durch die Bäume die Felsblöcke erkennen, die im Mondlicht gräulich schimmerten. Die Teufelskanzel, schoss ihr ein Gedanke durch den Kopf. Er wollte mit ihr zur Teufelskanzel, diesem Aschaffenburger Aussichtspunkt, bei dem angeblich der Teufel höchstpersönlich riesige Felsbrocken abgeworfen haben soll. Als Schulkind war sie hier gewesen, natürlich nicht um Mitternacht, sondern tagsüber während eines Wandertags.

»Du willst mit mir zur Teufelskanzel?«, stammelte sie überrascht.

»Klar, ist schön hier in der Nacht. Du wirst es gleich sehen.«

Er schien ganz begeistert zu sein, zog sie mit sich fort, zwischen mächtigen Buchen und Eichen hindurch, dann die sechs Stufen hinauf auf die Aussichtsplattform, deren Metallgeländer sich gegen den Nachthimmel abzeichnete. Sie schauderte. Von der Stiftskirche wehte der Klang der Glocken herüber, zwölf Mal, Mitternacht, Geisterstunde. Ilona war es unheimlich. Sie sah links Aschaffenburg in der Ebene liegen, rechts die Ausläufer von Goldbach.

»Und, ist es nicht schön hier? Der Teufel hat sich eine besonders schöne Stelle ausgesucht.« Er umarmte Ilona und zog sie ganz dicht an sich. »Es soll Glück bringen, sich hier um Mitternacht zu küssen«, flüsterte er.

»Ich find' es unheimlich.«

»Nun verdirb nicht alles. Genieß es einfach. Der Teufel weiß, was gut ist. Vertrau mir.«

Er presste sie mit dem Rücken gegen das Metallgeländer der Teufelskanzel und nahm sich den Kuss, den sie ihm nicht geben wollte. Er küsste sie ganz wild. Sie schnappte nach Luft, Sterne tanzten vor ihren Augen. Das Geländer im Rücken bewahrte sie vor einem Sturz. So etwas hatte sie noch nie erlebt. Wenn das keine Liebe war?

»Jetzt bist du mein«, hörte sie ihn flüstern, »mein Gretchen für immer.«

»Warum nennst du mich Gretchen?«

»Ach nichts«, murmelte er, »das hat mit Goethe zu tun, mit Goethe und dem Teufel. Mach dir darüber keine Gedanken. Es ist nur eine Redensart von mir.«

Ilona fand das seltsam, doch sie hatte das Gefühl, ihn zu lieben, wie sie noch nie jemanden geliebt hatte. Also gab sie sich damit zufrieden und ließ sich von ihm nach Hause bringen.

5

Rotfux trommelte unruhig mit den Fingern auf dem Besprechungstisch herum.

»Wo er nur bleibt?«, murmelte er.

Endlich erschien Oberwiesner, etwas außer Puste, und ließ sich in seinen Besprechungsstuhl sinken.

»'tschuldigung, Chef«, sagte er, »hatte noch ein Telefonat mit Klaus Zimmermann vom Main-Echo. Da wollte ich nicht unfreundlich sein.«

Rotfux wurde hellhörig. Wenn es um die Presse ging, konnte man nicht vorsichtig genug sein. Er kannte den leitenden Stadtredakteur der örtlichen Tageszeitung und legte Wert auf ein gutes Verhältnis zu ihm.

»Warum hat er angerufen?«

»Er will einen Bericht zum Überfall auf Thomas Drucker bringen und wollte möglichst viele Details dazu wissen.«

»Ist wieder mal typisch«, brummte Rotfux. »Genau deshalb hat er mich vor einer halben Stunde ebenfalls ausgefragt. Ich konnte ihm natürlich wenig sagen und da versucht es das Schlitzohr bei dir.« Er musste zwar zugeben, dass der Redakteur ein guter Mann war, trotzdem ging ihm seine Hartnäckigkeit gelegentlich auf die Nerven. »Als ob wir nicht genug Probleme hätten«.

»Zimmermann hat sich selbst mit Drucker unterhalten«,

berichtete Oberwiesner. »Er scheint ganz heiß auf das Thema Satanismus zu sein. Drucker hat ihm von einem Leichenwagen und einer rotblonden Frau erzählt und jetzt meint er, es handle sich um einen Mordversuch mit satanistischem Hintergrund.«

»Davon wollte er mich ebenfalls überzeugen«, sagte Rotfux. »Dabei hat mir der Arzt im Klinikum gesagt, Thomas Drucker könne sich an die dramatischen Ereignisse nicht erinnern, denen er ausgesetzt war.«

»Wobei er uns die Geschichte mit dem Leichenwagen auch erzählt hat«, gab Seidelmann zu bedenken.

»Klar«, brummte Rotfux. »Doch was bringt uns das? Wir wissen, dass er bedroht wird, wir lassen ihn inzwischen Tag und Nacht überwachen, doch wir haben bisher keine Ahnung, wer dahintersteckt. Was hat die Überprüfung der Bestattungsinstitute ergeben?«

»Fehlanzeige«, antwortete Gerda Geiger. »Nirgendwo wurde ein Leichenwagen gestohlen, in keinem der Institute wurde etwas Auffälliges bemerkt und niemand will mit der Sache das Geringste zu tun haben. Wir haben mit Thomas Drucker sämtliche Bestattungsinstitute der Umgebung besucht, ihm Verkaufs- und Lagerräume gezeigt, doch er hat keines wiedererkannt.«

»Hätte mich auch gewundert«, brummte Rotfux. »Gibt es sonst irgend etwas Neues?«

»Eine Sache vielleicht, Herr Kommissar«, meldete sich der junge Seidelmann zu Wort. »Morgen Abend um 19 Uhr findet eine Messe in der Stiftsbasilika statt. Es soll an die Ermordung von Ilona Drucker erinnert werden. Das wird möglicherweise eine große Sache. Ganz Aschaffenburg redet darüber. Ich bin heute mehrfach darauf angesprochen worden.«

»Ja, das stimmt«, schaltete sich Oberwiesner ein, der inzwischen seine dritte Cola trank.

»Ist ja interessant«, sagte Rotfux leise. »Deshalb will dieser Zimmermann unbedingt morgen einen Bericht zum Thema Satanismus und zum Überfall auf Thomas Drucker im Main-Echo bringen. Leute, da müssen wir dabei sein! Morgen um 19 Uhr erwarte ich Sie alle bei der Stiftsbasilika. Wir müssen sehen, was sich da abspielt und ob wir irgendwelche Hinweise zu der Angelegenheit finden können.«

Am nächsten Morgen brachte das Main-Echo einen ganzseitigen Bericht über Satanismus in Deutschland und die Vorgänge in Aschaffenburg. Gleich auf der Titelseite gab es unter der Rubrik ›Lokales‹ einen Hinweis darauf. Im Innenteil wurde der Mord an Ilona Drucker nochmals beschrieben. Außerdem wurde die Entführung von Thomas Drucker ausführlich kommentiert. Alle Hinweise und Vermutungen hatten den Tenor, dass hinter dieser Entführung Satanisten stecken könnten.

»Da wird heute Abend Andrang in der Stiftskirche herrschen«, sagte Kommissar Rotfux. »Wir müssen rechtzeitig da sein, um alles gut beobachten zu können.«

Bereits um 18.30 Uhr traf Rotfux mit seinen Leuten an der Stiftsbasilika ein. Er postierte sich auf der Terrasse oberhalb der breiten Freitreppe mit Blick über den Stiftsplatz. Treppen und Platz waren mit Salz gestreut und völlig vom Schnee befreit, während die umliegenden Dächer und der Stiftsbrunnen ein zartes, weißes Schneekleid trugen.

»Ganz schön kalt am Abend«, sagte Rotfux zu Oberwiesner, der im dicken Wintermantel und in Fellstiefeln neben ihm stand und die Szene ebenfalls beobachtete.

»Tja, erstaunlich, dass trotzdem so viele zum Gottesdienst kommen«, brummte Oberwiesner, schlug den Mantelkragen hoch und vergrub die Hände noch tiefer in den Manteltaschen. »Die ganze Stadt scheint auf den Beinen zu sein.«

Tatsächlich fuhr ein Auto nach dem andern ins Theater-Parkhaus und die Besucher strömten über den Stiftsplatz auf die Basilika zu.

»Da kommt Zimmermann«, flüsterte Oberwiesner.

»Der will wohl sein Werk begutachten«, brummte Rotfux.

Als sich der Redakteur der Terrassenbrüstung näherte, ging Rotfux auf ihn zu und schüttelte ihm die Hand. »Mächtig was los heute. Mit Ihrem Artikel haben Sie viele Leute hinter dem Ofen hervorgelockt.«

»Kann man wohl sagen, ist ja auch wichtig. Aschaffenburg muss ein Zeichen setzen gegen diese satanischen Umtriebe.«

Die alte Maria Beletto keuchte die Treppe empor. Sie ging am Stock und kämpfte sich Stufe für Stufe nach oben. Ihre kleine zierliche Figur steckte in einem viel zu großen Wintermantel, der fast bis zum Boden reichte und ihre kurzen Beine völlig verdeckte. Ein schwarzes Kopftuch umrahmte ihr bleiches, schmales Gesicht, das von tiefen Falten durchfurcht wurde. Sie lächelte, als sie Rotfux sah, und zeigte dabei mehrere Goldplomben, die in ihrem Mund leuchteten.

»Geben Sie acht, Herr Kommissar«, krächzte sie, »damit nicht bald wieder etwas passiert.«

Hinter ihr gingen Thomas Drucker und Sabine Flieger,

unauffällig begleitet von zwei Beamten in Zivil, die Rotfux zu ihrer Bewachung abgestellt hatte. Fast sah es aus, als würden die beiden von Oskar Leitner und seinem Sohn Alexander verfolgt, jedenfalls hasteten diese knapp hinter ihnen die Treppen herauf, wobei Alexander Leitner versuchte, dicht hinter Sabine Flieger zu bleiben.

»Das kann ja heiter werden«, kommentierte Rotfux die Szene. »Der ganze Familienclan versammelt sich.«

Es folgte Bernhard Flieger, der diesmal von seiner Frau Nicole begleitet wurde. Man sah ihr an, dass sie etwa 20 Jahre jünger war als er. Alle wussten, dass sie seine zweite Frau war, die ursprünglich als Sekretärin bei ihm gearbeitet hatte.

Sogar der alte Johann Flieger, der Gründer von Flieger-Moden, ließ es sich nicht nehmen, zum Gottesdienst zu kommen. Eine schwere schwarze Limousine brachte ihn auf den Stiftsplatz, dort stieg er direkt neben der Treppe aus, die zur Stiftsbasilika nach oben führte. Für seine fast 90 Jahre sah er beeindruckend aus. Sein weißes Haar war noch voll, das Gesicht sah gebräunt aus und vermittelte durch die markante Nase einen dynamischen Eindruck. Ein auf Taille geschnittener Wintermantel betonte seine perfekte Figur.

»Ich glaube wir sollten uns langsam einen Platz suchen«, flüsterte Rotfux zu Oberwiesner. »Ich hoffe, wir müssen nicht stehen.«

Doch da hatte er sich getäuscht. Die Kirche war besetzt bis auf den letzten Platz und einige standen zwischen den Pfeilern des Mittelschiffes, um überhaupt etwas sehen zu können. Die Basilika wirkte so gut gefüllt noch beeindruckender als sonst. Die Grabplatten, die Andachtsbilder an Wänden und Pfeilern, die Reliefs der Verstorbenen schienen sich mit den Lebenden zu mischen und Ilona Drucker ihr Mitgefühl auszusprechen.

»Wir gehen weiter nach vorne«, flüsterte Rotfux und schob sich mit Oberwiesner durch das linke Seitenschiff. Unter dem vordersten Säulenbogen blieben sie stehen. Die Glocken begannen zu läuten, die Orgel spielte und der Priester zog mit seinen Ministranten in die Kirche ein. Nach Begrüßung, Schuldbekenntnis, verschiedenen Gesängen und Lesungen folgte die Predigt, die ganz im Zeichen der Erinnerung an die Verstorbene stand.

»Fassungslos stehen wir vor dem Tod unserer lieben Schwester Ilona Drucker. Ilona Drucker hat unendliches Leid erfahren. Aber es war nicht der Satan, der sie geschändet hat. Es waren Menschen, es waren Bestien, die sie im Pompejanum ermordet haben.« Man spürte die innere Erregung des Priesters, seine Stimme vibrierte, er gestikulierte mit den Armen, als ob er höchstpersönlich den Satan aus der Kirche vertreiben wollte.

»Manche gehen so weit, dass sie den Satan als Gegengott anbeten. Sie verkünden satanische Gebote und Regeln. Satan repräsentiert Vergeltung, sagen sie. Aber wir haben ihnen etwas entgegenzusetzen. Wir besitzen die Liebe Gottes, die selbst vor ihnen nicht Halt machen wird.«

Während er das sagte, war vom Hauptportal der Kirche ein klopfendes, scharrendes Geräusch zu hören. Der Priester schreckte zusammen, hielt einen kurzen Moment inne, fuhr dann aber mit den Fürbitten fort. Es folgte das heilige Abendmahl und ganz am Schluss der Segen für die Gemeinde.

»… es segne euch der allmächtige Gott, der Vater und der Sohn und der Heilige Geist.«

»Amen«, antwortete die Gemeinde.

Wieder war am Hauptportal dieses klopfende, scharrende Geräusch zu hören. Wieder hielt der Priester inne.

»Der Satan, der Leibhaftige!«, krächzte ein altes Weib in der ersten Bankreihe. Hier und da war unterdrücktes Gelächter zu hören, dann wieder das alte Weib mit ihrem »Der Satan, der Leibhaftige!«

Der Priester verbeugte sich vor der Marienstatue mit dem Kind und sagte noch sein »Gehet hin in Frieden«, da sprang die alte Frau auf, fuchtelte wild mit den Armen, schlug vor dem Altar ein Kreuz und humpelte mit ihrem Stock, so schnell sie gehen konnte, über den roten Teppich durch das Mittelschiff zurück zum Hauptportal der Kirche. Ihren Gehstock benutzte sie kaum. Sie war so erregt, dass sie darüber ihre Gehbehinderung zu vergessen schien.

»Der Satan, der Leibhaftige«, rief sie immer wieder.

Dem Priester blieb nichts anderes übrig, als ihr zu folgen. »Nun warten Sie doch, Frau Kissel«, rief er, »Da ist kein Satan, es gibt hier keinen Satan.« Doch die alte Frau ließ sich nicht zurückhalten.

Inzwischen war auch Klaus Zimmermann auf den Beinen, hatte seine Kamera im Anschlag und machte Bilder von der Alten und dem hinterhereilenden Priester.

Der Redakteur ist immer an der richtigen Stelle, dachte Rotfux, den das Ganze irgendwie belustigte. Die Alte öffnete die quietschenden Holztüren und stürzte nach draußen. Gleich darauf hörte er die Frau hysterisch kreischen.

»Er war da, der Satan, der Leibhaftige, er war da …«

Sofort kam die ganze Gemeinde in Bewegung. Die Leute erhoben sich, mehrere alte Frauen drängten ebenfalls zum Hauptportal, wo die Alte sich regelrecht in ihre

Wahnvorstellung hineinsteigerte und in kurzen Abständen rief: »Der Satan, der Leibhaftige …«

Als Rotfux sich endlich durch die Menge zum Hauptportal gekämpft hatte, traute er seinen Augen kaum. An die beiden hölzernen Flügel des Hauptportals war von außen mit roter Farbe oder womöglich Blut jeweils ein Pentagramm geschmiert, wie er es vom Mord im Pompejanum kannte. Davor kauerte die alte Frau, völlig außer sich, und rief fortwährend: »Der Satan war da, der Leibhaftige!«

Zimmermann hatte die Gelegenheit sofort genutzt und Fotos geschossen. Bessere Bilder konnte der für seinen morgigen Bericht gar nicht bekommen, dachte Rotfux.

Die alte Erna Kissel ließ sich schwer beruhigen. Der Priester konnte so viele Bibelverse bemühen wie er wollte, für sie stand fest, dass der Teufel persönlich für die Sauerei verantwortlich war. Wenigstens gelang es dem Priester, sie ins Innere der Kirche zu führen und auf einen Platz in den hinteren Bankreihen zu setzen.

»Nun beruhigen Sie sich, Frau Kissel«, sagte er, »das waren irgendwelche verrückten Schmierer. Es gibt hier keinen Satan.«

»Das sagen Sie, Hochwürden, aber ich habe ihn genau gehört!«

Es schien aussichtslos. Tief saß diese Angst vor dem Teufel in der alten Frau. Wahrscheinlich hatte sie die Offenbarung gelesen, wusste von dem siebenköpfigen Tier mit zehn Hörnern, wusste von der Zahl 666, oder es war einfach der jahrhundertealte Glaube an den Satan als Vertreter des Bösen.

»Nun gehen Sie erst mal nach Hause und erholen sich von diesem Schrecken«, versuchte der Priester sie zu beruhigen. »Morgen in der Bibelstunde besprechen wir das alles.«

Im rechten Seitenschiff, dort, wo die Wendeltreppe auf die prachtvolle Kanzel führte, stand Thomas Drucker mit Sabine Flieger und Maria Beletto und fast der gesamten Familie seiner Freundin.

Der Priester ging zu ihm. »Entschuldigen Sie, Herr Drucker, das unerfreuliche Ende unserer Messe. Es tut mir leid, ich musste mich um die alte Frau Kissel kümmern. Sie ist völlig außer sich.«

Thomas Drucker nickte verständnisvoll. »Die Vorgänge sind tatsächlich ungewöhnlich. Ich würde selbst gerne wissen, was das alles bedeutet.«

Thomas fühlte sich unwohl. Ganz ohne sein Zutun stand er plötzlich total im Mittelpunkt, war umringt von der kompletten Familie Flieger, die wohl eher aus Neugier als aus Anteilnahme erschienen war. Dazu hatte er noch diesen Alexander Leitner auf dem Hals, der sich die ganze Zeit möglichst dicht bei Sabine aufhielt und anscheinend das Feld noch nicht räumen wollte.

»Bin gespannt, was als Nächstes passiert«, sagte Alexander Leitner, und es klang, als ob er den nächsten Anschlag geradezu herbeisehne.

6

Nach der Messe in der Stiftskirche konnte Thomas Drucker beobachten, wie viele Kirchenbesucher in die Kneipen der Aschaffenburger Altstadt strömten. Die Treppen der Basilika hinab, dann über den Stiftsplatz, ergossen sie sich in die malerischen Gassen mit ihren Fachwerkhäusern und gemütlichen Gaststätten.

Johann Flieger hatte wohlweislich einen Tisch im Gasthaus ›Zum Fegerer‹ reserviert. Das war typisch für ihn. Er lud seine Familie gern auf einen Schoppen ein, wie er sagte. Als sie die Stiftskirche verließen, sprach er Oskar Leitner und seine Frau an. »Kommt ihr auf ein Gläschen zum Fegerer mit? Ich habe dort einen Tisch reserviert, sonst wird man heute kaum noch irgendwo einen Platz bekommen.«

Leitners stimmten freudig zu, besonders die Augen von Alexander Leitner strahlten, denn damit hatte er eine weitere Gelegenheit, Sabine Flieger nahe zu sein, ohne dass ihn Thomas Drucker daran hindern konnte.

»Klar, wir sind dabei«, sagte Oskar Leitner, »haben länger nicht mehr geredet.«

Man kannte sich in der Aschaffenburger Textilindustrie. Bei aller Konkurrenz hatten die Inhaberfamilien immer Kontakt gehalten. Natürlich wurden keine Geheimnisse ausgeplaudert, aber man ließ schon mal durchblicken, wie die Geschäfte so liefen. Jeder konnte abschätzen, ob er vergleichsweise gut oder eher schlecht dastand. Gerade Johann Flieger war einer derjenigen, die gern solch einen Gedankenaustausch pflegten.

Sie gingen das kurze Stück zur Schlossgasse, quer über den Theaterplatz, vorbei an der Sonnenuhr, die um diese Zeit ihren Schatten nur wegen der Straßenbeleuchtung auf den Platz warf. Thomas Drucker sah Alexander Leitner neben Sabine und wünschte ihn am liebsten auf einen anderen Stern. Zudem hatte er eigentlich keine Lust, mit seinen Chefs in die Gaststätte einzukehren. Das war zwar eine nette, gemütliche Kneipe, in der man gut aß, aber mitten zwischen Fliegers und Leitners zu sitzen und über den Mord an seiner Mutter zu spekulieren, erschien ihm äußerst unangenehm. Nur Sabine zuliebe ging er mit.

»War ja eine coole Nummer mit den Schmierereien an der Kirche«, meinte Alexander Leitner.

Thomas hatte den Eindruck, dass Alexander sein Unglück regelrecht genoss. »Ich hätte darauf verzichten können«, antwortete er. »Hätte lieber meine Ruhe vor diesen Machenschaften.«

Sabine drückte seine Hand. Ihr war klar, dass sich hier der nächste Streit anbahnte. Sie war froh, dass sie in diesem Augenblick den Fegerer erreichten und vorbei an der Küchentheke in den Gastraum traten.

»So, nehmt bitte Platz«, forderte Johann Flieger auf, der für seine fast 90 Jahre erstaunlich rüstig war. »Die Jugend am besten zu mir«, lachte er und nahm an der Stirnseite der Tafel Platz. Sabine setzte sich neben ihn, Thomas Drucker an ihre Seite und Alexander Leitner ihr gegenüber.

»Vielleicht ein Aperitif?«, lud Johann Flieger ein. »Aperitif ›Fegerer‹, das wär' doch was, Rieslingsekt mit Brombeerlikör«, fügte er hinzu.

Geld spielte keine Rolle für Johann Flieger. Er hatte geladen und pries die Karte. Nachdem alle bestellten hatten, kam ein lebhaftes Gespräch in Gang.

»Dass die Polizei niemanden vor der Kirche postiert hatte«, wunderte sich Martin, der jüngere Sohn Johann Fliegers. »Die Schmierer hätte man bestimmt leicht erwischen können.«

»Tja, damit hat sie wohl nicht gerechnet«, entschuldigte sie Bernhard Flieger. »Auf die Idee, während einer Messe Kirchentüren zu beschmieren, muss man erst mal kommen.« Fast schwang so etwas wie Bewunderung in seiner Stimme mit.

»Jetzt hat der Kommissar viel Arbeit damit, das Blut oder die Farbe zu analysieren«, lachte Alexander Leitner. »Nun, wer keine Arbeit hat, der schafft sich welche.«

Thomas fand die Bemerkung ziemlich unpassend, sagte jedoch nichts, denn er konnte schlecht in Gegenwart der gesamten Familie von Sabine mit Alexander streiten. Trotzdem wurde er das Gefühl nicht los, dass der Mord an seiner Mutter die meisten der Anwesenden kaum mitnahm. Er sah die Stuckdecke über sich, den Kronleuchter, der ein gemütliches Licht verbreitete, und war einen Moment lang ganz weit weg mit seinen Gedanken, weit weg bei seiner Mutter, die in diesem weißen Sarg auf dem Friedhof lag, bedeckt mit Kränzen, unter einem einfachen Holzkreuz, das fürs Erste provisorisch dort aufgestellt worden war.

»Sie sind so schweigsam, Herr Drucker«, sprach ihn Oskar Leitner an, der seine gedankliche Abwesenheit bemerkte. »Hat Sie sicher alles ziemlich mitgenommen.

Zuerst der Mord an Ihrer Mutter, dann der Mordanschlag auf Sie, ist ja scheußlich.«

»Ja, ich kann es noch nicht richtig fassen.«

Sabine drückte unter dem Tisch seine Hand.

»Bin mal gespannt, ob es überhaupt mit Satanismus zu tun hat«, bemerkte Johann Flieger. »Vielleicht sollen diese Symbole und Schmierereien nur von den wahren Motiven ablenken.«

»Das wäre ganz schön riskant«, gab Bernhard Flieger zu bedenken. »Die hätten heute an der Kirche leicht erwischt werden können.«

»Tja, das stimmt. Es muss also um eine sehr wichtige Sache gehen, für die man ein Risiko in Kauf nimmt«, kombinierte Johann Flieger. »Es tut mir sehr leid für Sie, Herr Drucker«, sagte er, »aber ändern kann man es nicht mehr. Essen Sie tüchtig und passen Sie auf sich auf. Das Leben muss weiter gehen.« Dabei prostete er ihm freundlich zu, sie stießen sogar mit den Gläsern an, und für einen Moment war Thomas der alte Herr richtig sympathisch.

Das Essen war inzwischen aufgetragen worden, die Unterhaltung wechselte zu den Vorgängen in der Textilindustrie, Alexander Leitner versuchte mit Sabine ins Gespräch zu kommen und Thomas diskutierte mit Bernhard Flieger, seinem direkten Chef in der Firma, die nächsten Schritte der geplanten Marketingkampagne. Allerdings konnte er sich schlecht auf das Gespräch mit Flieger konzentrieren, da er ständig mit einem Ohr der Unterhaltung Sabines mit Alexander folgte. Fast kam es ihm so vor, dass Bernhard Flieger und Alexander Leitner ihn bewusst in dieser Zwickmühle quälen wollten, da sie natürlich wussten, wie sehr er auf Sabine achtete. So war Thomas heilfroh, als endlich der Nachtisch, Kaffee und Espresso gereicht wurden und Johann Flieger seinen Fahrer einbestellte, der ihn direkt an der Gaststätte abholen sollte.

Während sich die Kneipen in der Aschaffenburger Altstadt mit den Kirchenbesuchern füllten, machte sich Maria Beletto auf den Heimweg. Sie kam als eine der letzten aus der Stiftskirche. Das Gehen bereitete ihr Probleme, daher hatte sie gewartet, bis sich die Besucher durch den Seiteneingang der Basilika ins Freie geschoben hatten. Als sie in die überdachte Vorhalle der Kirche trat, sah sie die Kriminalisten bei der Arbeit. Sie untersuchten die Türflügel, welche mit blutroten Sternen beschmiert waren, liefen mit Plastiküberzügen an den Schuhen herum und hatten den Eingangsbereich der Kirche mit weiß-roten Bändern abgesperrt.

Wahnsinn, dachte sie, und das alles wegen meiner Ilona.

Ilona Drucker war für sie wie eine Tochter gewesen. Sie hatte ihr geholfen, als sie nicht mehr weiter wusste, hatte sie bei dieser Sache mit dem jungen Mann unterstützt. Etwas war schief gelaufen. Ilona war ermordet worden und Maria Beletto ahnte, dass es mit ihrer Vergangenheit zu tun hatte.

Stufe für Stufe humpelte sie mit ihrem Gehstock den Treppenabgang der Stiftskirche hinunter. Ihr viel zu langer Wintermantel schleifte über die Stufen und sie war froh, als sie endlich unten ankam. Der Stiftsplatz war inzwischen einsam und verlassen. Nur ein Polizeiauto parkte dort, wahrscheinlich von der Spurensicherung. Sie ging in die Pfaffengasse hinein, vorbei an dem Italiener, bei dem sie sonst ihr Ciabatta-Brot holte. Ihr Gehstock klapperte auf dem Pflaster. Vorsichtig, Schritt für Schritt, kämpfte sie sich voran. Bloß nicht fallen, dachte sie. Hier und da waren Schneereste zu kleinen Eisplatten zusammengeschmolzen, die sicher teuflisch glatt waren.

Teuflisch. Dieses Wort weckte Erinnerungen in ihr. Ilona hatte damals über die Vorlieben ihres Freundes geklagt, hatte von seiner Begeisterung für Teufel und Hexen erzählt, die ihr seltsam vorkam. Jetzt war sie teuflisch ermordet worden, mit eingeritztem Pentagramm in Brust und Bauch, jedenfalls wenn es stimmte, was im Main-Echo stand.

Maria Beletto passierte die Christuskirche und anschließend die ehemalige Jesuitenkirche. Gleich darauf öffnete sich der Aschaffenburger Marktplatz vor ihr und linker Hand stiegen die mächtigen Türme des Schlosses in die Höhe. Gut so, die Hälfte habe ich geschafft, dachte sie. Maria hatte den Umweg über den Marktplatz genommen, obwohl sie in der Sandgasse wohnte. Den Dalberg hinab wäre es viel näher gewesen, aber das schien ihr zu glatt und zu rutschig. In der Steingasse war niemand mehr unterwegs. Es fing leicht an zu schneien. Die Schaufenster der kleinen Läden waren noch beleuchtet, ansonsten war die Gasse völlig ausgestorben. Maria Beletto zog ihr schwarzes Kopftuch unter dem Kinn fester zusammen und beugte sich stärker nach vorn, um gegen den Wind anzukommen, der ihr entgegenblies. Wie eine kleine dürre Hexe sah sie aus, die sich mit ihrem viel zu langen Mantel durch die Gasse kämpfte.

Sie hatte Ilona geschworen, nie etwas über den Vater von Thomas zu verraten. Nun war Ilona tot und sie trug dieses Geheimnis mit sich herum. Der Kommissar hatte sie befragt, aber sie hatte nichts verraten. Morgen wollte Thomas sie besuchen, doch auch ihm durfte sie nichts sagen.

Eine schwarze Katze huschte vor ihr quer über die Sandgasse. Der Schneefall hatte zugenommen. Dicke weiße Flocken bildeten sich auf ihrem Mantel und dem Kopftuch. Endlich stand sie vor ihrer Haustür. Gott sei Dank, geschafft, dachte sie. Durch das Guckfenster in der Klappe ihres Briefkastens sah sie etwas Weißes schimmern. Sie öffnete den Kasten und entnahm einen unfrankierten Umschlag. ›Maria Beletto‹ war darauf zu lesen, ein Absender war nicht vermerkt. Muss eingeworfen worden sein, während ich in der Kirche war, schlussfolgerte sie. Sie arbeitete sich mit ihrem schwarzen Gehstock drei Treppen in das oberste Stockwerk herauf, wo sie eine kleine Zwei-Zimmer-Wohnung unter dem Dach gemietet hatte, als vor vier Jahren ihr Mann Alberto ganz plötzlich verstorben war. Mit einem schweren Schlüssel öffnete sie die hölzerne Wohnungstür. Gleich im Flur nahm sie ihr Kopftuch ab und sah in den Spiegel der Garderobe. Müde sehe ich aus, dachte sie, muss mich bald hinlegen. Sie hängte den schweren Wintermantel an die Garderobe, schlüpfte in ihre Hauspantoffeln und ging mit dem Brief ins Wohnzimmer. Dort nahm sie einen silbernen Brieföffner von der Kommode, ein Erinnerungsstück an Alberto, das er ihr bei einem Ausflug nach Capri geschenkt hatte.

Ratsch, war der Umschlag geöffnet und Maria zog ein Blatt heraus, auf dem mit ausgeschnittenen Zeitungsbuchstaben ein Satz aufgeklebt war: ›Ein falsches Wort und du bist tot‹, konnte sie entziffern. Darunter war mit roter Farbe oder womöglich Blut ein fünfzackiger Stern gemalt, der auf dem Kopf stand.

Um Himmels willen, dachte Maria, sie wissen, wo ich wohne, und sie wissen, wer ich bin. Sie ließ sich auf das

Sofa fallen, das im Wohnzimmer stand, und legte ihre müden Füße hoch, die in dunkelbraunen, groben Socken steckten. Dann setzte sie ihre Brille mit den dicken Gläsern auf und las nochmals ganz genau. Doch der Satz veränderte sich nicht. Er blieb schreckliche Drohung. Sie schlich auf Socken in die kleine Küche und ins Schlafzimmer. Alles war wie sonst. Trotzdem ging sie zur Wohnungstür, steckte den schweren Schlüssel ins Schloss und drehte zweimal um.

Sicher ist sicher, dachte sie.

Thomas Drucker war froh, als sie endlich die Gaststätte ›Zum Fegerer‹ verließen. Er bedankte sich bei Johann Flieger, verabschiedete sich bei den übrigen und beobachtete die missmutigen Blicke der Eltern von Sabine, als diese sich bei ihm einhängte und mit ihm ging.

»Willst du nicht mit nach Hause kommen?«, fragte ihre Mutter leise.

»Ich kann ihn jetzt nicht alleine lassen«, war Sabines Antwort. Schon zog sie Thomas durch die Schlossgasse mit sich fort.

»Komm«, sagte sie, »es ist kalt. Lass uns schnell zu dir gehen.«

Es hatte geschneit, während sie in der Gaststätte saßen, die Straßen und Gehwege waren weiß, Flocken wirbelten durch die Luft.

»Ich bin froh, dass wir endlich wieder allein sind«, sagte Thomas. Die beiden Beamten in Zivil, die ihnen weiterhin unauffällig folgten, beachtete er nicht.

»Ich auch. Ich fand es sehr nett, dass du mitgekommen bist, wo uns Opa Johann alle eingeladen hat.«

Sie gingen die Dalbergstraße in Richtung Main,

anschließend durch die Fischergasse zum Floßhafen, und erreichten bald das ältere Haus, in dem Thomas wohnte.

»Gott sei Dank«, seufzte Sabine. »Mir ist eiskalt. Lass uns schnell reingehen.«

Thomas schloss die Haustür auf, sie stürmten drei Treppen nach oben und standen vor seiner Wohnungstür. Unter der Tür klemmte ein weißer Briefumschlag.

»Post für dich«, lachte Sabine. »Sogar bis vor die Wohnungstür. Was für ein Service!«

Thomas hob den Brief auf und sah ihn erstaunt an. »Keine Briefmarke, kein Absender«, murmelte er, »muss heute Abend eingeworfen worden sein.«

»Und vor deine Tür gelegt?«

»Wir haben einen Gemeinschaftsbriefkasten für das ganze Haus, nur einen Schlitz in der Tür, und wer die Post im Gang findet, verteilt sie im Haus.«

Thomas schloss die Wohnungstür auf. In der Diele zogen sie Schuhe und Mäntel aus und gingen in seine kleine Wohnküche mit Blick auf den Main. Sabine gefiel diese Wohnung. Sie war klein, dafür total gemütlich. Für das Schlafzimmer hatten sie gemeinsam ein breites Doppelbett gekauft, seit sie häufiger bei ihm übernachtete. Es gab für sie keine schönere Schlafstätte als diese. Das Fenster der Dachgaube ging nach hinten zum Garten. Man konnte es offen lassen, ohne dass es möglich war, von außen hereinzuschauen. Ein mächtiger Kirschbaum wuchs davor, in dem die Vögel von früh bis spät ihr Konzert gaben.

»Ich bin so froh, dass ich bei dir bin«, sagte sie.

Thomas schloss die Wohnungstür zweimal ab, zog die Vorhänge an den Fenstern der Dachgauben zu, drehte die

Heizung höher und schon lagen sie sich in den Armen und vergaßen alles um sich herum.

»Ich liebe dich.«

»Ich dich auch.«

Sie fielen ins Bett und kuschelten miteinander. Er wollte sie spüren und sie wollte ihm gehören. Es entlud sich die Sehnsucht der vergangenen Tage, in denen sie getrennt waren.

»Es war sehr schön«, flüsterte sie hinterher.

Er sagte nichts, sondern drückte sie an sich. Eine Zeit lang lagen sie eng umschlungen und ganz still im Bett.

»Ich könnte ewig so mit dir liegen«, flüsterte er.

»Ich auch.«

»Bleibst du heute Nacht?«

»Ja, klar, mich kriegt niemand mehr hinaus in die Kälte.«

»Das freut mich. Es war schrecklich, die letzten Nächte allein hier zu sein.«

Er küsste sie und sah, wie ihr eine Träne über die Wange rollte.

»Ich wäre gern gekommen, aber ich konnte nicht. Meine Eltern haben mich total unter Druck gesetzt, sogar von Enterbung gesprochen. Und natürlich wusste man nicht, wer hinter dem Mordanschlag steckt.«

»Aber das weiß man immer noch nicht ...«

»Klar, doch inzwischen sind wenigstens ein paar Tage vergangen. Und dieser Kommissar Rotfux hat versprochen, dass er dein Haus überwachen lässt.«

»Ja, das stimmt.«

Thomas stand auf, zog sich sein Hemd über und sah vorsichtig aus dem Wohnzimmerfenster, welches zur Straße lag.

»Tatsache«, sagte er, »da unten steht ein Wagen, in dem die beiden Männer sitzen. Mit denen möchte ich nicht tauschen.«

»Da siehst du, wie gut du es hast«, lachte Sabine und ging ins Bad, um sich frisch zu machen.

Als sie zurückkam, saß Thomas leichenblass auf dem Sofa in der Wohnküche. Sie sah sofort, dass etwas nicht stimmte.

»Was hast du denn?«

Wortlos reichte er ihr den Brief. Auf dem Blatt hatte man mit ausgeschnittenen Zeitungsbuchstaben einen Satz aufgeklebt: ›Ein falsches Wort und du bist tot!‹ Darunter war mit rotem Farbstoff oder Blut ein fünfzackiger Stern gemalt, der auf dem Kopf stand.

»Von wem kann das stammen?«, rätselte Sabine.

»Keine Ahnung! Aber sie wissen, wo ich wohne und es ist ihnen gelungen, den Brief unbemerkt in den Briefkastenschlitz zu werfen.«

7

Es war noch stockdunkel als Otto Oberwiesner mit seinem VW Passat von der Ringstraße her kommend in die Ludwigsallee einbog.

»Wir müssen sie total überraschen«, sagte Kommissar Rotfux, der auf dem Beifahrersitz saß und seinen Kopf an die Nackenstütze gelehnt hatte. »Sie dürfen nichts ahnen und keine Gelegenheit haben, etwas beiseite zu schaffen. Das klappt am besten in aller Herrgottsfrühe.«

Auf der Ludwigsallee kam ihnen um diese Zeit eine Lichterkette an Fahrzeugen entgegen, die in die Stadt oder weiter über die Autobahn nach Frankfurt zur Arbeit fuhren. Es war kurz vor 6 Uhr.

»Ab 6 sind Hausdurchsuchungen zulässig. Wir wollen den Überraschungseffekt voll ausnutzen«, murmelte Kommissar Rotfux, der für spontane Aktionen bei seinen Leuten bekannt war.

»Hast du Anhaltspunkte dafür, dass Fliegers hinter dem Mord an Ilona Drucker oder dem Mordanschlag auf Thomas Drucker stecken? Haben Sie etwas mit den Schmierereien an der Stiftskirche zu tun? Warum diese Hausdurchsuchung?«, fragte Otto Oberwiesner, der sich in sein Bett zurücksehnte.

»Anhaltspunkte … Mhm, wie man's nimmt. Immerhin hat mir Thomas Drucker kurz nach dem Mord an seiner

Mutter erzählt, dass die Fliegers seine Liebesbeziehung zu ihrer Tochter Sabine nie akzeptiert haben. Vielleicht wollten sie ihn aus dem Weg räumen. Ein Motiv für den Mordanschlag auf Thomas Drucker hätten sie jedenfalls gehabt.«

»Aber wegen einer solchen Liebesgeschichte bringt man doch keinen Menschen um«, widersprach Oberwiesner.

»Das habe ich zunächst auch gedacht, Otto. Aber gestern Abend erhielt ich einen anonymen Anruf. Einige Zeit nachdem ich vom Gottesdienst in der Stiftskirche zurück war. Eine Frauenstimme meldete sich bei mir: Ich solle Bernhard Flieger unter die Lupe nehmen, sagte sie. Er sei Anhänger des Satanismus und habe bestimmt etwas mit der Sache zu tun.«

»Mit welcher Sache?«

»Vermutlich meinte sie die Schmierereien an der Stiftskirche, vielleicht auch den Mord an Ilona Drucker oder den Mordanschlag auf Thomas Drucker. Ich konnte sie leider nicht mehr fragen. Es knackte in der Leitung und das Gespräch war beendet.«

»Woher kam der Anruf?«, fragte Oberwiesner, der langsam munter wurde.

»Von einem öffentlichen Telefon hinter der Sandkirche, Standort Alexandrastraße. Ich habe inzwischen bei den Kollegen vom Streifendienst nachgefragt. Leider ist ihnen zu der fraglichen Zeit nichts aufgefallen.«

»Gibt es irgendwelche Hinweise, wer angerufen haben könnte?«

Rotfux schluckte. »Leider nein, Otto. Die Kollegen haben wie gesagt nichts bemerkt. Außerdem hatte die Frau ihre Stimme stark verstellt, vielleicht ein Tuch vor den Mund gebunden oder etwas in den Mund gesteckt.«

»Und aufgrund des anonymen Anrufes willst du jetzt das Haus von Bernhard Flieger durchsuchen?«

»Ja, wir müssen alles in Erwägung ziehen. Ich habe sofort den zuständigen Ermittlungsrichter angerufen und ihm den Fall geschildert. Da es immerhin um Mord geht und von Anfang an die satanischen Zeichen eine Rolle spielten, hat er einen Durchsuchungsbeschluss ausgestellt. Hat mich echt gewundert, dass es dieses Mal so schnell ging. Scheint wohl unter erheblichem Druck zu stehen und braucht Ergebnisse«, freute sich Rotfux.

Sie bogen von der Ludwigsallee zum Godelsberg ab, der Wagen schlitterte leicht auf der dünnen Schneedecke der Nacht, welche in den Seitenstraßen noch nicht geräumt war, dann hielten sie vor einem großzügigen Anwesen, in dem noch alle Fenster dunkel waren.

»Sie schlafen noch«, stellte Rotfux zufrieden fest.

»Sieht so aus. Ist ja kein Wunder um diese Zeit.«

Oberwiesner schlug den Mantelkragen hoch, um sich besser vor dem eisigen Wind zu schützen. Rotfux klingelte Sturm. Ein zufriedenes Lächeln huschte über sein Gesicht.

»Hallo«, klang es müde aus der Sprechanlage.

»Hallo, guten Morgen, Kommissar Rotfux, Kriminalpolizei. Wir müssen Sie bitten zu öffnen.«

»Muss das sein, Herr Kommissar? Um diese Zeit?«

»Wären wir sonst hier?« Rotfux sprach im amtlichen Tonfall, seine Anweisungen klangen fast militärisch. »Herr Flieger, machen Sie sofort auf!«

»Moment ...«

Das schwere Eingangstor rollte wie von Geisterhand getrieben zur Seite und gab den Weg frei in den Vorgarten der Villa. Über einige Granitplatten, von denen der Wind den Schnee teilweise abgetragen hatte, erreichten

Sie das mächtige Eingangsportal. Bernhard Flieger sah im weinroten Bademantel und in weißen Badelatschen durch den Türspalt. Widerwillig schob er den schweren Türflügel beiseite und gab den Weg in die Eingangshalle des Hauses frei. Über die breite Marmortreppe, welche ins Obergeschoss führte, kam Nicole Flieger im Hausanzug herunter. Bernhard Flieger stellte seiner Frau den Kommissar vor.

»Das ist ja eine Überraschung, Herr Kommissar«, begrüßte sie ihn. »Was führt Sie zu uns? Ich hoffe doch, Sie kommen mit Ihren Ermittlungen voran.«

Rotfux erschien sie beinahe ein wenig zu freundlich um diese frühe Morgenstunde. »Man tut, was man kann. Wir würden uns gern bei Ihnen umsehen.«

»Aber bitte«, flötete Nicole Flieger ihm entgegen, als ob es nichts Schöneres gäbe, als um 6 Uhr morgens von der Kriminalpolizei aus dem Schlaf gerissen zu werden.

»Moment mal, langsam«, mischte sich Bernhard Flieger ein. »Habe ich das richtig verstanden? Sie wollen bei uns im Haus herumschnüffeln?«

»So würde ich es nicht nennen. Das haben Sie gesagt.«

»Aber darauf läuft es hinaus.«

»Wir tun nur unsere Pflicht«, brummte Rotfux. »Wir müssen allen Spuren nachgehen.«

»Da sollten Sie sich lieber um diese Schmierereien an der Stiftskirche kümmern, statt uns hier mitten in der Nacht zu stören«, schimpfte Bernhard Flieger. »Ich muss Sie bitten, unser Haus sofort zu verlassen, Herr Kommissar. Eine Durchsuchung müssen wir uns nicht bieten lassen.«

»Aber Bernhard, nun lass den Kommissar doch seine Arbeit tun«, ging Nicole Flieger dazwischen. »Wir sind ohnehin wach. Jetzt ist es auch schon egal.«

Ihre rot lackierten Nägel blitzten aus ihren offenen Hausschuhen und eine Wolke von Parfüm umwehte sie. Sie musste sich rasch noch frisch gemacht haben, während ihr Mann zur Tür gegangen war. Sie erweckte den Eindruck, den Besuch des Kommissars zu genießen, der sie mit seinen Blicken auffallend musterte.

»Es ist nicht egal. Gar nichts ist egal!«, zischte Bernhard Flieger und seine dunkelbraunen Augen funkelten. »Unsere Wohnung ist unverletzlich. Ich hätte vielleicht ein paar Fragen beantwortet, obwohl ich nicht verstehe, was das in aller Herrgottsfrühe soll, aber herumgeschnüffelt wird in meinem Haus nicht.«

Bernhard Flieger richtete sich hoch auf und überragte den Kommissar fast um einen Kopf. Er sah sogar in seinem Bademantel stattlich aus, auch wenn sein Haar mit den Jahren grau geworden war und sich die Bartstoppeln der Nacht auf seinen Wangen zeigten.

»Nun lass schon, Bern…«, mischte sich nochmals seine Frau ein, doch sie konnte ihren Satz nicht zu Ende bringen.

»Verdammt noch mal, nein«, brüllte Bernhard Flieger. »Er soll sich um die Stiftskirche oder diesen Mord kümmern, aber uns gefälligst in Ruhe lassen. Also, Herr Kommissar, wenn ich bitten dürfte …« Er packte den Kommissar am Arm und versuchte, ihn zur Eingangstür zu schieben.

»Moment mal. Nehmen Sie Ihre Hände von mir«, zischte Rotfux. »Wenn Sie es nicht anders wollen: Hier ist der Durchsuchungsbeschluss.«

Er nahm ein Blatt aus seiner Hosentasche, faltete es auseinander und hielt es Bernhard Flieger hin. Der starrte in einer Mischung aus Entsetzen und Verwunderung darauf und stammelte: »Durchsuchungsbeschluss, tatsächlich!«

»Na siehst du, Bernhard, also war dein ganzer Ärger umsonst, mein Liebling«, lachte Nicole Flieger. »Kommen Sie, Herr Kommissar, ich zeige Ihnen das Haus.«

»Otto«, wandte sich Rotfux an Oberwiesner, der die Diskussion wortlos mitverfolgt hatte, »du bleibst mit Herrn Flieger unten und achtest darauf, dass nichts verändert wird«, forderte ihn Rotfux auf. Er wusste, dass er sich auf Oberwiesner verlassen konnte. Allein durch seine mächtige Statur flößte er anderen Respekt ein. Bernhard Flieger würde es nicht wagen, irgendetwas anzurühren.

Der knackige Hintern von Nicole Flieger wackelte direkt vor Kommissar Rotfux die Marmortreppe hinauf ins Obergeschoss. Sie war hübsch, dachte Rotfux. Und etwa 20 Jahre jünger als ihr Mann.

»Im Obergeschoss sind das Schlafzimmer, die Bibliothek und die Kinderzimmer«, erklärte sie. »Im Moment ist leider alles unordentlich.«

»Macht nichts, ist normal um diese Zeit«, brummte Rotfux.

Die Diele im Obergeschoss war in etwa so groß wie die komplette Wohnung des Kommissars. Bilder verschiedener Künstler waren dezent beleuchtet und ließen das Gefühl aufkommen, man befände sich in einer Kunstgalerie. Rotfux erkannte ein Gemälde von Christian Schad, einem der bekanntesten Aschaffenburger Maler.

»Alle Achtung«, sagte er. »Da haben Sie ja einige sehr wertvolle Bilder.«

»Das Sammeln von Kunst ist ein Hobby meines Mannes.«

Ihren Abschluss fand die Diele in einem riesigen Fenster, welches den Blick über den Godelsberg und Aschaffenburg freigab, bis hin zum Main und zum Schloss.

»Schön haben Sie es hier, Frau Flieger.«

»Ja, ich sitze gern hier und lese, mit Blick über die Stadt. Aber was wollen Sie nun eigentlich sehen, Herr Kommissar. Ich glaube, es gibt bei uns gar nichts Besonderes.«

Rotfux sah sich zunächst im Schlafzimmer um: Großes, bequemes Doppelbett, Decken zerwühlt, Armbanduhr auf dem Nachtisch, Fernseher an der gegenüberliegenden Wand, eingebaute Wandschränke, Radiowecker, Spiegelkommode, halb hochgezogene Jalousien vor dem Fenster mit Blick über die Stadt. Vom Schlafzimmer gab es eine Tür zur Bibliothek. Das Fenster wies zum Garten samt Pool, aus dem das Wasser abgelassen war und der nun von einer Schneeschicht überzogen wurde. Rotfux ging am Bücherregal entlang, strich mit der Hand über die Bücherrücken, bis er an einem Buch hängen blieb, das vorwitzig aus der Reihe der übrigen hervorstand. Er traute seinen Augen kaum. Das Pentagramm auf dem Buchrücken sprang ihn förmlich an. Rotfux nahm das Buch aus dem Regal. ›Satanische Bibel, Anton Szander LaVey‹ las er.

»Gehört die Ihnen?«

»Nein, meinem Mann. Ist ein Steckenpferd von ihm.«

»Ein Steckenpferd?«

»Ja, ich weiß es nicht so genau. Er interessiert sich für Satanismus. Aber Sie müssen ihn schon selber fragen.«

»Das werde ich, das werde ich«, murmelte Rotfux, während er unruhig in dem Buch blätterte.

»Hat Ihr Mann noch mehr in der Richtung?«

»Er besitzt verschiedene Bücher und Schriften. Mich interessiert das alles nicht. Das sind seine Sachen, die gehen mich nichts an.«

Sie schien genau zu wissen, dass Rotfux hier auf eine

heiße Spur gestoßen war und wollte sich wohl davon distanzieren.

»Aber so als Partner, ich meine, da interessiert man sich doch für die Hobbys des anderen«, warf Rotfux ein.

»Normal schon, jedoch dafür nun mal nicht«, sagte Nicole Flieger sehr abweisend, als ob sie mit diesem Teufelszeug auf keinen Fall zu tun haben wollte.

Mehrere Bücher über Satanismus in Deutschland, rituellen Missbrauch und ein Lexikon des Hexenwesens fielen dem Kommissar in die Hände. Er legte sie auf den Schreibtisch der Bibliothek.

»Otto, komm bitte mit Herrn Flieger nach oben«, rief er durch die Diele. »Ich glaube, ich habe etwas Interessantes gefunden.«

Schwer atmend kam Oberwiesner wenig später zusammen mit Bernhard Flieger in die Bibliothek. Als er die Bücher auf dem Schreibtisch sah, wurde ihm klar, dass Rotfux anscheinend den richtigen Riecher gehabt hatte. Ist ein Teufelskerl, dieser Kommissar, dachte er.

»Was sagen Sie dazu?« Rotfux hielt Bernhard Flieger die Satanische Bibel mit dem Pentagramm entgegen und sah ihn durchdringend an.

»Was soll ich dazu sagen?«

»Ich meine das Pentagramm. Sie wissen sicher aus der Zeitung, dass der Ermordeten ein solches Pentagramm in Brust und Bauch geschnitten wurde, und Sie wissen von den Schmierereien an der Stiftskirche.«

»Na und, was wollen Sie damit sagen?«

»Nun, das ist ein sehr auffallender Zusammenhang. Sie werden uns erklären müssen, wo Sie in der Silvesternacht waren.«

Bernhard Flieger sagte nichts, sondern lachte lauthals.

»Also gestern war ich jedenfalls bei der Messe *in* der Stiftskirche. Die Schmierereien können bestimmt nicht von mir sein.«

»Und in der Silvesternacht?«

Bernhard Flieger zögerte, als ob er etwas zu verbergen hätte. »In der Neujahrsnacht war ich zu Hause«, sagte er dann.

»Und das kann natürlich Ihre Frau bestätigen«, lachte Rotfux spöttisch.

»Ich fürchte nein. Sie hat bei Freunden gefeiert.«

»Stimmt das?« Rotfux sah Nicole Flieger an.

»Ja, ich war bei Leitners. Sie hatten uns eingeladen, aber Bernhard wollte lieber alleine bleiben.«

»Wann sind Sie dorthin gegangen?«

»So um 20 Uhr.«

»Und wann kamen Sie zurück?«

»Ich glaube gegen zwei Uhr nachts, vielleicht auch halb drei.«

»Mhmm«, brummte der Kommissar. »Wenn mich nicht alles täuscht, sieht es nicht gut für Sie aus, Herr Flieger. Jedenfalls werden wir diese Bücher als Indizien mit zum Kommissariat nehmen. Otto, pack sie bitte ein.«

»Das ist ja lachhaft, Herr Kommissar«, schimpfte Bernhard Flieger. »Sie glauben nicht im Ernst, dass ich diese Frau ermordet habe und in aller Seelenruhe die Satanische Bibel hier stehen lasse, damit Sie kommen und sich ein Beweisstück holen. Das ist lächerlich!«

»Nun lass den Kommissar doch einfach seine Arbeit tun«, mischte sich Nicole Flieger wieder ein.

»Halt du dich da raus, Nicole«, sagte Bernhard Flieger ärgerlich. »Du musstest ja unbedingt zu Leitners, sonst hätte ich jetzt wenigstens ein Alibi. Falls Sie noch im Gartenhaus nachsehen wollen, Herr Kommissar, dort finden Sie die Mordwerkzeuge, ein scharfes Messer mit meinen Fingerabdrücken und einige Anleitungen zur Ausführung satanischer Morde.«

»Wir werden das Gartenhaus genauestens unter die Lupe nehmen«, sagte Rotfux sehr beherrscht, »da können Sie sicher sein.«

Er ärgerte sich über die vorlaute Art von Bernhard Flieger, obwohl er dadurch eher das Gefühl hatte, dass dieser womöglich wirklich nichts mit dem Mord an Ilona Drucker zu tun hatte.

»Zunächst muss ich Sie bitten, mit uns aufs Kommissariat zu kommen. Wir werden Ihr Haus und das Gartenhaus genau untersuchen. Anschließend kann der Richter entscheiden, ob Sie in Untersuchungshaft genommen werden.«

»Untersuchungshaft?«

»Ja, wegen Verdunkelungs- und Fluchtgefahr.«

»Das ist lächerlich. Ich habe meine Firma hier, nach der ich sehen muss. Ich kann gar nicht fliehen.« Bernhard Flieger schüttelte verständnislos den Kopf. »Spinner«, murmelte er, »absoluter Spinner!«

»Das will ich überhört haben, Herr Flieger«, konterte Rotfux. »Bitte ziehen Sie sich etwas über und kommen Sie auf der Stelle mit. Wir haben es mit einem Mordfall zu tun; da verstehe ich keinen Spaß!«

Rotfux ließ Otto Oberwiesner einen Streifenwagen rufen, der Nicole und Bernhard Flieger abholen sollte. Danach wandte er sich an Gerda Geiger und den jungen Seidelmann sowie vier weitere Kollegen der Spurensicherung, die inzwischen ebenfalls eingetroffen waren.

»Stellt das Haus und das Gartenhaus auf den Kopf. Achtet auf satanische Zeichen, prüft, ob Ilona Drucker hier gewesen sein könnte, sucht nach möglichen Tatwaffen, durchleuchtet jeden Winkel. Es darf uns nichts entgehen.«

Als Rotfux in das Kommissariat im Stadtteil Nilkheim zurückkehrte, wartete dort Thomas Drucker auf ihn. Er war überrascht, den Kommissar in Begleitung von Bernhard und Nicole Flieger zu sehen.

»Sie verdächtigen mich, Ihre Mutter ermordet zu haben«, rief ihm Bernhard Flieger im Vorbeigehen auf dem Gang zu. »Einfach lächerlich!«

Thomas war es peinlich, den Vater von Sabine auf dem Kommissariat zu sehen. Er nickte ihm freundlich zu, sagte aber weiter nichts.

»Was gibt's, Herr Drucker?«, fragte der Kommissar.

»Ich wollte etwas melden.«

»Okay, kommen Sie bitte mit. Otto, kümmerst du dich bitte um Fliegers?«

»Geht klar, Chef.«

Rotfux ging zu seinem Büro voraus und bot Thomas Drucker einen Stuhl vor seinem breiten Schreibtisch an. »Worum geht es?«, fragte er.

Thomas zog einen Brief aus seiner Jackentasche und reichte ihn Rotfux. »Hier, ein Drohbrief, habe ich gestern Abend erhalten. Muss bei mir eingeworfen worden sein, während wir in der Stiftskirche waren oder anschließend, als wir in der Gaststätte ›Zum Fegerer‹ noch gegessen haben.«

»Ist ja interessant«, murmelte Rotfux. Er hielt den Brief gegen das Licht und sah sich die aufgeklebten Buchstaben genau an. »Könnten aus dem Main-Echo ausgeschnitten sein. Wir werden alles genau überprüfen.«

Die alte Maria Beletto schälte sich aus ihrer schweren Bettdecke. Sie musste sparen und hatte deshalb wenig geheizt. An den Fensterscheiben waren Eissterne zu sehen, die von den ersten Sonnenstrahlen durchleuchtet wurden. Maria setzte sich im Bett auf und ließ die Füße, die in dicken, braunen Schlafsocken steckten, aus dem Bett baumeln. Dann gab sie sich einen Ruck, stemmte sich mit ihren dünnen Armen in die Höhe, stellte sich neben das Bett, suchte mit den Füßen ihre Filzpantoffeln, schlüpfte hinein und schlurfte in die Küche. Auf dem Tisch lag der Drohbrief. In ihre kleine Wohnung eingedrungen, verbreitete er Angst und Unruhe, erinnerte sie an den Tod von Ilona und stellte unerbittlich die Frage nach dem Warum. Was soll ich nur tun?, dachte Maria Belletto. Sollte sie den Brief dem Kommissar zeigen? Aber dann würde er mehr wissen wollen, würde nach der Vergangenheit von Ilona Drucker fahnden, nach dem Vater von Thomas Drucker, nach seiner wahren Identität, die sie nicht verraten durfte.

Sie sah aus dem Fenster zur Sandgasse hinab. Verlassen lag die Gasse da. Kein Mensch war so früh unterwegs. Der Schnee der letzten Nacht war noch nicht geräumt. Direkt vor ihrem Hauseingang war ein fünfzackiger Stern zu sehen, den jemand mit seinen Stiefeln in die dünne Schneeschicht gezogen hatte. Der Stern stand auf dem Kopf, zeigte mit seiner Spitze genau auf ihren Hauseingang, als ob er in dieses alte Fachwerkhaus eindringen, sich in seinen knarrenden Holzbalken einnisten wollte. Du lieber Himmel, dachte Maria Beletto, den Stern habe ich gestern Abend gar nicht gesehen. Sie müssen in der Nacht da gewesen sein, müssen den Stern gezogen haben, um mir Angst einzujagen. Sie verfolgen mich und wollen mich in die Knie zwingen.

Sie stellte einen Wasserkessel auf den Herd. Ein Tee wird mich aufwärmen, dachte sie. Im Bad schaltete sie den kleinen Elektroboiler an, der immerhin fünf Liter warmes Wasser hergab. Wenn man sich schnell wusch, reichte es für den ganzen Körper. Doch sie war nicht mehr schnell. Ihre Knie schmerzten, ihre Arme bewegten sich langsam, und so war das Wasser meistens kalt, bis sie sich zur Hälfte gewaschen hatte. Duschen, ja Duschen, das hatte sie früher gekonnt. Aber jetzt hatte sie nur dieses kleine Waschbecken, in das sie ihre Füße nicht mehr bekam, und turnte mühsam auf ihrem Handtuch davor herum, bis sie sich notdürftig gewaschen hatte. Das Alter war schwer für sie. Man hatte nichts zu lachen. Nicht einmal Ilona würde zu ihr kommen, die sie sonst mindestens ein Mal pro Woche besucht und ihr den Rücken geschrubbt hatte. Ohne Ilona war ihr Leben noch weniger wert.

Der Wasserkessel begann zu pfeifen. Schnell zog sie ihr dunkles, langes Kleid an und eilte zurück in die Küche. Sie bestrich ein Ciabatta-Brot mit Marmelade, brühte einen Schwarztee auf und setzte sich an ihren alten groben Küchentisch. Ich darf nicht aufgeben, dachte sie. Thomas braucht mich. Er ist ganz allein, hat nur noch mich. Ihm bin ich es schuldig zu leben. Vielleicht sollte ich ihm doch sagen, wer sein Vater ist …

Nach dem Frühstück schlüpfte Maria in ihre Winterstiefel und zog ihren schweren, langen Wintermantel über. Sie nahm ihren schwarzen Gehstock und ging langsam, Stufe für Stufe, die drei Treppen zum Erdgeschoss hinunter. Als sie auf die Straße trat, war weit und breit niemand zu sehen. Ich muss diesen schrecklichen Stern verwischen, dachte sie. Langsam bewegte sie ihren rechten Stiefel über der Linie, die den Stern bildete. Hin und her, vor und zurück, wie ein Radiergummi, hin und her …

»Na, Signora Beletto, heute so sportlich?«

Maria Beletto erschrak beinahe zu Tode. Sie drehte sich um und sah die Inhaberin der Metzgerei von schräg gegenüber, die sie gar nicht bemerkt hatte. Im nächsten Augenblick torkelte sie, rutschte aus, ihr Stock wirbelte in die Luft und sie fiel zu Boden.

»Du liebe Güte, Signora Beletto, was machen Sie denn?« Die Metzgersfrau sprang herbei und wollte ihr helfen, doch sie war bereits der Länge nach auf den Rücken gefallen und konnte nicht mehr aufstehen. Auch mit Hilfe gelang es ihr nicht.

»Mein linkes Bein will nicht mehr«, jammerte sie. »Ich kann nicht auftreten. Es will einfach nicht mehr.«

»Das wird wieder, Frau Beletto«, tröstete sie die Metzgersfrau und winkte eine ihrer Angestellten herbei.

»Los, packen Sie mit an, wir müssen sie in ihre Wohnung bringen.«

Langsam schleppten sie Maria Beletto zu ihrer Haustür und die Treppen nach oben. Die Schmerzen stiegen ihr vom Bein hinauf in die Hüfte. Höllische Schmerzen. Vor ihren Augen begannen Sterne zu tanzen, überall wirbelten diese weiß-roten Sterne herum. Das sind die Sterne Satans, dachte sie. Oh Gott, hilf mir, er darf keine Macht über mich erhalten …

8

Die schlanken, hoch aufragenden Laternen verbreiteten ein romantisches Licht über den Schlossterrassen. Er hatte einen Tisch reserviert, einen schönen Tisch, abseits vom Trubel. Die mächtige Sandsteinmauer des Aschaffenburger Schlosses, die aus groben Quadern bestand, erhob sich direkt hinter ihnen.

»Es hat wieder wunderbar geschmeckt«, seufzte Ilona zufrieden.

»Das freut mich«, sagte er.

Er hatte seine Hand auf die ihre gelegt und bestellte noch ein Glas Wein für sie, einen Frankenwein aus der Hofkellerei Würzburg, dem Hauptlieferanten der Schlossweinstuben. Sie kannten sich inzwischen über vier Wochen, hatten mehrere Ausflüge unternommen und abends zusammen gegessen. Geld spielte für ihn nach wie vor keine Rolle. Er holte sie mit seinem dunkelblauen Mercedes 280 SLC ab, war überall bekannt und wurde überall bevorzugt bedient.

»Wollen wir noch einen Spaziergang unternehmen?«, fragte er. »Ich würde dir gern noch etwas zeigen.«

Ilona zögerte. Sie fragte sich, was er vorhatte, dachte noch mit Schrecken an ihren nächtlichen Spaziergang zur Teufelskanzel, sah ihn vor sich, wie er sie leidenschaftlich geküsst und etwas vom Satan gemurmelt hatte. Das war das Einzige, was sie an ihm störte. Ständig kam er auf den Satan zu sprechen, redete von der Befreiung des Menschen, wetterte gegen die Fesseln der Konventionen, wobei sie den Eindruck hatte, dass es ihm in Wirklichkeit nur darum ging, wann sie seinem Drängen endlich nachgab. »Wenn du möchtest«, sagte sie leise. Es war ein schöner Abend gewesen und so wollte sie ihn nicht enttäuschen.

»Also, los, komm«, freute er sich. Er zahlte und gab wie immer ein großzügiges Trinkgeld. Nachdem sie aufgestanden waren, legte er seinen Arm um ihre Hüfte und zog sie mit sich über die Schlossterrasse. An der Sandsteinmauer, in der die Terrasse hoch über dem Main ihren Abschluss fand, blieben sie stehen.

»Schau, der Main liegt ganz ruhig da. Ein wunderschöner Abend heute«, sagte er und sah sie mit seinen dunklen Augen an. Oft hatte sie in diese Augen geschaut und sie wusste, was jetzt kommen würde. Es schien ihn nicht zu stören, dass ihnen die gesamte Terrasse zusah. Er nahm ihr Gesicht in beide Hände, bedeckte es über und über mit Küssen, bevor er auf ihrem Mund sein Ziel erreichte.

»Bitte, nicht so wild. Alle schauen uns zu«, flüsterte sie.

»Das macht nichts«, lachte er. »Denk nicht an die anderen. Wir leben unser Leben und scheren uns nicht um die Konventionen.«

Da waren sie wieder, seine Konventionen. Es hatte keinen Zweck, ihm in diesem Punkt zu widersprechen. Sie hatte es versucht, aber nur mit dem Ergebnis, dass er ihr einen stundenlangen Vortrag über Gott und die Welt und sogar den Satan und die Hexen gehalten hatte.

»Der Satan ist der Gegengott«, hatte er gesagt. »Er befreit uns. Lieber ein wenig mit dem Teufel im Bunde als ewig in Ketten.«

Ilona machte das Angst. Doch sie liebte ihn. Und sie glaubte an die Kraft der Liebe, war sich sicher, dass sie mit ihrer Liebe sogar den Satan bezwingen könne. Also sagte sie diesmal nichts, sondern begleitete ihn den Treppenabgang zur Mainpromenade hinab. Rechts sah man durch das Gatter des Kräuter- und Gewürzgartens der Schlossweinstuben, links stieg die Sandsteinmauer bestimmt vier Meter in die Höhe, vielleicht auch fünf. Die Mauer war wild bewachsen. In den Spalten zwischen den Steinen hatten sich Efeu und andere Pflanzen festgesetzt. Sogar einer einsamen Sonnenblume war es gelungen, dort Fuß zu fassen. Vom Ende des Treppenabganges erreichten sie die Mainpromenade. Ruhig und schwarzgrau lag der Fluss vor ihnen im Mondlicht. Ein leichter Wind und die Strömung kräuselten seine Oberfläche. Einige Enten kuschelten im Ufergras, die Köpfe unter den Flügeln, tief schlafend. Die Turmuhr der Stiftskirche schlug zweimal.

»Es ist bereits halb Zwölf«, flüsterte Ilona.

»Ja, komm, wir müssen uns beeilen.«

Schmalblättrige, mannshohe Weidebüsche wucherten am Ufer, das Krächzen einer Krähe wehte von der Maininsel herüber, die den Fluss hier in zwei Arme teilte, der Wind blies stärker, weshalb Ilona fröstelte.

»Mir wird kalt.«

»Das macht nichts. Wir sind gleich da. Es wird dir gefallen.«

Was sollte ihr gefallen? Das hatte er bei der Teufelskanzel auch gesagt, dachte Ilona. Der Mond warf einen silbernen Streifen über das Wasser. Einige wilde Wolkenfetzen durchbrachen den Lichtschein. Kurz darauf unterquerten sie die Willigisbrücke, erreichten die Schiffsanlegestelle. Ilona fragte sich, wo er noch hinwollte.

»Sollen wir nicht lieber umkehren? Es ist so spät.«

»Nun sei kein Spielverderber, wir sind gleich da.« Er packte Ilona an der Hand und zog sie mit sich fort, ging jetzt schneller, als ob er einen wichtigen Termin hatte.

Mitternacht, Geisterstunde, zuckte es Ilona durchs Hirn. Bestimmt wollte er wieder zu irgendeinem Hexenplatz oder Teufelsgelände, um sie dort um Mitternacht zu küssen. Ihr war das unheimlich. Sie versuchte langsamer zu gehen, aber sie kam nicht gegen ihn an.

»Bitte, ich will zurück.«

Sein Lachen war die Antwort. Seine Küsse verschlossen ihren Mund, diese heißen Küsse, die sie von der Teufelskanzel kannte.

»Bitte, ich will nicht …«

»Nun hab' dich nicht so. Wir lieben uns doch!«

Vorbei an der Orion, dem ehemaligen Minenräumboot der Marinekameradschaft Aschaffenburg, zog er sie zum Jachthafen.

»Wo willst du bloß hin?«, wunderte sie sich.

»Du wirst es gleich sehen. Dort vorne ist es.«

»Was soll dort sein?«

»Nun lass dich einfach überraschen.«

»Ich will aber nicht überrascht werden, nicht so spät in der Nacht.«

Eine neuerliche Serie von Küssen brachte Ilona zum Schweigen. Mein Gott, sie liebte ihn. Und er wusste das. Er zog sie mit sich und betrat mit ihr den Steg des Jachtklubs.

»Was wollen wir hier? Wir können nicht einfach hier eindringen«, wehrte sich Ilona.

»Mein Gott, Ilona, nun krieg dich wieder ein! Ich will dir mein Boot zeigen, jetzt wo wir uns schon länger kennen.«

Ilona war sprachlos. Damit hatte sie nicht gerechnet. Sie hätte es sich denken können. Er hatte Geld, seine Familie besaß eine der größten Kleiderfabriken Aschaffenburgs, da konnte er natürlich ein Boot haben.

»Pass mit den Absätzen auf, nicht, dass du zwischen den Dielen hängen bleibst.«

»Welches Boot ist es denn?« *Ilona wurde neugierig.*

»Gleich sind wir da, noch ein paar Schritte.«

Tatsächlich, da lag es vor ihnen, ganz am Ende des Steges, das größte Boot der gesamten Anlage.

»Und das ist deines?«

»Es gehört mir zusammen mit meinem Bruder. Wir benutzen es gemeinsam. Für heute habe ich es reserviert«, *lachte er.*

Ilona war beeindruckt. Zehn Meter lang war das Boot mindestens, vielleicht sogar länger. Im vorderen Teil hatte es eine geschlossene Kajüte, in deren große Fenster man nicht hineinsehen konnte, da sie mit blauen Vorhängen verschlossen waren. Die hintere Hälfte war ebenfalls überdacht, konnte aber geöffnet werden, wenn man die Planen entfernte, die durch breite Kunststoffsichtfenster den Blick auf einen großzügigen Sitzplatz freigaben. Am Heck waren zwei Badeplattformen zu sehen. Auf dem Dach glänzten metallisch einige Geräte und die Funkantenne. Um die Jacht herum verlief eine Reling aus Aluminium. Ein zweistufiges Treppchen stand auf dem Steg, genau vor dem Boot. Er half Ilona beim Einsteigen.

»Komm, setz dich, wir machen es uns noch ein wenig gemütlich.«

Ilona ahnte, was das bedeutete. Er warf die Gastherme an, die sich auf dem Boot befand.

»Gleich wird es warm werden, mein Liebling.«

Er holte eine Flasche Champagner aus dem Kühlschrank und goss zwei Gläser ein. Sie war hin und her gerissen. Jetzt konnte sie ihm wohl nicht mehr widerstehen. Er hatte alles perfekt eingefädelt. Sie waren völlig allein in dieser Anlage, das Boot lag weit weg vom Ufer, kein Mensch konnte sie hören.

»Ich liebe dich«, flüsterte er ihr ins Ohr und schenkte Champagner nach.

»Ich dich auch.« Ilona merkte, dass sie schwach wurde. Der Champagner stieg ihr zu Kopf, vermischte sich mit Wein und verhalf ihr zu diesem teuflisch gleichgültigen Gefühl, das man am nächsten Tag bereute.

Die Glocke der Stiftskirche schlug zwölf Mal. Mitternacht, Geisterstunde, dachte Ilona. Aber es ängstigte sie nicht mehr. Eigentlich hatte er ja recht. Man musste die Konventionen vergessen, wenn man liebte. Und um Mitternacht geliebt zu werden, war sicher besonders schön.

»Wir müssen noch Blutsbrüderschaft feiern«, sagte er leise.

Spinner, dachte sie, süßer, verrückter Spinner. Er stand auf, ging zum Führerstand und kam mit einem Taschenmesser zurück.

»Es tut gar nicht weh«, flüsterte er und trank einen Schluck Champagner. Dann ritzte er sich mit dem Messer die Kuppe des Zeigefingers und quetschte einen Tropfen Blut heraus.

»So, jetzt du.«

»Nein, das schmerzt bestimmt scheußlich.«

»Nun hab' dich nicht so. Du liebst mich doch, oder?«

»Klar liebe ich dich, aber ...« Weiter kam Ilona mit ihrem Satz nicht. Schon hatte er ihren Zeigefinger gepackt und ihn mit dem Messer geritzt.

»Au, was machst du denn?«, wehrte sie sich. Zu spät, er presste das Blut aus ihrem Finger und mischte es mit seinem. Sie spürte, dass er ihr einen fünfzackigen Stern auf die Stirn malte.

»Das bringt Glück. Nie mehr werden sich unsere Seelen trennen«, flüsterte er.

Ilona wusste nicht, was sie davon halten sollte. Irgendwie gefiel ihr diese Blutsbrüderschaft, diese besondere Verbindung, die sie mit ihm eingegangen war. Jetzt konnten ihn tausend Bedienungen der Welt anlächeln, konnten sein großzügiges Trinkgeld annehmen, aber nur sie hatte dieses einmalige Verhältnis mit ihm, dessen Zeichen sie auf ihrer Stirn trug.

Er goss ihr das dritte Glas Champagner ein. Sie wehrte sich nicht, trank sich Mut an, Mut für das, was jetzt kommen würde.

»Du bist die schönste Frau, die ich kenne«, flüsterte er. Sie umarmten sich und küssten sich und sie spürte sein heißes Verlangen.

»Und du der schönste Mann ...«

Er öffnete ihre Bluse. Sie merkte, dass seine Hände zitterten. Ja, nimm mich, dachte sie. Lass alle Konventionen fallen.

»Komm«, flüsterte er, »wir gehen nach vorn in die Kajüte.«

Ilona war inzwischen klar, weshalb dort die Vorhänge zu waren. Frisch bezogen hatte er. Alles war fein säuberlich vorbereitet. Er streichelte Ilona, schälte ihren Körper aus den Kleidern. Wie im Sturm nahm er sie. Groß und stark war er. Das Boot begann zu schwanken.

»Wenn uns jemand hört«, flüsterte sie.

»Keine Angst, hier ist niemand, schon gar nicht um diese Zeit.«

Sie hörte das Plätschern des Wassers am Bootskörper und

das leise Zischen der Gasheizung. Die Turmuhr der Stiftskirche schlug zweimal. Halb eins, immer noch Geisterstunde, dachte Ilona. Der Gedanke begann ihr zu gefallen. Selbst den Satan hätte sie jetzt empfangen, war zu allem bereit, hatte sich fallen lassen – er hatte sein Ziel erreicht.

»*Du bist so stark*«, *hauchte sie ihm ins Ohr.*
»*Ich liebe dich*«, *war die Antwort.*

Sie spürte das Blut, sein Blut, des fünfzackigen Sterns auf ihrer Stirn, merkte, dass er ihn erneuerte, indem er sich noch etwas aus dem Finger presste und seine Linien nachzog.

»*Jetzt bist du endgültig mein*«, *seufzte er.*

Sie sagte dazu nichts. Sie sah das polierte Holz am Dach der Kajüte, sah die schwankenden Vorhänge vor den Fenstern, durch die von außen das Mondlicht schimmerte, fühlte seinen schwitzenden Körper über sich, diesen teuflisch schönen Körper, der sie alles hatte vergessen lassen, an das sie je geglaubt hatte.

Die Turmuhr der Stiftskirche schlug drei Mal.

Mach langsam, halt an, dachte Ilona. Sie wünschte sich, dass die Zeit stehen bliebe, dachte nicht an morgen, dachte nicht an ihre Arbeit, dachte an gar nichts, fühlte nur ihn.

»*Du bist teuflisch gut*«, *stöhnte sie.*

»*Ja, teuflisch …*«

Sie wusste nicht mehr, was sie sagte, war total verrückt nach ihm, dachte Dinge, die sie noch nie gedacht hatte, unvorstellbare Dinge aus der Welt des Bösen.

Selbst mit Hörnern hätte sie ihn geliebt, selbst ein Pferdefuß hätte sie nicht gestört, wenn er sie nur liebte, so wie sie es brauchte. Weg waren sie, die Konventionen, egal waren sie ihr, sie lebte nur für sich und ihn. Alles andere war unbedeutend.

»*Heute ist die Nacht der Nächte*«, *flüsterte er.*
»*Heute ist unsere Nacht*«, *stöhnte sie.*
»*Man nennt den ersten Juli Satans Festnacht. Ich bin so froh, dass du mich endlich verstehst*«, *freute er sich.*
Als die Turmuhr der Stiftskirche zur vollen Stunde schlug, fielen sie erschöpft in sich zusammen.
»*Es ist vorbei*«, *sagte er leise.*
»*Es war sehr schön*«, *flüsterte sie.*
Sie lag in seinen Armen und genoss die Wärme seines Körpers.
»*Satans Festnacht ist nur ein Mal im Jahr*«, *sagte er und Bedauern schwang in seiner Stimme mit.*
»*Aber lieben können wir uns doch immer.*«
»*Nicht so wie heute.*«
Sie verstand seine Worte nicht ganz, aber es war ihr egal. Sie fühlte sich müde, wohlig müde, zog die Decke über sich und kuschelte sich ein.
»*Gute Nacht, schlaf gut.*«
»*Du auch.*«
Es war, als trügen Engel sie fort, weit weg in eine andere Welt. Sie merkte nicht, dass Sturm aufkam. Sie spürte nicht die Wellen des Mains, die am Boot rüttelten. Sie hörte nicht den Regen, der aufs Verdeck der Jacht prasselte. Sie fühlte nicht die Feuchtigkeit, die ins Boot zog und sich überall ausbreitete. Erst als das Morgenlicht durch die Vorhänge schien, kam sie wieder zu sich. Sie spürte ihn neben sich und erinnerte sich an die letzte Nacht. Kalt war es jetzt im Boot. Er musste die Gastherme über Nacht gelöscht haben. Sie fröstelte. Da half die dünne Decke nicht viel. Überall war diese grässliche Feuchtigkeit, die über dem Fluss hing. An der Decke des Bootes hatten sich feine Perlen aus Kondenswasser gebildet. Wie ein kalter feuchter

Schock war dieses Erwachen für sie. Sie wagte es nicht, ihn zu wecken. Also schlüpfte sie aus dem Bett, sammelte ihre Kleider ein, die überall im Boot verstreut waren, und zog sich an. In zwei Stunden fängt meine Arbeit an, dachte sie. Ich muss nach Hause und mich frisch machen. Vorsichtig spähte sie aus dem Boot. Auf dem Steg war niemand zu sehen. Sie riss einen Zettel aus ihrem Kalender und schrieb darauf: ›Musste zur Arbeit. Vielen Dank und einen schönen Tag! Deine Ilona‹. Den Zettel legte sie auf seine Wäsche. Schnell huschte sie vom Boot, sah sich nicht mehr um, eilte die Mainpromenade entlang, die Treppen zum Schlossplatz herauf und von dort zu ihrer Wohnung am Roßmarkt.

9

»Wir mussten ihn wieder laufen lassen«, sagte Kommissar Rotfux und blickte mit ernster Miene in die Runde, welche sich im Besprechungszimmer des Kommissariats versammelt hatte. Er trug wie üblich einen gelben Pulli, hatte seine lederne Besprechungsmappe vor sich liegen und blätterte in einigen Unterlagen.

»Da wir außer diesen satanischen Schriften nichts in der Villa von Fliegers gefunden haben, war die Beweislage zu dünn«, erklärte er, als wolle er sich für das Verhör von Bernhard Flieger entschuldigen. »Solange die Durchsuchung der Villa lief, konnten wir ihn festhalten, um der Verdunkelungsgefahr entgegenzuwirken. Das war richterlich gedeckt. Da wir keine weiteren Indizien fanden, hatten wir anschließend keine Möglichkeiten mehr«, erläuterte der Kommissar.

Während er sprach, rutschte der junge Seidelmann unruhig auf seinem Stuhl hin und her. »Herr Kommissar, ich hab da noch was Wichtiges. Vielleicht können wir ihn doch einlochen.«

»Na na, Herr Seidelmann. Nicht ganz so stürmisch«, bremste ihn Rotfux. »Von einlochen wollen wir lieber nicht reden. Was gibt es denn Neues?«

»Eines der Haare, welche wir an der Garderobe in Fliegers Villa gefunden haben, scheint von der Ermordeten zu stammen. Ilona Drucker war vermutlich in der Villa.«

»Oder jemand hat das Haar dort deponiert«, warf der dicke Oberwiesner ein, der wie üblich im karierten Hemd auf seinem Stuhl saß und bereits die zweite Cola seit Beginn der Sitzung trank.

»Die mikroskopische Haaranalyse hat eine völlige Übereinstimmung mit den Haaren der Ermordeten ergeben«, fuhr der junge Seidelmann unbeirrt fort. »Zur Sicherheit lassen wir zusätzlich eine DNA-Analyse erstellen.«

»Mhmm«, brummte Rotfux. »Höchst interessant. Wenn das stimmt, wäre es eine kleine Sensation. Der erste greifbare Hinweis.«

Seidelmann strahlte wie ein Schneekönig und lehnte sich entspannt in seinem Stuhl zurück. Sie diskutierten eine Zeit lang, was zu tun wäre. Gerda Geiger kannte das. Alle würden sich wichtig machen. Der junge Seidelmann würde voller Begeisterung für die sofortige Festnahme des Verdächtigen plädieren. Otto Oberwiesner, der alte Fuchs, würde sich zurückhalten und für vorsichtiges Abwarten eintreten, bis der Kommissar seine Entscheidung verkündete, die sie alle mitzutragen hatten. Gelangweilt sah Gerda Geiger aus dem Fenster. Die blätterlosen Bäume reckten sich in den Himmel. Die Äste waren leicht mit Schnee überzuckert, die Dämmerung kroch in die Straßenfluchten und sie freute sich auf einen gemütlichen Abend vor dem Fernseher, bei einem Kriminalfall, der im Fernsehen natürlich gelöst wurde.

»Was meinen Sie, Frau Geiger?«, riss sie Rotfux aus ihren Gedanken.

Sie schreckte hoch, zog ihren Pulli glatt, der sich straff

über ihrem Busen wölbte, strich sich die blonden Haare aus dem Gesicht und lächelte.

»Ich würde nichts überstürzen«, sagte sie, »Bernhard Flieger läuft uns vermutlich nicht weg, jetzt, wo er sich in Sicherheit wiegt.«

»Sehr gut, Frau Geiger«, pflichtete der Kommissar ihr bei. »Genau so sehe ich das ebenfalls. Wir hatten in den letzten Tagen genug Aufregung. Jetzt lassen wir sich die Sache beruhigen und versuchen weitere Beweise zu finden. Was wissen wir inzwischen über den Drohbrief, den mir Thomas Drucker gegeben hat?«

Oberwiesner, der inzwischen bei der dritten oder vierten Cola war, räusperte sich. »Leider wenig Brauchbares. Die Buchstaben stammen aus dem Main-Echo, aufgeklebt mit handelsüblichem Klebstoff, wie man ihn überall bekommt. Leider keinerlei Fingerabdrücke oder sonstige Hinweise, die auf den Verfasser deuten könnten. Auch keine Anhaltspunkte für eine direkte Beteiligung der Familie Flieger.«

»Mhmm«, brummte der Kommissar enttäuscht. »Und indirekt? Gibt es irgendwelche Verbindungen zu Fliegers?«

»Nein, überhaupt nicht«, antwortete Oberwiesner und trank genüsslich einen Schluck Cola. »Wir haben die gesamte Umgebung befragt. Eine ältere Frau aus dem Haus will eine Person mit Pudelmütze gesehen haben, die einen Brief eingeworfen hat.«

»Konnte sie irgendwelche näheren Angaben machen?«

»So gut wie nichts. Dunkle Kleidung, dunkle Pudelmütze, mittelgroß, vermutlich älter – alles ziemlich vage, die alte Frau sieht sehr schlecht.«

»Könnte also irgendein Angestellter der Firma Flieger gewesen sein, aber auch fast jeder sonst«, resümierte Rotfux. »Das bringt uns wirklich nicht weiter. Es ist zum verrückt werden, nirgendwo eine heiße Spur – außer dieses Haar bei Bernhard Flieger vielleicht …«

Der Kommissar berichtete, dass die Schmierereien an der Stiftsbasilika immerhin einen konkreten Hinweis erbracht hatten. »Die Pentagramme wurden mit Katzenblut gezeichnet«, erklärte er, »und ein wirklich brauchbarer Hinweis sind einige Fasern eines Jutesackes, die an der Kirche gefunden wurden und denen vom Tatort im Pompejanum entsprechen. Das deutet zumindest darauf hin, dass die Schmierer an der Stiftskirche mit den Mördern von Ilona Drucker in Verbindung stehen oder sogar identisch sind.«

Rotfux klappte seine Besprechungsmappe schwungvoll zu, was normalerweise bedeutete, dass die Sitzung beendet war.

»Eine interessante Sache hab' ich noch«, meldete sich der junge Seidelmann ganz eifrig zu Wort.

»Na, dann mal los«, ermunterte ihn der Kommissar.

»Maria Beletto ist schwer gestürzt, musste sogar vorübergehend ins Krankenhaus.«

»Maria Beletto?«, fragte Rotfux. Er konnte sich im Moment nicht an diesen Namen erinnern.

»Das ist die alte Frau, welche die Ermordete besonders gut kannte«, half ihm der junge Seidelmann auf die Sprünge.

»Ach so, ja richtig … Und was hat der Sturz mit unserem Fall zu tun?«

»Jemand hat in der Nacht, nach der Messe in der Stiftsbasilika, einen fünfzackigen Stern in die Sandgasse vor ihr Haus gemalt.«

»An die Tür?«

»Nein, in den Schnee auf die Gasse.«

»Ist ja interessant«, murmelte Rotfux, »aber das erklärt nicht den Sturz.«

»Die arme Frau ist am frühen Morgen, nachdem sie den Stern vor ihrem Haus gesehen hat, nach unten auf die Sandgasse gegangen. Sie wollte das Pentagramm mit ihren Winterstiefeln wegwischen. Dabei ist sie ausgerutscht und hat sich einen Hüftgelenkserguss zugezogen. War damit sogar zwei Tage im Klinikum.«

»Irgendwelche Hinweise auf den oder die Urheber?«

»Leider nicht. Bis wir es von der Inhaberin der Metzgerei von schräg gegenüber erfahren hatten, haben die Anwohner bereits Schnee geschippt und Salz gestreut. Leider keine Schuhabdrücke oder Ähnliches. Zum Glück hat sich die alte Maria Beletto nicht ernsthaft verletzt.«

»Wir werden die Sache im Auge behalten«, sagte Rotfux. »Alles interessant, aber irgendwie undurchsichtig.«

Thomas Drucker nahm den Hörer ab.

»Ich habe Frau Duckstein für Sie dran. Es scheint wichtig zu sein«, meldete Stefanie Bauer, seine Sekretärin.

»Gut, stellen Sie durch.«

Karin Duckstein war die Sekretärin von Bernhard Flieger, seinem direkten Vorgesetzten bei Flieger-Moden. Sie war 35 und sah sehr gut aus. Es ging das Gerücht in der Firma, dass ihre Beziehung zu Bernhard Flieger nicht nur dienstlich geblieben war. Besonderes Stefanie Bauer litt darunter. Sie war die Vorgängerin von Karin Duckstein gewesen und vermutete, dass sie aus persönlichen Gründen von Bernhard Flieger als Sekretärin abserviert wurde.

»Hallo, Herr Drucker«, meldete sich Karin Duckstein, »der Chef möchte Sie dringend sprechen. Können Sie bitte sofort kommen?«

»Geht klar, ich komme.«

Thomas wusste, dass es in diesem Fall kein Zögern gab. Wenn Bernhard Flieger rief, hatte man zu eilen. Seit Johann Flieger sich weitgehend aus dem aktiven Geschäft zurückgezogen hatte, war er die stärkste Persönlichkeit in der Firma und gab den Ton an. Also rückte Thomas seine Krawatte zurecht, nahm seine Notizmappe, huschte kurz auf der Toilette vorbei und fuhr mit dem Aufzug in den zweiten Stock, in dem das Büro von Bernhard Flieger lag.

»Schön, dass Sie gleich kommen konnten«, begrüßte ihn Karin Duckstein im Vorzimmer. »Der Chef wartet schon.«

Sie trug hochhackige Pumps und einen superkurzen Rock. Thomas konnte nicht anders, als einen bewundernden Blick auf ihre endlos langen Beine zu werfen. Wie konnte man in deren Gegenwart vernünftig arbeiten, fragte er sich. Ihr enger Pulli betonte ihre Oberweite, wie immer war sie perfekt gestylt, hatte ihre kurzen blonden Haare mit einigen Strähnchen versehen und ihre vollen Lippen dunkelrot geschminkt.

»Ich habe mich beeilt«, lachte Thomas Drucker. »Ihr Wunsch ist mir Befehl.«

Als er das Büro von Bernhard Flieger betrat, stand der hinter seinem mächtigen Mahagonischreibtisch auf. Er wirkte blasser als sonst. Die Sache mit den schweren Anschuldigungen schien ihn mitgenommen zu haben. Thomas war das irgendwie peinlich. Er konnte zwar nichts dafür, dass der Kommissar seinen Chef verdächtigte, etwas mit dem Mord an seiner Mutter zu tun zu haben, aber irgendwie fühlte er sich beteiligt. Der Weg zum Schreibtisch seines Vorgesetzten schien ihm heute endlos. Bernhard Flieger besaß das größte Büro der Firma, bestimmt 15 Meter lang. Als Angestellter kam man sich ziemlich unscheinbar vor, wenn man die weite Strecke zurücklegen musste. Heute empfand er diesen Weg als besonders unangenehm. Er wusste nicht, wo er hinsehen sollte und war froh, als ihn Bernhard Flieger endlich begrüßte und ihm den Bürosessel direkt vor seinen Schreibtisch anbot.

»Frau Duckstein, lassen Sie uns bitte allein und stellen Sie keine Gespräche durch. Ich möchte ungestört sein.«

Die Sekretärin schloss die Zimmertür, was normalerweise nie vorkam, da Bernhard Flieger keine Geheimnisse vor ihr hatte. Alles schien heute anders als sonst. Vielleicht will er mich entlassen. Vielleicht macht er mir Vorwürfe wegen der Geschehnisse …

»Sie können sich sicher denken, warum ich Sie sprechen möchte«, riss ihn Bernhard Flieger aus seinen Gedanken.

»Ehrlich gesagt, nein. Geschäftlich läuft eigentlich alles soweit normal.«

»Darum geht es nicht, Herr Drucker. Ich möchte privat mit Ihnen reden. Glauben Sie, dass ich Ihre Mutter umgebracht habe?«, fragte Bernhard Flieger unvermittelt.

Thomas schluckte. Es lief ihm heiß und kalt den Rücken hinunter. Was sollte er dazu sagen? »Ich kann das nicht beurteilen«, stammelte er. »Die Polizei hat Sie verdächtigt, aber wie soll ich das wissen.«

»Na ja, ich meine, man spürt das doch«, ließ Bernhard Flieger nicht locker, »können Sie sich vorstellen, dass ich Ihrer Mutter ein Pentagramm in den Bauch geschnitten habe?«

Thomas Drucker rutschte unruhig auf seinen Bürostuhl hin und her. »Eigentlich nicht«, sagte er leise.

Sie waren immer noch per Sie, obwohl er Sabine schon lange kannte. Er nahm an, dass Sabines Eltern auf diese Art Distanz wahren wollten, und im Moment war ihm diese Distanz sogar selbst recht.

»Gut, Sie denken also nicht, dass ich es war. Das beruhigt mich«, sagte Bernhard Flieger zufrieden. Etwas Farbe kehrte in sein blasses Gesicht zurück. »Allerdings hilft mir das wenig. Dieser Kommissar wird erst Ruhe geben, wenn der wirkliche Mörder gefasst ist. Haben Sie keine Idee, wer es gewesen sein könnte?«

»Wenn ich das wüsste. Kommissar Rotfux hat mir die gleiche Frage natürlich mehrfach gestellt, doch ich habe keine Ahnung.«

Bernhard Flieger sah ihn enttäuscht an. »Wenn Ihnen irgendetwas auffällt, Herr Drucker, bitte ich Sie, es mir zu sagen. Dieser ganze Schwachsinn, der in den letzten Tagen durch die Presse ging, hat mir und der Firma sehr geschadet. All diese Verdächtigungen, all diese Anschuldigungen. Unglaublich!«

»Es tut mir wirklich leid, Herr Flieger, aber was kann ich da tun? Ich fühle mich genauso unwohl. Überall starrt man mich an. Ich glaube, ich kann Sie ein wenig verstehen.«

Zum ersten Mal lächelte Bernhard Flieger. »Jaja, schon gut, Sie können nichts weiter tun. Ich bin ein wenig selbst schuld. Habe die Satanische Bibel von LaVey unbekümmert in meinem Bücherregal stehen lassen, habe mir einfach nichts dabei gedacht, meinte nichts verbergen zu müssen – aber da habe ich mich schwer getäuscht. Jetzt ist die Polizei hinter mir her und meint, sie habe eine heiße Spur entdeckt.«

»Trotzdem hat man Sie wieder frei gelassen.«

»Klar, weil sie in der Villa weiter nichts gefunden haben. Sehen Sie, mein Bruder Martin hat sich damals ebenfalls für Satanismus begeistert. Das war so in den Siebzigern. Man wollte frei sein, Wände einreißen, die Ketten von Vorschriften und Verboten durchbrechen. Da kam man auf solche Ideen. Auch Oskar Leitner war dabei, Sie wissen schon, der Inhaber der Konkurrenz. Mein Bruder rennt inzwischen ständig in die Kirche, ist völlig umgeschwenkt, den lassen sie in Ruhe, doch hinter mir sind sie her.«

Fast tat der verzweifelte Mann Thomas leid, wie er bleich und nervös hinter seinem riesigen Schreibtisch saß. »Haben Sie denn nichts mehr mit Satanismus zu tun?«

»Ich würde sagen, das war im Wesentlichen eine Jugendsünde. Zwar bin ich nicht so völlig umgeschwenkt wie mein Bruder, könnte mir also vorstellen, dass es Gott *und* Satan gibt, aber deshalb begeht man keinen Mord.«

Irgendwie klang das glaubwürdig für Thomas Drucker. Trotzdem wusste er nicht so recht, was er von allem halten sollte. Vielleicht versuchte er abzulenken, vielleicht wollte er ihn auf seine Seite ziehen, um sich gegenüber der Polizei zu verteidigen.

»Ich hätte einen Vorschlag, Herr Drucker«, sagte Bernhard Flieger und erhob sich. »Ich möchte Ihnen das ›Du‹ anbieten. Sie kennen meine Tochter schon lange, da wäre das vielleicht angemessen – natürlich nur, wenn Sie möchten.«

Thomas schluckte erneut. Damit hatte er nicht gerechnet. Fieberhaft arbeitete sein Hirn. Er konnte nicht ablehnen, vor allem wegen Sabine nicht. Lange hatten sie sich das gewünscht, ausgerechnet in diesem seltsamen Augenblick kam das Angebot. Er durfte nicht ablehnen.

»Gern«, sagte er und lächelte so freundlich er konnte.

»Das freut mich, ich bin Bernhard.«

»Ich bin Thomas.«

Die beiden Männer schüttelten sich die Hand. Bernhard Flieger drückte den Knopf seiner Sprechanlage zum Vorzimmer.

»Hallo, Frau Duckstein, bringen Sie bitte zwei Gläser und den Champagner. Wir haben eine Kleinigkeit zu feiern.«

Zufrieden saß er hinter seinem mächtigen Mahagonischreibtisch. »Es werden wieder bessere Tage kommen, Thomas«, sagte er.

»Bestimmt Herr Flieger ... äh, Bernhard. Ich muss mich noch an das ›Du‹ gewöhnen.«

»Schon okay, das wird bald.«

Karin Duckstein öffnete die Tür des Büros und stolzierte mit dem Champagner und zwei Gläsern zum Schreibtisch. Diesmal genoss Thomas den langen Weg, den sie zurücklegen musste. Irgendwie kam in ihm eine Ahnung auf, warum Chefbüros so groß sein mussten.

»Also, Thomas, dann auf das ›Du‹«, prostete ihm Bernhard Flieger zu, »und wenn es etwas Neues in unserem Fall gibt, informierst du mich.«

Er betonte dieses ›in unserem Fall‹ so deutlich, dass Thomas fast das Gefühl bekam, er sei gerade als zukünftiger Schwiegersohn in die Familie Flieger aufgenommen worden.

10

Knapp vier Monate lag Ilona Drucker nun schon unter der Erde. Es war ruhiger geworden um den Fall. Thomas Drucker konzentrierte sich auf die Arbeit in der Firma Flieger-Moden und war froh, dass wieder etwas Normalität eingekehrt war. Fast schien es, als ob der Frühling die bösen Geister vertrieben hätte, die in Aschaffenburg getobt hatten. Die Bäume am Mainufer schimmerten in zartem Grün und man sah den Fluss durch die Blätter glänzen. Auf der Mainpromenade schoben sich an Sonntagen Spaziergänger entlang, die ab und zu durch ein Fahrrad aufgeschreckt wurden, das den gleichen Weg nahm.

»Lass uns heute einen Ausflug in den Spessart machen. Ich war lange nicht in Mespelbrunn«, schlug Sabine vor.

Sie hatte von Freitag auf Samstag bei Thomas übernachtet, wie sie es inzwischen häufiger tat, obwohl ihre Eltern der Verbindung mit Thomas weiterhin reserviert gegenüberstanden.

»Okay, wenn du möchtest. Das Wetter soll laut Wetterbericht gut werden. Nehmen wir deinen oder meinen?«, rief Thomas aus dem Bad.

»Wir können ruhig meinen nehmen. Ich hab ihn gestern vollgetankt.«

Etwa eine halbe Stunde später saßen sie im dunkelblauen Cabrio von Sabine. Es war schon warm, sodass sie das versenkbare Hardtop des 3er-BMW öffneten und ihnen die laue Frühlingsluft um die Ohren wehte. Sie verließen Aschaffenburg über die Würzburger Straße, vorbei an Tankstellen, Einkaufszentren, Baumärkten, den Berg hinauf nach Haibach, mit Blick auf die Ausläufer des Spessarts.

»Ich freu mich, mal völlig abzuschalten«, seufzte Sabine zufrieden. »Heute machen wir uns einfach einen schönen Tag.«

Sie ließ Thomas fahren. Er saß gern hinter dem Steuer des Cabrios, das im Vergleich zu seinem alten VW Golf sportlicher war. Hinter Haibach ging es leicht bergab durch Felder und Obstbaumwiesen, es folgten einige lang gezogene Straßendörfer; spitzgiebelige Sandsteinhäuser schienen für die Gegend typisch zu sein, dann schlängelte sich die Straße nach oben durch den Wald, bevor sie rechts nach Mespelbrunn abbogen.

Leider waren inzwischen Wolken aufgezogen, die laut Wetterbericht gar nicht da sein durften. Feine Regentropfen zeigten sich auf der Windschutzscheibe.

»Fahr mal bitte kurz rechts ran.«

Sabine schloss per Knopfdruck das Hardtop.

»So ist es besser. Nicht dass wir noch nass werden.«

Sie passierten die Wallfahrtskirche von Hessenthal, einen weiß-blauen, frisch geschmückten Maibaum, verschiedene Hotels und Gasthäuser, und erreichten schließlich den Parkplatz beim Schloss Mespelbrunn. Eine Menge Fahrzeuge und immerhin sechs Reisebusse parkten dort.

»Scheint mächtig was los zu sein«, stellte Thomas fest.

Er konnte Massenaufläufe nicht leiden, schon gar nicht seit dem Mord an seiner Mutter. Er fühlte sich durch die Menge beobachtet und hatte manchmal das Gefühl, die Mörder könnten jederzeit aus der Masse auftauchen. So ging es ihm auch jetzt. Er hatte das Gefühl, von zwei Motorradfahrern beobachtet zu werden. Sie waren ihm seit der Abzweigung nach Mespelbrunn aufgefallen, waren ständig hinter ihm geblieben und hatten ihre Maschinen in der Nähe des Kiosks abgestellt, der an der Zufahrt zum Schloss lag.

»Vielleicht wäre es besser, zuerst zu essen«, meinte Sabine. »Im Moment ist es noch nicht so voll. Wenn wir Glück haben, hört später der Regen wieder auf.«

Oberhalb des Parkplatzes lag das Schlosshotel Mespelbrunn. ›Das Wirtshaus im Spessart‹ war über dem Haupteingang zu lesen.

»Nun fehlen uns nur noch die Spessarträuber«, lachte Sabine. »Komm, lass uns hier einkehren. Ist cool, mal im Wirtshaus im Spessart zu speisen.«

Über eine breite Sandsteintreppe erreichten sie die großzügige Außenterrasse des Hotels, wo man unter alten Bäumen und roten Sonnenschirmen an Holztischen sitzen konnte. Da es weiterhin leicht regnete, zogen sie es vor, in die Gaststube nach innen zu gehen. Sie passierten eine stattliche Ritterrüstung, die ihnen endgültig klar machte, dass sie sich im Schlosshotel befanden, und wurden von der Bedienung zu einer Nische geleitet, in der sie ganz für sich waren.

»Das ist toll hier«, freute sich Sabine. »Bedienungen im Dirndl, Holzbalken an der Decke, Hirschgeweihe an der Wand und der ausgestopfte Uhu, der auf uns herabschaut.«

»Hast du schon den Spruch gelesen?«, fragte Thomas.

»Welchen Spruch?«

»Oben, auf den Balken.«

»Ach so, ja …«

›Bier scheucht die Wolken aus der Stirn, stärkt Magen, Rücken und Gehirn‹ stand auf einem Querbalken.

»Ist richtig deftig hier«, sagte Sabine.

Sie bestellten Hirschmedaillons mit Kartoffeltalern und Gemüsebeilage. Dazu tranken sie ein ›Räuberchen blond‹ und genehmigten sich anschließend ein ›Räuberliebchen‹, ein Vanilleeis mit heißen Himbeeren und Sahnehäubchen.

»Mit den Räubern haben sie es ganz schön wichtig«, stellte Thomas fest, »ist eine super Werbeidee für Mespelbrunn.«

Erneut fielen ihm die beiden Motorradfahrer auf, die trotz leichtem Regen draußen auf der Terrasse saßen und jeder ein großes Bier tranken. Seltsamerweise trugen sie trotz des Wetters große, dunkle Sonnenbrillen, sodass ihre Gesichter nicht zu erkennen waren. Doch Thomas fühlte sich so glücklich mit Sabine, dass er die beiden nicht weiter beachtete.

Nach dem Essen spazierten sie zum Schloss. Die mächtigen Eichen am Zugangsweg wirkten wie Zeugen aus grauer Vorzeit. Dunkle Wolken hingen über dem Tal und ließen alles düster erscheinen.

»Das Wetter passt irgendwie zum Spessart und den Spessarträubern«, sagte Thomas, »aber davon lassen wir uns die Stimmung nicht verderben.«

Sie lösten am Kassenhäuschen Eintrittskarten und standen kurz darauf vor dem Teich des imposanten Wasserschlosses.

»Kein Wunder, dass es als Wahrzeichen des Spessarts gilt«, sagte Sabine. »Es ist wirklich sehr schön.«

»Ja, richtig romantisch, wie ein Märchenschloss.«

Über eine Holzbrücke erreichten Sie den Zugang zum Innenhof.

»Die nächste Führung beginnt in zehn Minuten«, erklärte ihnen ein junger Mann. Er saß neben einem Tischchen mit Fischfutter für die Kinder, welche die Forellen im Wassergraben unter der Holzbrücke füttern wollten.

»Ist ja genial«, lachte Thomas, »sie füttern die Fische nicht selbst, sondern verkaufen Futtertüten und verdienen mit der Fütterung sogar Geld.«

Wenn die Kinder Futterkörner ins Wasser streuten, schnalzten die Leiber der glänzenden Fische an der Wasseroberfläche und stritten um ihren Anteil. Bei der Führung bewunderten Thomas und Sabine verschiedene Räume des Schlosses. Zahlreiche Bilder von den Ahnen der Eigentümer, Möbel, Porzellan und Waffen wurden von der älteren Dame erläutert, die sie durch die Räume geleitete. Besonders interessant fand Sabine die Wolpertinger beim Treppenaufgang zum Obergeschoss, diese Hasen mit Hörnern, bayerische Fabelwesen, die vor allem bei den Kindern großes Erstaunen auslösten. Auch das Himmelbett im Fürstenzimmer faszinierte sie, erst recht, als die Schlossführerin erklärte, dieses Bett aus dem 17. Jahrhundert habe ein erhöhtes Brett mit Mulde am Kopfende, eine sogenannte ›hohe Kante‹, auf die man bei Nacht seine Wertsachen legte.

»Also daher kommt der Spruch: etwas auf die hohe Kante legen«, murmelte Thomas. »Man lernt nie aus.«

Als sie wieder in den Schlosshof traten, regnete es stärker. Der Schlossteich sah fast schwarz aus, Wind und Regen hatten das Wasser gekräuselt und die Spiegelungen der Gebäude im Wasser waren verschwunden.

»Lass uns nach Hause fahren. Es wird jetzt ungemütlich«, sagte Sabine.

Ihre Füße, die in leichten Riemchensandalen steckten, waren im Handumdrehen nass, und der kleine Schirm, den Thomas bei sich hatte, hielt den Regen nur von ihren Köpfen fern.

»Komm, wir rennen«, schlug Thomas vor.

Er packte Sabine an der Hand und rannte los. Durch den Torbogen, über die Holzbrücke und vorbei am Kassenhäuschen, rannten sie zurück zur Zufahrtstraße. Links unterhalb, zwischen Schloss und Parkplatz, schimmerte ein verwilderter Teich zwischen den Bäumen hindurch. Alles war hier zugewuchert, Farne wuchsen am Ufer, umgestürzte Bäume lagen kreuz und quer herum. Es sah unheimlich aus. Dies war der dunkle, wilde Spessart, vor dem man sich fürchten konnte. Hier hausten sicher die Räuber, von denen Wilhelm Hauff vor langer Zeit erzählt hatte.

Bald haben wir es geschafft, dachte Thomas. Er sehnte sich nach einem trockenen Ort, freute sich zunächst aufs Auto, dann auf seine gemütliche Wohnung am Mainufer, in der sie sich wieder trocknen konnten. Es blieb eine unerfüllte Sehnsucht nach Trockenheit und Geborgenheit, denn plötzlich sahen sie die beiden Motorradfahrer vor sich, die Thomas inzwischen völlig vergessen hatte. Sie waren nicht zu erkennen, hatten ihre Motorradhelme aufgezogen – die verspiegelten Visiere waren nach unten geklappt –, und kamen drohend auf sie zu. Im nächsten Augenblick wurde Thomas von einem der Motorradfahrer gepackt, der ihn die Böschung hinabzerrte und zu dem verwilderten Teich schleppte. Die nassen Äste peitschten ihm ins Gesicht, rissen ihm die Haut auf, bis er stolperte und der Länge nach hinfiel. Aus den Augenwinkeln sah er Sabine. Sie war in etwa auf seiner Höhe, wurde vom zweiten der Motorradfahrer ebenfalls durchs Gebüsch getrieben und konnte sich kaum noch auf den Beinen halten. Dann fiel auch sie und lag erschöpft im Ufergestrüpp des Teiches.

Sie fesselten ihn und banden ihn an einen Baum. Er versuchte zu protestieren, aber sie knebelten ihn. Dann rissen sie Sabine die Kleider vom Leib.

Schweine, wollte er schreien, aber er konnte nicht. Er musste mit ansehen, wie sie Sabine völlig nackt ins Wasser stießen und ihre Kleider im Teich versenkten.

»Blödes Hurenpack«, zischte einer der beiden Männer. Er holte eine Schere aus seiner Montur und begann damit, Sabine die Haare zu schneiden.

Ritsch, ratsch machte die Schere. Der Pferdeschwanz war ruck zuck ab, ihre Haare fielen in das dunkle Wasser des Teiches und trieben an der Oberfläche. Wie ein gerupftes Huhn sah sie aus. Bei diesem Sauwetter ist niemand mehr unterwegs, dachte Thomas. Keiner würde Hilfe schicken, man würde sie nicht einmal entdecken, hier in diesem Gestrüpp. Nachdem sie Sabine eine Zeit lang durch den Teich getrieben hatten, zerrten die beiden Männer sie ans Ufer und banden sie an einen Baum direkt neben Thomas.

»Jetzt bist du an der Reihe, Bürschchen«, drohten sie ihm.

Sie banden ihn von seinem Baum los, ließen aber Arme und Beine gefesselt und schleppten ihn ein Stück in den Teich hinein. Dort stießen sie ihn um, sodass er im Wasser versank. Er wollte sich mit dem Kopf über Wasser halten, versuchte den Oberkörper ruckartig zu bewegen, probierte sich flach ins Wasser zu legen, aber er schaffte es nicht. Sabine musste zusehen, wie sein Kopf immer wieder unter Wasser geriet. Sie sah seine angstverzerrten Augen, die sie Hilfe suchend anstarrten, aber sie konnte ihm nicht helfen, war nackt an diesen Baum gebunden, etwa zehn Meter von ihm entfernt.

Die beiden Typen in ihren Motorradmonturen lachten nur und setzten sich in Richtung Parkplatz ab. Sabine zerrte an ihrer Fesselung, sie rieb sich Arme und Beine wund, sie versuchte zu schreien, aber durch den Knebel in ihrem Mund war nur ein jämmerlich dumpfes Gurgeln zu hören. Noch einmal kam der Kopf von Thomas über die Wasseroberfläche, noch einmal schnappte er nach Luft, dann waren an der Stelle nur die Wellenkreise des Wassers zu sehen, die sich langsam ausbreiteten, als ob man einen Stein ins Wasser geworfen hätte. Sabine geriet in Panik. Sie hörte beim Parkplatz die Motorräder aufheulen, anschließend war sie ganz allein. Ein Specht hackte unbekümmert irgendwo an seiner Rinde, ein Frosch quakte von der anderen Seite des Teiches, der Regen prasselte weiter auf den dichten Blätterwald, und noch nie hatte sich Sabine so einsam und verlassen gefühlt wie jetzt. Sie nahm alle Kraft zusammen und schrie in ihren Knebel hinein, brachte dieses dumpfe Geräusch zustande, das vielleicht bis zur Straße gehört werden konnte.

»Ist da wer?«, meldete sich eine Stimme von oberhalb.

Sie nahm die letzten Reserven zusammen, die ihr geblieben waren, und brüllte in ihren Knebel, wie sie ihr ganzes Leben noch nie gebrüllt hatte.

»Hallo, ist da wer?«, fragte nochmals die Stimme.

»Iao, iao«, klang es dumpf durch ihren Knebel.

Endlich vernahm sie Schritte, Äste knackten, sie drehte den Kopf in die Richtung und brüllte wieder »iao, iao«.

Eine dunkle, große Gestalt in Motorradmontur näherte

sich. Bloß nicht die schon wieder, dachte sie. Vielleicht wollten sie sehen, ob er wirklich ertrunken war. Vielleicht wollten sie ihr ebenfalls das Ende bereiten. Wilde Gedanken wirbelten durch ihren Kopf.

»Hallo, was ist denn passiert?«

»Moa, moa«, klang es durch ihren Knebel. Mord, wollte sie schreien, aber sie schaffte es nicht.

Endlich war der Motorradfahrer bei ihr.

»Sabine, du …«, stammelte er überrascht.

Im selben Augenblick erkannte sie ihn. Es war Alexander, Alexander Leitner, den sie am wenigsten hier erwartet hatte.

»Üuä, üuä …«, klang es durch Sabines Knebel, was zu einem entsetzen »Hilfe« wurde, als er ihr endlich den Knebel aus dem Mund genommen hatte.

»Zieh Thomas raus!«, rief sie verzweifelt. »Wir wurden überfallen.«

Er band sie von Baum los und wollte sie in die Arme nehmen.

»Bitte, Alexander, lass das! Wir müssen ihn retten.«

»Ihn retten?«

Sie gab keine Erklärung, rannte ins Wasser, zu der Stelle, wo Thomas versunken war. Wie viele Minuten das wohl her war? Ob er überhaupt noch eine Chance hatte? Sie stand bis zur Brust im Wasser, tastete mit den Füßen den Grund ab, lief im Kreis, bis sie endlich an etwas Weiches stieß, ein Bein oder einen Arm.

»Komm hilf mir, hier ist er!«

Langsam bewegte Alexander sich zu Sabine. Die war untergetaucht und zerrte an Thomas.

»Los, pack mit an, hilf mir«, prustete sie, als sie wieder auftauchte.

Er stand in voller Motorradmontur bis zur Hüfte im Wasser, griff endlich zu und erwischte Thomas unter den Armen. Gemeinsam schleppten sie seinen leblosen Körper ans Ufer.

»Der ist wohl hinüber«, murmelte Alexander Leitner, und Sabine hatte das Gefühl, dass er sich insgeheim darüber freute.

»Komm, leg ihn auf die Seite, wir müssen versuchen, ihn wiederzubeleben.«

Sie erinnerte sich an ihren Erste-Hilfe-Kurs und diese Anweisungen, die in Schwimmbädern oder an Badeseen angeschlagen waren. Atemspende, Herzmassage, warm halten … Gedanken rasten durch ihr Hirn. Sie drehte seinen Kopf auf die Seite, griff ihm in den Mund, konnte keine Fremdkörper feststellen, etwas Wasser lief ihm über die Wange. Sie drehte ihn auf den Rücken, hielt ihm den Kopf gestreckt nach hinten, verschloss den Mund und blies ihm ihren Atem durch die Nase. Du musst wieder zu dir kommen, dachte sie, komm zurück, ich liebe dich so sehr. Blau gefroren war sie inzwischen, bestand förmlich nur noch aus Gänsehaut, aber das merkte sie nicht einmal.

Alexander hatte inzwischen seine Jacke ausgezogen und sie ihr über die Schultern gehängt.

»Wir müssen Hilfe holen«, sagte er.

Sie hörte ihn gar nicht, konzentrierte sich darauf, ruhig und kräftig zu atmen, blies Thomas ihren Atem durch die Nase, immer wieder, immer wieder. Anschließend presste sie seine Brust mit beiden Händen ruckhaft zusammen. Sie wusste nicht, ob das als Herzmassage richtig war, aber sie stellte sich vor, ihm so das Blut durch den Körper zu pumpen. Sie presste kurz hintereinander, stützte sich mit ihrem ganzen Körpergewicht auf ihn, machte eine kleine

Pause, und setzte dann die kurzen Stöße fort. Endlich bewegte er sich. Sein Brustkorb hob sich leicht, sein linker Arm zitterte und er begann zu atmen. Gott sei Dank, dachte Sabine, er wird es schaffen, er atmet und er wird wieder zu sich kommen. Er muss es einfach schaffen.

»Lauf nach oben zum Hotel, hol bitte Hilfe, bring Decken, ruf den Notarzt, bitte, mach schnell! Ich bleibe bei ihm«, sagte sie zu Alexander.

Tatsächlich zögerte er diesmal nicht. Er eilte den Hang hinauf in Richtung Straße und Hotel. Sabine legte sich halb über Thomas. Sie zitterte, doch sie versuchte ihm den Rest an Wärme, der in ihr steckte, noch abzugeben. Sie lauschte seinem Atem, der wieder schwächer zu werden schien. Endlich hörte sie aufgeregte Stimmen und Schritte von oben.

»Wir lassen ihn am besten hier liegen, bis der Notarzt kommt. Wir packen ihn in Decken ein.«

Eine dunkelhaarige kräftige Frau aus dem Hotel gab den Ton an. Sabine war froh, dass endlich alles in Ordnung kam.

Noch am Samstagabend besuchte Kommissar Rotfux Sabine Flieger und Thomas Drucker im Aschaffenburger Klinikum, nachdem sich sein Zustand stabilisiert hatte. Sie waren in einem Doppelzimmer untergebracht. Ein Polizist wachte vor der Tür. Thomas lag im Bett und schlief. Sabine saß davor und hielt seine Hand.

»Hallo, Frau Flieger«, flüsterte Rotfux, nachdem er das Zimmer betreten hatte. »Freut mich, Sie zu sehen. Ein Glück, dass er noch lebt.«

»Ja, die Ärzte meinen, er wird sich erholen.«

»Na, Gott sei Dank!«

Rotfux ließ sich den Überfall genauestens beschreiben, interessierte sich für alle Einzelheiten und fragte hier und da nach, wenn er etwas nicht verstand.

»Irgendwo gibt es jemanden, der ihm nach dem Leben trachtet«, sagte er zum Ende der Befragung. »Er hat zwei Mal unverschämtes Glück gehabt. Wir müssen verdammt auf ihn aufpassen.«

Der Kommissar berichtete Sabine, dass er eine genaue Untersuchung des Tatorts veranlasst habe. »Unsere Leute sind vor Ort. Wir werden jeden Zentimeter überprüfen. Vielleicht gibt es irgendwelche Mikrospuren, die uns zu den Tätern weisen.«

Am Sonntag erschien Klaus Zimmermann in der Klinik, der leitende Stadtredakteur des Main-Echo. Er wollte alles über den brutalen Mordversuch wissen und machte daraus eine rührende Geschichte über die unzertrennliche Liebe von Sabine und Thomas. In seiner Montagsausgabe brachte das Main-Echo einen ganzseitigen Bericht. Alexander Leitner erschien als Held und Lebensretter. Selbst Bezüge zu den Spessarträubern stellte Zimmermann her, indem er darauf hinwies, dass in früheren Zeiten Räuber und Wegelagerer in diesem Waldgebiet ihr Unwesen trieben.

11

Ilona war unruhig. Seit ihrer heißen Nacht auf der Jacht hatte er sich nicht mehr mit ihr verabredet. Das war inzwischen drei Wochen her. Viel zu tun, Besprechung mit dem Vater, Konferenz mit den Handelsvertretern ... Es gab viele Ausreden. Ilona glaubte jedenfalls, dass es Ausreden waren, denn gestern hatte sie ihn mit einer anderen gesehen. Auf den Schlossterrassen, ganz zufällig, als sie dort vorbeiging. Zuerst dachte sie bei ihrem Spaziergang an den schönen Abend mit ihm, träumte davon, ihn wieder zu sehen, aber dann saß er da, genau an dem Tisch, den sie gehabt hatten. Er aß dort mit ihr, einem jungen Ding, strohblond, großbusig, in engen Jeans und laut lachend, sodass sie es bis zum Weg hörte, der an der Terrasse vorbeiführte. Sie wusste nicht, ob er sie bemerkt hatte, ging schnell weiter, hatte das Gefühl, sich verstecken zu müssen, so übel fühlte sie sich.

Ob sie selbst nicht gut genug war? Ob es ihm nicht gefallen hatte? Unbarmherzige Fragen schlichen sich ein. Sie konnte nicht anders. Sie spazierte nochmals an der Terrasse vorbei, quälte sich ein zweites Mal mit diesem Anblick, der ihr das Herz zerriss und sie vor Eifersucht beben ließ. Anschließend ging sie die Treppen zur Mainpromenade hinab. Es war gut eine Stunde vor Mitternacht. Falls er die Blonde zur Jacht mitnehmen wollte, würden sie bald kommen. Die Enten kuschelten im Ufergras, hatten die Köpfe unter den Flügeln, lagen schlafend da. Ein Liebespaar kam die Promenade entlang, ein spätes Motorboot jagte über den Fluss, die Glocken der Stiftskirche schlugen elf Mal. Ilona versteckte sich hinter einem Weidenbusch, direkt am Mainufer. Sie war zu dünn angezogen, aber daran dachte sie in diesem Augenblick nicht. Sie wollte es wissen, wollte Klarheit darüber, ob er mit ihr auf die Jacht ging. Die Stiftskirche schlug ein Mal, sie schlug zwei Mal und Ilona glaubte schon, dass sie sich alles nur einbildete. Doch im nächsten Augenblick hörte sie das Klackern von hochhackigen Pumps auf der Uferpromenade. Es war nicht laut, aber für Ilona klangen ihre Schritte wie die aufreizenden Schritte von tausend Huren, die hier ihren Liebsten entführten. Sie sah, dass er seinen Arm um ihre Hüfte gelegt hatte, sie kannte den leichten Druck seiner Umarmung, sie konnte sich vorstellen, was er ihr ins Ohr flüsterte, sie wusste, wie seine Küsse schmeckten. Am liebsten hätte sie sich ihnen entgegengeworfen und die beiden auseinandergerissen. Aber sie blieb ganz still hinter ihrem Weidenbusch sitzen und ließ die beiden passieren. Eine Wolke von Parfum wehte zu ihr herüber, wahrscheinlich sehr teuer. Vielleicht hatte er eine Standesgemäße gefunden oder er hatte ihr das Parfum geschenkt. Verrückte Gedanken wirbelten durch Ilonas Kopf. Sie ließ die beiden ein Stück weiter gehen, wartete, bis sie unter der Willigisbrücke hindurch waren, dann kam sie hinter ihrem Busch hervor und ging ihnen leise hinterher. Sie sah, wie er ihr aufs Boot half, sie sah ihre Silhouetten durch die Sichtfenster der hinteren Abdeckplanen, sie wusste, dass er in dem Moment Champagner servierte, bevor die Stiftskirche zwölf Mal schlug.

Wie blöd sie gewesen war. Hatte ihm geglaubt, hatte gedacht, dass die Blutsbrüderschaft mit ihm etwas Besonderes sei, aber jetzt ging er bestimmt wieder zum Steuerstand, ritzte sich in den Zeigerfinger und wiederholte die Prozedur. Schlachtet euch ab, verblutet meinetwegen, dachte Ilona. Sie war krank vor Eifersucht und Wut. Sie hatte sich zwischen die Uferbüsche in der Nähe des Jachtklubs gesetzt und beobachtete die beiden ganz still.

Als die Stiftskirche zwölf Mal schlug, gingen sie nach vorne in die Kajüte. Ilona wusste, was das bedeutete. Die Vorhänge an den Fenstern schwankten leicht. Das Boot bewegte sich im Wasser, als ob jemand darin herumhüpfte. Schwein, dachte sie, blödes satanisches Schwein. Mehr wollte sie nicht sehen. Es trieb ihr die Tränen in die Augen als sie die Treppen zum Schlossplatz nach oben stieg. Sie schickte ein Gebet zum Himmel. »Oh Herr«, betete sie, »bitte lass meine Periode kommen. Lass mich bloß nicht schwanger sein, nicht von ihm, bitte nicht von ihm.«

Ihre Regel war drei Tage überfällig. Vielleicht wegen der ganzen Aufregung, dachte sie. Sie hatte Angst, vor allem jetzt, wo sie wusste, dass er eine Neue hatte. Sie fürchtete sich davor, schwanger zu sein. Die Gewächse an der Sandsteinmauer kamen ihr vor wie bizarre Monster, die sich auf sie stürzen wollten, kleine vielarmige Kobolde, die sie auf ihrem Weg nach oben verfolgten. Vorbei, dachte sie, als die Stiftskirche zur vollen Stunde schlug. Ende der Geisterstunde, Ende seiner Liebe. Jetzt würde er sich neben ihr zusammenrollen, würde schlafen wie ein Engel, obwohl er in Wirklichkeit ein Teufel war. Ilona lag lange wach in dieser Nacht. Ständig schlichen sich dieselben Gedanken in ihren Kopf: Keine Periode, keine Liebe, keine Zukunft, keine Periode, keine Liebe, kein Glück ... Irgendwann schlief sie erschöpft ein und wachte am Morgen wieder auf. Keine Periode, war ihr erster Gedanke als sie zur Toilette ging und sich noch nichts zeigen wollte.

Vier Tage später führte Ilona einen Schwangerschaftstest durch. Morgens saß sie auf dem Rand ihrer Badewanne und wartete auf das Ergebnis. Es waren die längsten Minuten ihres Lebens. Bitte nicht, hämmerte es hinter ihrer Stirn. Aber der Teststreifen war unerbittlich, zeigte kein Erbarmen, verfärbte sich ganz langsam, wie es auf der Vorlage zu sehen war. Ein zweiter Test brachte dasselbe Ergebnis: Schwanger, schwanger von ihm, der sie herumgekriegt hatte in Satans Festnacht, die es nur einmal gab pro Jahr. Geschwängert hatte er sie und dann verlassen, um eine blonde Hexe zu lieben. Ilona war verzweifelt, wusste nicht, was sie tun sollte, ließ sich wieder ins Bett fallen und blieb einfach dort liegen.

    Sie musste es ihm sagen, dachte sie. Zugleich befürchtete sie, dass es zwecklos war. Er würde ihr Vorwürfe machen, weil sie die Pille nicht genommen hatte. Heulend lag sie im Bett, ärgerte sich über ihre eigene Dummheit, hätte sich das Kind am liebsten aus dem Leib geprügelt, das ihr Leben bestimmen würde.

Noch am selben Vormittag rief sie ihn an. Sie hatte sich in der Firma nach ihm durchgefragt und ihn endlich an der Strippe.
    »Hallo, Ilona, mein Täubchen«, meldete er sich.
    Ihr drehte es fast den Magen um.
    »Ich muss dich bitte dringend sprechen«, sagte sie, »bitte, es ist wirklich wichtig.«

»Das ist im Moment ganz schlecht, mein Täubchen. Du weißt, viel Arbeit, ständig Sitzungen. Du kannst froh sein, dass du mich gerade erwischt hast.«

Doch sie wusste, wie seine Arbeit aussah, sie hatte ein Beispiel auf der Jacht gesehen.

»Bitte, nur eine halbe Stunde, wenn du willst in der Mittagspause«, flehte sie ihn an.

Er zögerte. Sie hörte, dass er in seinem Kalender blätterte.

»Also gut, wenn es unbedingt sein muss. Komm in die Firma, am besten kurz vor zwölf, ich sage dem Pförtner Bescheid.«

Ilona wusste nicht, ob sie lachen oder weinen sollte. Sie sah schlecht aus, sie hatte die Nacht kaum geschlafen, war verheult, fix und fertig von der Aufregung über das Testergebnis.

Ich muss baden, mich frisch machen, in einer Stunde werde ich bei ihm sein, dachte sie. Sie nahm sich zusammen, richtete sich her, zog ihr hübsches blaues Sommerkleid an, föhnte ihre schwarzen Haare, schminkte sich und saß bald in einem Taxi zu seiner Firma.

»Sie wollen sicher zum Juniorchef«, begrüßte sie der Pförtner am Haupteingang. »Kommen Sie, ich bringe Sie hin.«

Wenigstens hat er Bescheid gegeben, dachte Ilona. Sie fuhren in den zweiten Stock, dort lag ganz am Ende des Ganges sein Büro.

»Hallo, Ilona«, begrüßte er sie. »Tut mir leid, dass ich so viel zu tun habe, mein Liebling.«

»Wir haben uns über drei Wochen nicht gesehen.«

»Die Zeit rast so«, sagte er, »ich komme manchmal gar nicht mehr mit.«

Obwohl sie wusste, dass er log, wusste sie nicht, was sie sagen sollte. Er klang so vertraut. Hätte sie die neue Blonde nicht mit eigenen Augen gesehen, hätte sie ihm womöglich geglaubt.

»Du musst doch mal abends Zeit haben, oder am Wochenende«, versuchte sie ihn in die Enge zu treiben.

»Hätte ich gern, aber im Augenblick geht es einfach nicht«, schwindelte er.

Sie merkte, wie sich alles in ihr zusammenzog. Sie fühlte, dass ihr das Blut in den Kopf stieg.

»Für diese blonde Tussi, die du auf der Jacht gebumst hast, da hast du allerdings Zeit, mein Täubchen«, sagte sie ganz leise.

Er sah sie erstaunt an. »Du spionierst mir nach ...«

»Es war ja nicht zu übersehen. Das Boot hat gewackelt wie der Teufel.«

»Und um mir das zu sagen, kommst du her?«

»Es bleibt mir nichts anderes übrig. Du hintergehst mich brutal. War wohl wieder Satansfest ...«

Er sah sie ratlos an und schien nach Worten zu suchen. »Es tut mir leid, Ilona«, stammelte er. »Ich habe mich in Petra verliebt. Ich wollte es dir sagen, aber ich kam noch nicht dazu, hatte Angst, es war mir peinlich. Bitte Ilona, es tut mir leid.« Er griff in seine Hosentasche, holte ein dickes Geldscheinbündel hervor und reichte es ihr. »Hier, als kleine Entschädigung, es tut mir wirklich leid.«

Sie schlug ihm das Bündel aus der Hand. »Sag mal, spinnst du? Du glaubst wohl, du kannst dir die Satansnächte so einfach kaufen. Wir haben Blutsbrüderschaft geschlossen. Ich hoffe, dass dich der Satan höchstpersönlich holt.«

Er war sprachlos und sagte gar nichts mehr. Ilona wusste nicht, was in sie gefahren war. Sie zitterte innerlich. Sie konnte kein Wort über ihre Schwangerschaft hervorbringen. Sie spuckte vor ihm auf den Boden, machte auf dem Absatz kehrt und ging.

Den Nachmittag verbrachte sie im Bett. In der Firma hatte sie sich krank gemeldet. Irgendwie stimmte das ja auch. Erst abends, als es dunkel war, wagte sie sich wieder auf die Straße. Die Unruhe trieb sie hinaus. Sie konnte nicht still daheim sitzen. Der Mond warf sein Licht auf das Pflaster. Sie ging über den Roßmarkt, bog rechts Richtung Park Schöntal ab, durch den Torbogen unter der ehemaligen Stadtmauer. Ein Liebespaar saß auf der Bank gegenüber der Ruine der Kirche zum Heiligen Grabe. Nimm dich in Acht, dachte Ilona, nicht dass es dir geht wie mir ... Nimm dich in Acht vor seiner Liebe, prüfe, ob sie echt ist oder so schnell vergeht wie bei mir. Sie wandte sich nach links und streifte an der alten Stadtmauer entlang. Der Weg war dunkel. Links stieg die Stadtmauer unüberwindlich empor, rechts warfen mächtige Bäume ihre dunklen Schatten auf Mauer und Weg. Vielleicht sollte ich besser umkehren, dachte sie. Bald stieg der Gespensterturm vor ihr auf, ein Überbleibsel der Aschaffenburger Stadtbefestigung des Mittelalters. Seine leeren Fensterhöhlen im obersten Geschoss glotzten sie drohend an. Ilona fürchtete sich. Sie kehrte zur Kirche zum Heiligen Grabe zurück, sah das alte Gemäuer im Mondlicht leuchten, auf seiner Insel im Teich. Wenn nur sie selbst im Grabe liegen könnte, dachte sie. Sie ging ein Stück am Teich entlang, das Liebespaar war inzwischen verschwunden, ganz still lag der Park da. Der Turm der Sandkirche war durch die Wipfel der Bäume zu sehen. Kirchen gab es hier genug, dachte sie, aber was half das? Sie war allein, sie war verlassen, sie war beladen mit ihrem Problem, das ihr fast die Luft abschnürte. Als sie gerade gehen wollte, zurück in ihre Wohnung, zurück in ihr einsames Bett, kam eine Frau die Treppen bei der Sandkirche herauf, hinein in den Park, genau auf sie zu. Sie war dunkel gekleidet, trug einen langen Rock und ein Kopftuch. Ihr Alter war in der Dunkelheit schlecht zu schätzen, so um die 50 mochte sie sein.

»*Noch ganz allein im Park, braves Mädchen?*«*, sprach sie Ilona an.*

Ilona fiel auf, dass sie ›braves Mädchen‹ gesagt hatte. Bin kein braves Mädchen, dachte sie. War ein böses Mädchen und jetzt bin ich schwanger, das habe ich davon.

»*Konnte nicht allein sein, war so unruhig*«*, antwortete Ilona.*

»*Hier bist du auch allein*«*, lachte die Frau und Ilona sah einige Goldplomben. Eine dieser Südländerinnen, die ihr Gold im Mund tragen, dachte sie.*

»*Schon, aber hier ist es anders als zu Hause.*«

Sie gingen ein Stück gemeinsam am Teich entlang. Die Kirche zum Heiligen Grabe kam wieder näher.

»*Ich bin Maria*«*, sagte die Frau.*

»*Ich bin Ilona.*«

»*Ich hatte ein seltsames Erlebnis*«*, erklärte Maria. »Ich habe in der Sandkirche gebetet. Ich bete oft dort, aber nie ist mir so etwas geschehen. Ich bete zur Jungfrau Maria und plötzlich hatte ich das Gefühl, dass ich in den Park gehen sollte.*«

Ilona sagte nichts. Das Ganze war ihr unheimlich. In der Ferne sah sie den Aschaffenburger Gespensterturm und hatte Angst.

»*Du brauchst sicher Hilfe, mein Kind*«*, sagte Maria. Sie war eine kleine zierliche Gestalt, die in ihren dunklen*

Kleidern älter wirkte, als sie in Wirklichkeit war. »Warum bist du im Park? Was ist dein Problem?«

»Ach nichts, ich wollte allein sein.«

»So allein? Fast mitten in der Nacht … Das ist nichts für ein braves Mädchen.«

Ilona fragte sich, warum die Frau sie braves Mädchen nannte. Was sie damit bezweckte? Sie ergriff Ilonas Hand.

»Komm, ich muss dir etwas zeigen«, sagte sie und zog Ilona über den gekiesten Weg in Richtung Sandkirche. Auf der Würzburger Straße fuhr noch ein einzelnes Auto, sie gingen die breiten Treppen von der Parkanlage zum Vorplatz der Kirche hinunter. Durch den Torbogen vor dem Eingang gelangten sie ins Innere.

»Es ist eines der ältesten und schönsten Gotteshäuser Aschaffenburgs«, murmelte die Frau mit dem Kopftuch. »Wird seit Jahrhunderten als ehemalige Wallfahrtskapelle besucht.«

Sie schritten über den derben roten Teppich zum Altar. Links war der barmherzige Samariter zu sehen, wie er seinen Mantel teilte. Die Frau mit dem Kopftuch kniete vor dem Altar nieder und bekreuzigte sich. Im warmen Licht der Altarbeleuchtung war das Gnadenbild der Jungfrau zu sehen, die sich schützend über Christus beugte. Darüber jubilierten die Engel.

»Sie hat mich zu dir geschickt«, flüsterte Maria.

Ilona schwieg. Das Ganze war ihr suspekt. Sie glaubte nicht an Wunder, auch wenn dieses Altarbild ein Gnadenbild war.

»Du bist schwanger«, sagte Maria. »Du weißt nicht mehr weiter. Ich fühle es.«

Ilona war sprachlos.

»*Ich werde dir helfen*«, *flüsterte Maria.* »*Niemand wird es erfahren. Du brauchst keine Angst zu haben.*«
»*Aber ich habe Angst, das Ganze ist mir unheimlich.*«
»*Fürchte dich nicht, denn ich bin bei dir*«, *sagte Maria.* »*Lass uns gemeinsam beten, dann sind wir stark.*«
Anschließend ging es Ilona tatsächlich besser.
»*Ich habe mir immer Kinder gewünscht*«, *sagte Maria und rückte ihr Kopftuch zurecht.* »*Jetzt hat sie mir eins geschickt. Sie kann Wunder vollbringen.*«
Ilona wusste nicht, was sie sagen sollte. Sie merkte nur, wie erschöpft sie war. »*Ich bin so müde.*«
»*Ich werde dich nach Hause bringen, Kindchen. Komm!*«
Sie verließen die prunkvolle Kirche, traten hinaus auf die Sandgasse und Maria begleitete Ilona zu ihrem Haus. »*Wir wohnen gar nicht weit voneinander entfernt*«, *stellte sie erfreut fest.* »*Ich werde mich jeden Tag um dich kümmern.*«
Ilona war todmüde. Im Bad lag der verfärbte Teststreifen vom Vormittag. Er hat mein Schicksal besiegelt, dachte Ilona. Sie huschte schnell ins Bett und kuschelte sich unter ihre Decke.
Ich weiß gar nicht, wo sie wohnt, weiß überhaupt nicht, wer sie ist, dachte sie. Vielleicht war sie überhaupt nur eine Erscheinung, vielleicht gibt es sie gar nicht, vielleicht werde ich ihr nie mehr begegnen ...

12

Gleich am Sonntag nach dem Überfall auf Thomas Drucker in Mespelbrunn suchte Kommissar Rotfux die Leitners auf.

»Hallo, Herr Kommissar«, begrüßte ihn Oskar Leitner am breiten Treppenaufgang, der vom Parkplatz zur großzügigen Villa führte.

»Grüße Sie, Herr Leitner. Ich würde gern Ihrem Sohn ein paar Fragen stellen.«

»Oh, da haben Sie Pech. Er ist beim Frühschoppen. Müsste aber bald zurück sein. Wollen Sie warten? Soll ich ihn auf dem Handy anrufen?«

»Das wäre sehr nett.«

Sie hatten inzwischen die großzügige Eingangshalle des Hauses erreicht. Annabelle Leitner kam ihnen entgegen. Rotfux wunderte sich, dass sie älter als ihr Mann und ziemlich korpulent war. Während Oskar Leitner seinen Sohn anrief, unterhielt sich Rotfux mit ihr. Sie war entsetzt über die Vorkommnisse in Aschaffenburg. »Ich hoffe, Sie können diesen Satanisten bald das Handwerk legen«, sagte sie. »Ich gehe jeden Sonntag in die Stiftsbasilika. Momentan ist mir das besonders wichtig, seit diese satanischen Schmierereien aufgetaucht sind.«

Nach kurzer Wartezeit erschien Alexander Leitner. Er roch nach Bier und begrüßte Kommissar Rotfux leicht angeheitert.

»Hallo, Herr Kommissar. Die Sache nimmt keine Ende.«

Rotfux sagte darauf nichts, sondern kam unumwunden zum Thema. »Warum waren Sie gestern in Mespelbrunn, Herr Leitner?«

»Es war schönes Wetter angesagt. Wollte einen Ausflug machen.«

»Ausgerechnet nach Mespelbrunn?«

»Warum nicht? Es ist immer nett dort.«

»Seltsam scheint es schon«, konterte Rotfux, »da passiert ein Mordanschlag auf Ihren Rivalen, Thomas Drucker, und Sie sind vor Ort.« Rotfux sah Alexander Leitner durchdringend an.

»Ich hätte darauf verzichten können«, brummte der mürrisch. »Habe mir die Klamotten versaut, nur wegen diesem …« Er sprach den Namen nicht aus, sondern schluckte ihn wie eine bittere Medizin herunter.

»Sie mögen ihn wohl nicht?«

»Nein, absolut nicht. Er hat mir meine Freundin ausgespannt, lächerlicher Streber.«

»Und deshalb wollten Sie ihm gestern einen Denkzettel verpassen«, sagte Rotfux provozierend.

»Nein, wieso? Ich habe ihm sogar das Leben gerettet, wurde durch Sabine in die Sache hineingezogen.«

»Herr Leitner, wo waren Sie vor dem Überfall?«

»Wie meinen Sie das?«

»Nun, Sie haben Sabine an diesem Teich entdeckt. Wo waren Sie direkt davor?«

Alexander Leitner schluckte verlegen. »Ich kam vom Kiosk, hatte dort meine Maschine abgestellt.«

»Waren Sie im Kiosk drin? Hat Sie jemand gesehen?«

»Nein, im Laden war ich nicht. Ob mich jemand gesehen hat, weiß ich nicht. Habe nicht darauf geachtet. Wollte zum Schlosshotel. Auf dem Weg dorthin hörte ich dieses seltsame Geräusch.«

»Und dann haben Sie Sabine entdeckt?«

»Nicht sofort. Ich sah, dass jemand nackt an einen Baum gefesselt war. Erst als ich näher kam, erkannte ich sie.«

Rotfux ließ sich alle weiteren Details beschreiben und wandte sich danach an Oskar Leitner, der die ganze Zeit still zugehört hatte.

»Wann hat ihr Sohn gestern das Haus verlassen, Herr Leitner?«

»Kann ich nicht genau sagen, vielleicht um zwei, jedenfalls nach dem Mittagessen.«

»Und Sie selbst?«

Oskar Leitner sah den Kommissar verwundert an. »Was wollen Sie damit sagen?«, fragte er empört.

»Gar nichts. Beantworten Sie einfach meine Frage.«

»Sie glauben doch wohl nicht, dass ich mit diesen Geschichten etwas zu tun habe«, regte er sich auf. »Ich war zu Hause. Das kann meine Frau bestätigen.«

Eine Woche später, nachdem sich Thomas Drucker wieder völlig erholt hatte, besuchte ihn Kommissar Rotfux in seiner kleinen Wohnung.

»Schön haben Sie es hier. Ein toller Blick auf den Main.«

Er sah durch die Dachgaube der Wohnküche hinüber zur Mainpromenade. Ein Ausflugsschiff glitt in Richtung Frankfurt vorbei, ein Motorboot hüpfte über die leichten Wellen, Spaziergänger bevölkerten die Promenade.

»Nehmen Sie Platz, Herr Kommissar. Ich habe allerdings nur diese alte Couch und die Lehnstühle. Stammt alles aus meiner Studentenzeit.«

»Ist sehr gemütlich. Ich wünschte, ich hätte während meiner Ausbildung eine solche Wohnung gehabt.«

Rotfux wandte sich vom Fenster ab, ging zur Sitzecke und ließ sich in die Couch fallen. Es war warm. Er hatte seinen gelben Pulli über die Schulter gehängt und legte ihn jetzt neben sich auf die Couch.

»Ein Schluck Wasser oder ein Bierchen?«, bot ihm Thomas an.

»Lieber ein Wasser, bin schließlich im Dienst.«

Thomas ging zum Kühlschrank, nahm eine Flasche Mineralwasser heraus und goss zwei Gläser ein.

»Ich muss Sie leider nochmals wegen diesem Mordanschlag in Mespelbrunn behelligen«, kam Rotfux zur Sache. »Habe mir so meine Gedanken gemacht. Vielleicht können Sie mir weiterhelfen.«

»Klar, Herr Kommissar. Wenn ich zur Lösung beitragen kann.«

Rotfux strich sich über sein Bärtchen. »Können Sie sich vorstellen, dass Alexander Leitner hinter allem steckt?«, fragte er unvermittelt.

»Ich weiß nicht«, zögerte Thomas Drucker. »Dem käme es natürlich sehr gelegen, wenn ich von der Bildfläche verschwände, aber ob er deshalb einen Mord begeht?«

Rotfux zog die Augenbrauen hoch und legte die Stirn in Falten. Man sah, dass es dahinter intensiv arbeitete. »Konnten Sie die beiden Motorradfahrer erkennen? Sie berichteten, dass sie auf der Terrasse des Wirtshauses im Spessart saßen und jeder ein großes Bier trank. Hätte einer der beiden Alexander Leitner sein können?«

Thomas dachte nach. Er sah die Terrasse vor sich, die roten Sonnenschirme, die beiden Motorradfahrer mit ihren Biergläsern. »Das kann ich leider nicht sagen«, antwortete er. »Obwohl es angefangen hatte zu regnen, trugen sie große, dunkle Sonnenbrillen.«

»Mhmm«, brummte Rotfux enttäuscht. »Die Statur der beiden, Mimik, Gestik, ist Ihnen etwas aufgefallen, was auf Alexander Leitner zutreffen könnte?«

»Eigentlich nicht, Herr Kommissar. Diese Motorradmonturen sehen alle gleich aus. Außer den Sonnenbrillen fiel mir nichts auf. Ich hab' nicht besonders darauf geachtet. War mit Sabine beschäftigt, hab' mich mit ihr unterhalten.«

»Nochmals, Herr Drucker, könnte Größe und Statur von einem der beiden auf Alexander Leitner passen?«

»Nun ja, einer der beiden war groß und kräftig, das könnte er gewesen sein.«

»Na sehen Sie, ist immerhin eine Möglichkeit«, freute sich Rotfux.

»Aber Sabine sagte, die beiden seien mit ihren Motorrädern weggefahren, sie habe sie wegfahren hören.«

»Können Sie unterscheiden, ob ein oder zwei Motorräder starten, vor allem wenn sie einige hundert Meter entfernt und total aufgeregt sind?«

Thomas zögerte. »Wahrscheinlich nicht …«

»Na sehen Sie. Es könnte ein Motorrad gestartet sein, während sich Alexander Leitner inzwischen dem Tatort von der anderen Seite genäher hat. Zeitlich würde das gut hinkommen. Wir haben alles nachgestellt und es hat wunderbar geklappt.« Rotfux strich sich über seinen Oberlippenbart und lächelte zufrieden. »Man muss alles in Erwägung ziehen. Ich behaupte nicht, dass es so war, aber es könnte so gewesen sein.«

»Eigentlich hat mir Alexander Leitner doch das Leben gerettet, jedenfalls erzählte das Sabine.«

»Hauptsächlich dürfte Ihnen Sabine das Leben gerettet haben. Sie hat sich ins Wasser geworfen, sie hat nach Ihnen gesucht, sie hat sie beatmet und ihr Herz massiert. Dass Alexander Leitner mit angepackt hat, würde ich nicht überbewerten. Er konnte in Sabines Gegenwart gar nicht anders handeln.«

»Mhmm, so habe ich das noch nicht gesehen«, seufzte Thomas. Es wurde ihm klar, dass vielleicht eine große Gefahr von Alexander ausging.

»Sie müssen leider mit allem rechnen, Herr Drucker. Sie haben zwei Mal großes Glück gehabt. Es darf kein drittes Mal passieren.« Rotfux hielt inne. Er sah Thomas nachdenklich an. Nach kurzem Zögern fuhr er fort: »Wir prüfen natürlich auch sonstige Möglichkeiten. Zum Beispiel haben wir festgestellt, dass sowohl Oskar Leitner als auch Bernhard und Martin Flieger Motorräder angemeldet haben. Bei Bernhard Flieger haben wir an seinen Motorradstiefeln sogar Spuren von Mosen und Flechten gefunden, die genau denen entsprechen, wie sie beim verwilderten Teich unterhalb des Schlosses Mespelbrunn vorkommen.«

»Dann war er womöglich einer der beiden Motorradfahrer?«, stammelte Thomas Drucker.

»Wer weiß?«, sagte Rotfux nachdenklich. »Er gibt allerdings an, zu der fraglichen Zeit in der Firma gewesen zu sein. Seine Sekretärin hat uns das bestätigt.«

»Karin Duckstein?«

»Ja, genau. Sie behauptet, am fraglichen Samstag etwas mit ihm ausgearbeitet zu haben.«

Thomas sagte darauf nichts, sondern dachte nur an die

Gerüchte, die über das Verhältnis von Bernhard Flieger zu Karin Duckstein in der Firma kursierten.

Er spürte, dass sich die Schlinge um seinen Hals zuzog. Jemand wollte ihn mit aller Macht ins Jenseits befördern, das hatte der Überfall in Mespelbrunn gezeigt. Nachdem Kommissar Rotfux wieder gegangen war, saß er ratlos auf seiner Couch und starrte an die Decke. Was war das für ein Leben? Seine Mutter hatte er verloren, seinen Vater nie gekannt, seine große Liebe sah er nur noch selten. Die Eltern von Sabine hatten ihr nach dem neuerlichen Mordanschlag den Kontakt verboten. Er hatte das Gefühl, dass alles über ihm zusammenstürzte. Wenn sie ihn nicht körperlich ermorden konnten, war es ihnen seelisch fast gelungen. Ich muss Maria besuchen, dachte er. Sie war seine letzte Zuflucht, seine Oma, wie er sie nannte.

Etwa eine halbe Stunde später stand er vor dem Haus von Maria Beletto in der Sandgasse. Auf sein Klingeln erfolgte keine Reaktion, auch als er Sturm klingelte, öffnete sie nicht. Sie wird bestimmt in der Sandkirche beten, dachte er. Er wusste, dass Maria fromm war, sehr fromm sogar. Und ihr heiligster Platz war die Sandkirche. Dort konnte man sie zu allen Tageszeiten antreffen. Er eilte dorthin und genoss die kühle Luft, die ihm entgegenschlug. Er ging zwischen den grauen, massiven Holzbänken nach vorne in Richtung Altar. Wie vermutet, kniete Maria in der ersten Bankreihe und betete. Die Kirche strahlte diese feierliche Stille aus, wie sie für solche alten Gotteshäuser typisch war. Thomas Drucker ging leise. Er wollte seine ›Oma‹ nicht stören. Er sah links die prunkvolle Kanzel, sah die beiden Nebenaltäre mit ihren Bildern, schaute einen Moment lang zum Deckengewölbe über dem Altar, das mit seinen Ornamenten eine vornehme Leichtigkeit ausstrahlte.

Maria drehte sich um. Sie freute sich, stand auf und schloss Thomas in ihre Arme. Sie musste nach oben schauen, reckte sich in die Höhe, denn er war fast zwei Köpfe größer als die kleine, alte Frau.

»Komm, mein Lieber, sprich ein Gebet mit mir«, sagte sie.

Das konnte er ihr nicht abschlagen. Sie war inzwischen 80, ihr Mann Alberto vor vier Jahren verstorben. Seit dem Mord an seiner Mutter hatte sie nur noch ihn. Also kniete er nieder und betete mit ihr. Anschließend verließen sie die Kirche.

»Komm mit zu mir«, sagte sie. »Wir können zusammen essen.«

Sie humpelte mit ihrem schwarzem Gehstock über das Pflaster der Sandgasse, schloss die Haustür auf, quälte sich drei Treppen in das oberste Stockwerk hinauf und öffnete mit ihrem schweren Schlüssel die hölzerne Wohnungstür.

»Puh, geschafft«, freute sie sich. »Ist ganz schön heiß heute. Unter dem Dach staut sich die Hitze.«

Sie humpelte in die Küche. Seit ihrem Sturz zog sie das rechte Bein noch stärker nach. »Ich mach uns Spaghetti mit Tomatensoße. Setz dich so lange ins Wohnzimmer, lies die Zeitung oder so.«

Thomas fühlte sich wohl in ihrer Wohnung. Er kannte die Möbel seit seiner Kindheit. Alles strahlte Geborgenheit für ihn aus. Er sah sich einige Zeitschriften an, die sich auf der Kommode stapelten, als aus einem der Hefte ein Brief fiel, ohne Adresse, ohne Absender, ohne Briefmarke. Den kenne ich doch, dachte er. Genau so sah der

Drohbrief aus, den er Ende Januar erhalten hatte. Er nahm den Brief und ging damit in die Küche. Maria schüttete gerade die Spaghetti in ein Sieb. Sie erschrak, als sie ihn mit dem Brief sah.

»Was ist das für ein Brief, Oma?«

»Ach nichts, ist älter, ich wusste gar nicht mehr, wo er war.«

»Darf ich ihn mir mal ansehen?«

»Ach lass nur, Thomas, er würde dich wahrscheinlich aufregen.«

Thomas ahnte Böses. »Könnte es sein, dass du bedroht wirst?«, fragte er.

»Woher weißt du das?«

»Ich habe einen solchen Brief erhalten. Bei mir war eine Drohung aus Zeitungsbuchstaben aufgeklebt. Kann ich nun deinen Brief mal ansehen?«

»Wenn du unbedingt willst.«

Thomas öffnete den Umschlag und zog das Blatt heraus, auf dem mit ausgeschnittenen Zeitungsbuchstaben ein Satz aufgeklebt war.

›Ein falsches Wort und du bist tot‹. Genau wie bei mir, dachte Thomas. »Seit wann hast du den Brief?«

»Schon länger. Ich glaube, er kam im Januar.«

»Nach dem Gottesdienst in der Stiftsbasilika?«

»Ja, genau, woher weißt du das?«

»Weil ich den gleichen Brief abends nach dem Gottesdienst unter meiner Wohnungstür fand.«

»Mit genau dem gleichen Satz?« Maria Beletto war sprachlos. Sie brachte nacheinander Spaghetti, Tomatensoße, Ciabatta und Parmesan ins Wohnzimmer auf den großen runden Tisch.

»Lass es dir schmecken, Thomas.«

»Danke, ebenfalls.«

Eine Zeit lang aßen sie schweigend. Thomas schmeckte es gut, aber er war mit seinen Gedanken bei dem Drohbrief.

»Hast du den Brief dem Kommissar gezeigt?«, fragte er.

»Nein, bisher nicht.«

»Der Brief ist wichtig. Man droht dir. Womöglich könnte etwas passieren.«

»Den Brief habe ich doch seit Monaten. Ich hatte Angst, dass der Kommissar mich ausfragen würde.«

Wieder schwiegen sie. Thomas bekam das deutliche Gefühl, dass ihm seine Oma etwas verheimlichte.

»Was soll er denn nicht erfahren, der Kommissar?«

»Ach weißt du, Thomas«, seufzte Maria Beletto, »ich habe deiner Mutter hoch und heilig versprochen, dass ich eine Sache nie verrate. Im Angesicht der Schmerzhaften Muttergottes habe ich es ihr geschworen. Nun trage ich das Geheimnis mit mir herum und weiß nicht mehr, was ich machen soll.«

Die alte Frau sah traurig aus, verzweifelt, um Jahre gealtert. Ihre Haut wirkte kalkweiß, blass, die Falten schienen das Gesicht noch tiefer zu durchfurchen als sonst. Ihren braunen Augen fehlte der Glanz. Jede Freude war aus ihnen gewichen.

»Schon gut, Oma. Wenn du es ihr versprochen hast.«

Es war Thomas klar, dass er sie nicht bedrängen durfte. Wenn sie bei der Schmerzhaften Muttergottes aus der Sandkirche geschworen hatte, war da nichts zu machen. Es gab keinen wichtigeren und heiligeren Ort für seine Oma, weshalb er erst gar nicht versuchte, mit ihr über diesen Schwur zu diskutieren.

Am darauf folgenden Montag wurde Thomas Drucker von seinem Chef, Bernhard Flieger, zu einer Besprechung einbestellt.

»Hallo, Thomas, ich hoffe es geht dir gut«, begrüßte er ihn hinter seinem mächtigen Mahagonischreibtisch. »Karin, bringst du bitte zwei Kaffee? Du trinkst doch einen, Thomas?«

»Ja, klar.«

Bernhard Flieger duzte seine Sekretärin inzwischen, was den Gerüchten in der Firma neue Nahrung gab. Thomas erzählte seinem Chef und gleichzeitig dem Vater von Sabine, dass es ihm nicht gut gehe, dass er vor allem Sabine vermisse und sich ziemlich verlassen fühle.

»Du verstehst sicher, dass wir um Sabine Angst haben.«

»Ja, klar, aber es ist hart. Ich liebe sie und möchte sie natürlich gerne sehen.«

Darauf ging Bernhard Flieger nicht weiter ein. »Vielleicht klärt sich alles und die Täter werden gefasst«, sagte er. »Ich musste dich leider wegen einer anderen Sache einbestellen. Michael Hofmann hat sich über dich beschwert. Er meint, du vernachlässigst deine Arbeit. Vor allem die Online-Geschäfte würden ganz schlecht laufen.«

Michael Hofmann war nicht irgendjemand, sondern der Enkel des Seniorchefs, Sohn von dessen Tochter Gisela und Carsten Hofmann, der im Bankgeschäft tätig war. Michael Hofmann war 30 wie Thomas, hatte Betriebswirtschaft in Mannheim studiert, war sehr stolz auf sein gutes Examen und fing an, sich in verschiedene Bereiche des Unternehmens einzuarbeiten. Er hatte eine gewisse Ähnlichkeit mit seinem Opa Johann Flieger, war groß gewachsen, schlank, sehr gut aussehend und höflich, aber sehr bestimmt. Wenn der sich über einen beschwerte, konnte man sicher sein, dass er mit seinem Opa darüber gesprochen hatte, mit dem er sich bestens verstand. Er ist die Allzweckwaffe von Johann Flieger, hieß es in der Firma, und alle hatten Respekt vor ihm.

Thomas schluckte und merkte, wie ihm der Schweiß unter den Achselhöhlen rann. Der Vorwurf war ihm unangenehm und er fragte sich, ob er tatsächlich etwas vernachlässigt hatte. »Eigentlich sind wir überall sehr aktiv, ich wüsste nicht, was wir versäumt haben sollten.«

»Im Detail kann ich dir das nicht sagen. Michael hat sogar mit dem Senior gesprochen. Am besten wir rufen ihn einfach kurz dazu.«

Bernhard Flieger wählte eine Nummer. »Michael, kommst du bitte mal. Ich sitze gerade mit Herrn Drucker zusammen. Du weißt, worum es geht.«

Thomas wurde es zunehmend heißer in seinem Anzug. Er stellte sich vor, dass man die Schwitzflecken unter seinen Achseln sehen würde, er fühlte sich in der Klemme, aber er konnte nicht entkommen.

»Er wird sofort da sein, dann können wir das klären.«

Endlose Minuten vergingen. Karin Duckstein brachte den Kaffee. Sie stolzierte in ihren hochhackigen Pumps durchs Zimmer und rückte einen zweiten Stuhl vor dem Schreibtisch von Bernhard Flieger zurecht.

»Danke Karin. Vielleicht noch etwas, Thomas?«

»Gerne, ein Wasser würde ich trinken.«

»Kommt gleich.« Karin Duckstein lächelte ihn an. Wahrscheinlich hatte sie mitbekommen, worum es ging und würde mit gespitzten Ohren im Vorzimmer sitzen und lauschen.

»Hallo, Michael«, begrüßte Bernhard Flieger seinen Neffen. »Schön, dass du gleich kommen konntest. Am besten erklärst du die Sache selbst. Also Michael, was ist dir aufgefallen? Leg los.«

Dieses ›Leg los‹ klang in Thomas Druckers Ohren wie die Aufforderung zum Duell. Es schien, als ob Bernhard Flieger sich regelrecht darüber freute, dass sein Neffe einige Schwachpunkte gefunden hatte, die er vortragen würde. Jetzt machen sie mich in der Firma fertig, dachte Thomas. Er trank Mineralwasser und schwitzte noch mehr. Wie aus weiter Ferne hörte er die vorwurfsvolle Stimme von Michael Hofmann.

»Wir haben keine Facebook-Fanpage«, beklagte er sich. »Das wäre das Mindeste, was man heutzutage haben müsste. Schauen Sie sich zum Beispiel die Lufthansa-Fanpage an, Herr Drucker. Da sehen Sie, wie man so etwas macht.«

»Wir sind natürlich keine Fluggesellschaft. Es kommt auf die Zielgruppe an«, wehrte sich Thomas Drucker.

»Zielgruppe, Zielgruppe«, fiel ihm Michael Hofmann ins Wort. »Das müssen Sie mir nicht erzählen. Natürlich muss so eine Seite unseren Belangen angepasst werden, aber Hauptsache, wir erstellen überhaupt etwas in dieser Richtung.«

Thomas begriff, dass es keinen Zweck hatte, weiter zu widersprechen. »Ich werde das selbstverständlich anpacken«, sagte er.

»Der Fabrikverkauf läuft ebenfalls denkbar schlecht. In den vergangenen Monaten gingen die Umsätze spürbar zurück. Da muss bessere Werbung gemacht werden«, legte Hofmann nach.

Thomas Drucker ersparte sich eine Gegenrede. »Selbstverständlich werde ich die Möglichkeiten prüfen und Ihnen und Ihrem Onkel Vorschläge unterbreiten.«

»Schließlich könnten wir in punkto Öffentlichkeitsarbeit noch mehr tun. Die Konkurrenz ist teilweise wesentlich stärker mit redaktionellen Veröffentlichungen in den Modezeitschriften vertreten. Wir könnten dadurch viel Geld sparen – mehr PR-Veröffentlichungen, dafür weniger Ausgaben für bezahlte Werbung.«

Michael Hofmann lehnte sich zufrieden in seinem Besprechungsstuhl zurück und genoss seinen Erfolg. Es war ihm nicht entgangen, dass Thomas Drucker inzwischen ziemlich kleinlaut in seinem Sessel saß und zu allem Ja und Amen sagte.

»Das sind alles berechtige Punkte«, griff jetzt Bernhard Flieger wieder ein. »Also, Thomas, du nimmst die Dinge in Angriff und legst uns bitte konkrete Vorschläge vor. Und dir, lieber Michael, natürlich vielen Dank, dass du so aufmerksam warst. Gemeinsam sind wir stark. Das war immer unser Wahlspruch.«

Thomas fragte sich im Stillen, ob er zu diesem ›gemeinsam‹ gehörte. Vielleicht wollten sie ihn gemeinsam fertig machen. Vielleicht sollte Michael Hofmann die Marketingleitung übernehmen und die Kündigung lag schon in der Schublade. Er verabschiedete sich und ging zurück zu seinem Büro.

»Na, war wohl ein unangenehmes Gespräch«, begrüßte ihn Stefanie Bauer, seine Sekretärin.

»Wieso meinen Sie?«

»Sie sehen blass und verschwitzt aus … Wenn ich mir den Hinweis erlauben darf, Herr Drucker.«

»Jaja, diese drückende Schwüle heute. Ich muss mich gleich mal frisch machen.«

13

Einige Tage später wurde Thomas Drucker zum Seniorchef gerufen. Das könnte mein Ende sein, dachte er. Nach den Vorwürfen von Michael Hofmann hatte er Angst, dass sie ihn entlassen würden. Er eilte, wie stets vor wichtigen Gesprächen, kurz zur Toilette, nahm seine lederne Besprechungsmappe mit und ging zum Vorzimmer von Johann Flieger. Dessen Sekretärin war nicht zu sehen. Die Tür zum Büro stand offen. Er sah Johann Flieger hinter seinem Schreibtisch sitzen und in irgendwelchen Unterlagen blättern. Thomas klopfte an die offen stehende Tür und der alte Johann Flieger sah auf.

»Ah, prima Herr Drucker, treten Sie näher. Ich muss etwas mit Ihnen besprechen.«

Sein Tonfall klang freundlich, fast euphorisch, und hörte sich nicht nach Kündigung an. Aber man wusste nie bei Johann Flieger.

Die Wand hinter seinem Schreibtisch hatte er mit Souvenirs aus Kenia dekoriert. Zwei Massai-Speere waren dort befestigt, daneben ein aus Leder gefertigter Schild, ein ziemlich langer Hirtenstab, eine kunstvolle Holzmaske sowie verschiedene farbenfrohe Schmuckbänder und -reifen. Zwischen allem dominierte ein Foto, auf dem man die Massai beim Tanz sah.

»Wie geht es Ihnen, Herr Drucker? Ist sicher nicht

leicht für Sie im Augenblick?«, begrüßte ihn der Seniorchef.

»Nicht so besonders. Mir setzt die ganze Sache ziemlich zu. Ich versuche, meine Arbeit trotzdem gut zu machen.«

»Das weiß ich, Herr Drucker. Michael hat mir berichtet, dass Sie Vorschläge ausarbeiten werden, vor allem für Online-Marketing und für den Fabrikverkauf.«

Thomas war zunächst erleichtert. Also keine Kündigung, dachte er. Der alte Herr schien etwas anderes von ihm zu wollen. Er hantierte unruhig mit seinen Unterlagen und kam dann zur Sache.

»Ich möchte Sie um etwas bitten, Herr Drucker, das mir persönlich wichtig ist.« Der alte Flieger erhob sich. Unwillkürlich stand auch Thomas auf.

»Bitte, behalten Sie Platz«, bat ihn der Seniorchef. »Ich muss mir Bewegung verschaffen. Man sitzt den ganzen Tag zu viel. Nun zu meiner Bitte: Sie wissen sicher von unseren Kenia-Geschäften …« Liebevoll strich Johann Flieger über einen der beiden Speere, die hinter ihm an der Wand hingen. »Habe ich von einer meiner Reisen mitgebracht. Kenia ist ein tolles Land. Nachts, wenn ich nicht schlafen kann, träume ich von seinen weiten Hochebenen, sehe die Herden der Gnus vor mir, den Löwen, wie er im Schatten der Schirmakazien seine Mittagsruhe hält, und die Zebras, die sich schwarz-weiß gegen das Gelb der Landschaft abheben. Aber was rede ich? Über unsere Kenia-Geschäfte wollte ich mit Ihnen sprechen.«

»Ich habe davon gehört, Herr Flieger.«

Jeder in der Firma wusste von den Kenia-Aktivitäten. Viele belächelten das Engagement des Seniorchefs. Thomas hatte sich bisher darüber keine großen Gedanken gemacht.

»Hoffentlich haben Sie Gutes gehört, Herr Drucker. Ich weiß, dass manche diese Aktivitäten für unwichtig halten, manche sogar dagegen sind. Doch ich finde, man hat auch eine soziale Verantwortung. Die kenianische Bevölkerung ist arm. Die Arbeitslosigkeit ist hoch. Und wenn man sieht, dass in dieses Land etwa zehn Mal so viele Textilien eingeführt werden, wie sie exportieren, muss man sich fragen, ob das richtig ist.« Johann Flieger setzte sich wieder hinter seinen Schreibtisch und überreichte Thomas einige Unterlagen. »Hier habe ich einige Informationen für Sie zusammenstellen lassen, damit Sie sich mit diesem Land vertraut machen können. Wie Sie wissen, habe ich mich entschlossen, Textilien aus Kenia zu importieren. Wir beziehen Shirts, Baumwollhosen und Ähnliches. Natürlich ist mir klar, dass wir damit keine großen wirtschaftlichen Erfolge haben. Aber wie ich sagte, Herr Drucker, man muss seine soziale Verantwortung wahrnehmen.«

»Selbstverständlich, Herr Flieger.« Thomas fand die Haltung des Seniorchefs bewundernswert.

»Bisher habe ich unsere Geschäftspartner in Kenia mindestens alle zwei Jahre persönlich besucht. Das hab' ich sehr gern gemacht und immer mit einer Safari verbunden. Aber ich werde dieses Jahr 90. Man sollte das Schicksal nicht herausfordern.«

»Das verstehe ich«, kommentierte Thomas. »Macht Ihnen die Hitze zu schaffen?«

Johann Flieger lächelte. »Nun, an der Küste sind es konstant 30 Grad, junger Mann. Aber im Hochland ist es angenehmer. Die Engländer wussten, wo es sich gut aushalten lässt. Lieber Herr Drucker, es kam mir die Idee, dass Sie für mich nach Kenia reisen könnten. Sie sind jung,

Ihnen macht selbst die Hitze an der Küste nichts aus. Sie könnten unsere Partner in Mombasa besuchen, die ich in den letzten Jahren nach Nairobi bestellt habe. Vielleicht kommen Sie durch eine solche Reise endlich auf andere Gedanken.«

Thomas war total überrascht. Damit hatte er nicht gerechnet. Aus der befürchteten Kündigung war der Auftrag zu einer wichtigen Geschäftsreise geworden.

»Nun, Herr Drucker, könnten Sie sich das vorstellen?«

Thomas wusste, dass er nicht ablehnen konnte. Er war angeschlagen durch die Vorwürfe von Michael Hofmann, war in dieses Büro gekommen, mit der Angst vor der Kündigung. Nun konnte er es gestärkt verlassen, wenn er zusagte.

»Gern, Herr Flieger, sehr gern werde ich diese Aufgabe übernehmen«, sagte er also.

Johann Flieger strahlte. Er erhob sich und reichte Thomas die Hand. »Auf gute Zusammenarbeit. Sie wissen, dass mir diese Sache besonders am Herzen liegt. Ich setze auf Sie.«

Zwei Wochen später, an einem Freitag Mitte Juni, traf Thomas Drucker abends mit dem ICE am Frankfurter Flughafen ein. Mehrmals hatte Johann Flieger noch mit ihm gesprochen, ihm in Mombasa und Nairobi verschiedene Textilfirmen und Gesprächspartner genannt, ihm erklärt, was er zu verhandeln habe und wie er die verschiedenen Adressen finden würde.

»Am besten nehmen Sie einfach Taxen. Die sind in Kenia nicht teuer und Sie ersparen sich langwieriges Suchen«, hatte der alte Flieger gesagt.

Beim Check-in am Comfort Class Schalter – der Senior

wollte, dass er Business Class flog – kam er sich in seinen ausgewaschenen Jeans und seiner Safari-Jacke seltsam vor. Er hatte sich bewusst urlaubsmäßig gekleidet, trug eine dunkle Sonnenbrille und eine Baseballmütze, damit ihn keiner so leicht erkannte. Unruhig blickte er sich um, konnte aber nichts Verdächtiges bemerken. Die nette junge Hostess am Check-in Schalter fertigte ihn freundlich ab. Wieder sah er sich unruhig um. Sabine war nirgendwo zu sehen. Okay, dachte er, war ja so vereinbart. Sabine würde er erst im Flugzeug treffen. Sie wollten jedes Risiko ausschließen, dass man sie vorher zusammen sah. Sitzplätze würden sie nebeneinander haben, er Reihe 2B und sie 2A am Fenster. Diese Plätze hatten sie online reserviert, nachdem klar war, dass Sabine nach Mombasa mitkommen würde.

Sie hatte sich zunächst mächtig dagegen gewehrt, dass er überhaupt nach Kenia reiste.

»Das Risiko ist zu groß«, hatte sie am Telefon gejammert. »Wenn dich deine Verfolger in Kenia erwischen, hast du nicht die geringste Chance.«

»Wer soll denn überhaupt wissen, dass ich nach Kenia reise?«

»Das kriegen einige in der Firma mit, die Reisestelle, die Sekretärinnen«, eiferte sich Sabine. »Von unserem Ausflug nach Mespelbrunn haben sie auch gewusst. Das kann ich mir bis heute nicht erklären.«

Sabine ließ sich erst beruhigen, nachdem Thomas zugestimmt hatte, dass sie ihn nach Mombasa begleiten würde. Natürlich durfte das nicht über die Firma laufen, sondern sie hatte separat und heimlich den Flug gebucht.

»Mit meinem Opa krieg' ich das klar«, verkündete Sabine, »der freut sich bestimmt, wenn ich nach Kenia fliege, so begeistert wie er von diesem Land ist. Und meinen Eltern sage ich es erst, wenn wir unterwegs sind.«

Immerhin hatte Thomas Sabine davon überzeugen können, dass sie ihn nicht nach Nairobi begleitete.

»Mombasa okay, aber dann fliegst du zurück und ich erledige meine Aufträge in Nairobi. Ich hätte gegenüber der Firma ein ganz schlechtes Gefühl, wenn ich dich auch nach Nairobi noch mitnehmen würde.«

Widerwillig hatte Sabine zugestimmt.

Thomas Drucker ging durch die Passkontrolle, nahm dort kurz seine dunkle Sonnenbrille ab, und begab sich zum Gate in der Abflughalle C. Der Flug nach Mombasa war mehrfach durch die Lautsprecher aufgerufen worden, doch Sabine erschien immer noch nicht. Langsam wurde er unruhig. Schließlich begann das Boarding. Thomas stand auf und ging zur Schlange, die sich am Gate bildete. Sabine war nicht zu sehen. Dafür stieß ihm eine rothaarige junge Frau in die Rippen, die es offensichtlich besonders eilig hatte.

»Na, na«, beschwerte sich Thomas, dann blieben ihm die Worte im Halse stecken. Die Rothaarige hatte eine dunkle Sonnenbrille auf, steckte in einem hautengen Safari-Anzug und war ohne Zweifel Sabine.

»Donnerwetter!«, entfuhr es Thomas. »Du hast es ganz schön eilig, an Bord zu kommen.«

Mehr sagte er nicht, denn er wollte keinerlei Aufsehen erregen. Sie gefiel ihm mit ihren kurzen roten Haaren. Sie hätte ihm wohl auch mit grünen Haaren gefallen. Er war glücklich, dass sie da war und sah sie erleichtert an. Erst im Flugzeug sprachen sie wieder.

»Schön, dass wir zusammen sitzen«, sagte Sabine. Sie rutschte ans Fenster durch, während Thomas sein Handgepäck verstaute. Leise Musik ertönte aus den Lautsprechern. Er nahm Platz und lehnte sich entspannt in seinem Sitz zurück. Die Lichter der Flughafengebäude wurden kleiner, als die Maschine startete, die Autobahn war bald nur noch eine rot-weiße Lichterkette in der Landschaft, schwarzgraue Wiesen, Felder und Wälder huschten unter ihnen vorbei, bevor das Flugzeug in die Wolken stieß, die wie riesige grauweiße Wattebäusche am Fenster vorbeizogen. Kurz darauf hatten sie die Wolkendecke durchbrochen und schwebten über ihr am Nachthimmel.

»Ich kann mein Glück gar nicht fassen«, seufzte Thomas.

Er kam sich vor, als ob er einen bösen Traum verließ. Aschaffenburg lag unter ihm, bald schon weit weg. Er würde seine Angst vergessen, ein paar Tage frei sein, zusammen mit Sabine, die er so liebte.

Als sie am nächsten Morgen gegen 9 Uhr die Maschine verließen, schlug ihnen am Flughafen Mombasa feuchtwarme, tropische Hitze entgegen. ›Kenya Airways welcomes you to Moi International Airport‹ war in großen Lettern über den Dächern der Empfangsgebäude zu lesen. Auf den Grünflächen vor den Gebäuden reckten sich einige struppige Palmen in die Höhe. Etwa eine Dreiviertelstunde später, nachdem sie ihr Gepäck erhalten und die Passkontrolle passiert hatten, saßen sie im Transferbus, der sie zu ihrem Hotel bringen sollte. Durch Schlaglöcher holperte er an den schäbigen Wellblechhütten der Vororte von Mombasa vorbei. Zerfallene Fassaden mit zerbrochenen Fensterscheiben säumten ihre Route, auf der sie sich den Geschäftsstraßen des Zentrums näherten.

»Gut, dass wir erst mal alles aus dem Bus sehen«, sagte Sabine, während sie das emsige Treiben auf den Straßen beobachtete.

An der Moi-Avenue reckten sich die mächtigen Elefantenstoßzähne aus Aluminium in die Höhe, unter denen ihr Bus hindurchfuhr, als müsste er dem Wahrzeichen dieser pulsierenden Hafenstadt die Ehre erweisen. Schwarze Frauen in dunklen Umhängen oder in bunten, vor der Brust geknoteten Tüchern, bärtige Inder, Geschäftsleute mit Aktentasche und Krawatte, Araber in weißen Kaftanen, ein buntes Völkergemisch strebte hier seinem morgendlichen Ziel entgegen. Nach einiger Zeit stoppte der Bus. Fliegende Händler boten durch die geöffneten Scheiben Bananen, Coca-Cola, Taschentücher und die Morgenzeitung an.

»Wieso geht es nicht weiter?«, fragte Sabine.

»Hier dürfte die Fähre zur Südküste abfahren«, vermutete Thomas, der sich in seinem Reiseführer schlau gemacht hatte. »Die Likoni-Fähre verbindet die Insel Mombasa mit der Südküste.«

»Tatsächlich, der Bus manövriert auf die Fähre zu.«

Eingekeilt zwischen anderen Fahrzeugen und unzähligen Passanten, zwischen Hühnern und Ziegen, setzten sie auf das andere Ufer über.

»Mombasa müssen wir unbedingt nochmals besuchen«, begeisterte sich Sabine.

»Meinen Sie wirklich?«, fragte der Urlauber im Sitz vor ihr provozierend, während er sich zu Sabine umdrehte. »Ich finde, es stinkt hier erbärmlich.«

»Aber Heinz, so schlimm ist das nun wieder nicht«, mischte sich im selben Augenblick seine blonde Nachbarin ein. »Schließlich wollen wir in Afrika etwas erleben.«

»Auf solche Erlebnisse kann ich gern verzichten«, konterte der Vordermann. »Ich hoffe, dass die Hotelanlage sauber ist und es dort ein kühles Bierchen gibt.«

Bald verließen sie die Ausläufer der Stadt, die Häuser standen weniger dicht gedrängt, das Grün der Palmen säumte die Straßen. Ein Teil der Reisenden wurde am Tivi Beach abgesetzt, bis sie nach einigen Stationen das Baobab Ressort am Diani Beach erreichten.

»Oh, wir sind ja im selben Hotel«, freute sich Heinz. »Sehen wir uns im Restaurant zum Mittagessen?«

»Ja, vielleicht«, antwortete Thomas, obwohl er sich nicht sicher war, ob er mit diesem vorlauten Schwätzer seine Zeit verbringen wollte.

Ein Boy brachte sie zu ihrem Bungalow.

»Your Rundalow, Sir«, sagte er, öffnete die Tür und stellte die Koffer ins Innere. »Thank you, Sir«, freute sich der Boy und trollte sich, nachdem ihm Thomas einige Schillinge zugesteckt hatte.

Die Bungalows, in diesem Hotel ›Rundalows‹ genannt, da sie im Stil afrikanischer Rundhütten gebaut und mit Palmenblättern gedeckt waren, sah man überall zwischen Kokospalmen und blühenden Sträuchern. Tulpenbäume verbreiteten ihre Pracht, orangerote Aloe-Blüten versprühten ihr Feuer und direkt hinter der Anlage schimmerte das türkisblaue Meer zwischen den Palmen.

»Mein Gott, Thomas, endlich wieder zusammen.«

Viel mehr brauchte sie nicht sagen. Sie ließen ihre Koffer einfach stehen, sie warfen ihre Kleider von sich. Es war warm. Der mächtige Deckenventilator fächelte ihnen Luft zu und begleitete mit seinem leisen Summen ihre Liebe.

»Ich bin so froh«, seufzte Sabine hinterher.

»Ich auch.«

Eine Zeit lang lagen sie auf dem breiten Doppelbett. Der Ventilator drehte unermüdlich seine Kreise. In der Ferne hörte man Stimmen, wahrscheinlich vom Restaurant oder vom Pool. Sonst war alles ganz still. Plötzlich wurde Thomas unruhig. Er sah das Moskito-Netz über sich, das sie vor lauter Liebe gar nicht beachtet hatten. Malaria, schoss ihm ein Gedanke durch den Kopf.

»Mensch, wir müssen uns einreiben.«

Thomas sprang aus dem Bett, zündete sofort die grüne Moskitospirale an, die auf dem Nachttisch stand, dann eilte er zur Dusche. Sabine kam zu ihm und sie duschten gemeinsam.

»Das tut gut, nach der Hitze«, freute sie sich.

»Klar, aber anschließend müssen wie uns sofort mit Mückenschutz einreiben.«

Nachdem sie sich frisch gemacht und eingecremt hatten, drehten sie eine Runde durch die Anlage. Zunächst zum Pool, der hinter einer kleinen Anhöhe lag, von dort zum Restaurant, wo das Buffet für das Mittagessen vorbereitet wurde, bevor sie sich schließlich auf den Weg zum Strand machten.

»Es ist traumhaft hier«, begeisterte sich Thomas, als er seinen Blick über den endlosen weißen Strand und das Meer gleiten ließ.

»Ja, wie im Paradies.«

Ihre paradiesischen Gefühle schlugen allerdings ins Gegenteil um, als sie den Strand betraten. Sofort waren sie von einer aufdringlichen Horde fliegender Händler umringt, die ihr Geschäft witterten.

»No, thank you«, wehrte Thomas freundlich ab, doch das half nichts. Die Einheimischen wussten, heute war Anreisetag, und sie hatten ihre blasse, helle Haut erkannt.

»Ich glaube, wir gehen lieber an den Pool«, schlug Thomas vor. »Vielleicht beruhigen sich die Händler bis zum Nachmittag.«

Am Pool wartete allerdings das nächste Unheil auf sie.

»Da seid ihr ja endlich«, rief Heinz von Weitem. »Kommt, lasst uns ein Bierchen zischen.«

»Kurz hallo sagen müssen wir ihnen wohl«, flüsterte Sabine.

»Ja, okay.«

Kaum hatten sie ihre Liegen neben Heinz und Carola, seiner Begleiterin, bezogen, brüllte Heinz: »Hello, Mister Ober.« Er bestellte vier Tusker und als das Bier gebracht wurde, prostete er allen zu. »Auf den Urlaub!«

Nachdem er eine halbe Flasche in einem Zug geleert hatte, sagte er deutlich hörbar: »Ahhh … das tut gut. Nicht schlecht, das Negerbier!«

»Heinz, nicht so laut«, zischte Carola missbilligend, der das sichtlich peinlich war.

»Ach was, Carola, wir haben eine Menge Geld bezahlt, also machen wir auch einen drauf!«

»Aber nicht auf Kosten der Schwarzen.«

»Schon gut, schon gut. Mach' dir bloß nicht gleich ins Hemd. So empfindlich werden sie hier nicht sein.«

Thomas und Sabine interessierte das Geplänkel der beiden wenig. Sie lagen Hand in Hand auf ihren Liegen und ließen den leichten Wind über ihre Körper streichen.

»Ich liebe dich«, flüsterte Sabine.

»Ich dich auch.«

Am Sonntag genossen Thomas und Sabine ihr Glück am Pool und am Diani Beach. Die fliegenden Händler mit ihren Halsketten und bunten Tüchern hatten sich inzwischen beruhigt und lagerten müde im Schatten der Palmen. Draußen am Riff tummelten sich die Einbäume der Fischer, umgeben von Touristen, die dort badeten oder tauchten.

»Lass uns am Riff schnorcheln«, schlug Sabine vor. »Ich habe im Reiseführer gelesen, dass es wie im Aquarium sein soll.«

Sie liehen sich im Hotel Taucherbrillen und Flossen, verhandelten mit den Fischern am Strand und saßen bald in einem dieser Ausleger-Boote, welche die Touristen zum Riff brachten. Ein leichter Wind blähte das aus sackfarbenen Stoffresten zusammengesetzte Segel und trieb sie lautlos vor sich her. Das Wasser vor dem Korallenriff leuchtete türkis und weit draußen am Horizont ging es über in ein kräftiges Azur, das mit dem tiefblauen Himmel verschmolz.

Am Vormittag schnorchelten sie, den Nachmittag verbrachten sie am Pool, bevor sie zum Abendessen ein köstliches Buffet erwartete: Gebratenes Fleisch, Fisch und Schinken waren mit Früchten verziert, in die Kokosnüsse hatte man lachende Gesichter geschnitten, den Orangen Knopfaugen aus Rosinen verpasst, Ananas, Papayas und verschiedene Sorten von Bananen gaben ein buntes Bild ab. Thomas stachen vor allem Berge frischer Passionsfrüchte ins Auge, die sich neben einem schweren Holzbrett türmten.

»Ich werde mich an den Götterspeisen gütlich tun«, freute sich Sabine, während Thomas auf dem Holzbrett beherzt einige Passionsfrüchte zerteilte, die er anschließend auslöffeln wollte.

Nach dem Abendessen spazierten Thomas und Sabine

zur Freifläche beim Pool. Dort hatten die Massai Tische aufgebaut. Ein wenig sah es nach Flohmarkt aus, wenn auch die Massai selbst nicht zu dieser Vorstellung passten. Stolz und hochgewachsen standen sie bei den Tischen und verkauften an die Hotelgäste Perlenschmuck, Speere, Schilde und Rungus, typische Hirtenstöcke mit Knauf.

Sabine probierte ein Halsband, das ihr ein junger Moran anbot, einer dieser stattlichen Massai-Krieger.

»Very nice, Madam!«, lobte er in gebrochenem Englisch den Perlenschmuck.

Die Stirn des Kriegers zierte ein großer Perlmuttknopf, der hell im Scheinwerferlicht glänzte. Bunte Perlenbänder schmückten Stirn und Hals und die langen rötlichen Haare waren zu feinen Zöpfen geflochten. Über der muskulösen Brust des Kriegers hingen gekreuzt zwei Ketten aus farbigen Perlen und an den Handgelenken trug er verschiedene farbige Armbänder.

»Gefällt dir das Halsband, Thomas?«

»Ja, es passt sehr gut. Darf ich es dir schenken?«

»Verkaufst du mir *dein* Halsband?«, fragte Thomas den jungen Moran auf Englisch. Er wollte ein echtes Stück haben und was konnte echter sein als ein Schmuckstück direkt vom Körper dieses jungen Kriegers?

»Das ist nicht möglich, ich habe es von einem Verwandten als Geschenk erhalten und kann es nicht verkaufen.«

»Und dein Armband?«

»Das ist ein Geschenk meiner Familie.«

»Aber für einen guten Freund? Ich bewundere euch Massai.«

Der junge Moran zögerte, dann beriet er sich mit seinen Stammesbrüdern und Thomas konnte eine heftige Diskussion beobachten.

Nach einiger Zeit kam er zurück. »Okay, für einen guten Freund«, mit diesen Worten reichte er Thomas sein Halsband.

»Wie viel kostet es?«

»Nichts, es ist ein Geschenk von deinem neuen Freund.«

»Das kann ich nicht annehmen.«

»Doch, so ist das bei den Massai«, widersprach der junge Moran und reichte Thomas zusätzlich sein wunderschönes Lederarmband, welches er am Oberarm trug. Beschämt drückte Thomas seinem neuen Massai-Freund die Hand. »Vielen Dank«, stammelte er auf Englisch und wusste gar nicht, wie er sich verhalten sollte. So kaufte er wenigstens die Halskette bei ihm, die Sabine so schön fand, und bezahlte diese sehr großzügig, um sich ein wenig zu revanchieren.

Später am Abend hielten die Tänze der Massai die Hotelgäste in Atem. Die Krieger trugen rote Tücher um die Hüften, waren festlich bemalt und über den nackten Oberkörpern wippten gekreuzte Perlenketten. Mindestens 20 Krieger tanzten in einer Reihe und sprangen nach und nach höher und höher, während junge Massai-Mädchen sich immer wieder andere Krieger aussuchten, denen sie mit ihren nackten Brüsten und dem farbenprächtigen Halsschmuck entgegenwippten.

»Die sind wirklich hübsch«, flüsterte Sabine, beeindruckt von den Frauen und der Erotik dieser Tänze.

14

Ilona Drucker spürte wie die nächste Wehe kam. Sie atmete schneller, versuchte den Schmerz zu ertragen, wollte nicht schreien, hielt sich am Bettrahmen fest, krallte sich in die Matratze, bäumte sich auf, schrie dann doch, bis der Schmerz wieder nachließ, wenigstens für einige Minuten. Zwei Stunden ging das schon, aber das Kind wollte nicht kommen.

»Das ist normal beim ersten«, tröstete sie Maria Beletto, bei der sie im Schafzimmer lag. Maria hatte ihren Mann Alberto weggeschickt. »Das ist nichts für Männer«, hatte sie gesagt. Dafür war ihre Schwester gekommen. Die kannte sich aus, hatte viele Kinder zur Welt gebracht und würde eine gute Hilfe sein.

Ilona dachte an die Nacht auf dem Boot, an Satans Festnacht. Sie sah ihn vor sich, der Blutsbrüderschaft mit ihr geschlossen hatte und sie bald darauf allein ließ, wegen diesem blonden Flittchen. Sie spürte die nächste Wehe, aber sie wollte sich von ihr nicht klein kriegen lassen. So stark die Schmerzen sein mochten, den Gefallen würde sie ihm nicht tun, dass sie wegen ihm schrie. Dann schrie sie doch, konnte nicht anders, bekam kaum noch Luft, atmete wie verrückt, dachte, es würde sie zerreißen, einfach unten zerreißen, bevor die Wehe nachließ und sie sich erholen konnte.

»*Bald hast du es geschafft*«, stand ihr Maria bei. »*Noch zwei Mal oder drei Mal. Länger kann es nicht mehr dauern.*«

Doch es dauerte. Sie zählte schon gar nicht mehr. Sie versuchte bei Bewusstsein zu bleiben, trotz der Schmerzen, die immer schlimmer wurden.

»*Oh Gott, oh Gott*«, *schrie sie als die nächste Wehe kam. Es war die schlimmste bisher. Sie spürte sie bis in die Fingerspitzen. Ihr ganzer Körper bestand aus Schmerzen, sie hatte das Gefühl, in der Mitte auseinandergerissen zu werden, sie biss in ihr Kissen, schrie, kreischte, bis plötzlich der Druck nachließ, als ob etwas in ihr geplatzt war, endlich geplatzt war und sie verlassen durfte.*

»*Es ist da*«, *hörte sie Maria. Ihre Schwester kam hinzu. Sie zogen das Kind aus ihr heraus, hoben es hoch, bis es schrie, schaukelten es auf ihren Armen, steckten die Schere in kochendes Wasser, bevor sie die Nabelschnur abbanden und durchtrennten.*

»*Es ist ein Junge, ein Junge, Ilona. Hier, sieh.*«

Sie legten ihr das schreiende Bündel an die Brust und der Kleine suchte mit seinen Lippen, schmatzte, so gut er konnte. Danach kehrte Ruhe ein.

»*Siehst du, es ging besser, als du dachtest*«, *sagte Maria. Sie erwähnte nicht das Pentagramm, das sie gesehen hatte, diesen Stern aus Blut, der sich auf dem Laken zeigte, als der Kopf des Jungen erschien. Warum sollte sie es auch erwähnen? Vielleicht hatte sie sich den Blutstern nur eingebildet. Inzwischen war sowieso alles voller Blut, die Nachgeburt musste entfernt werden, ihre Schwester machte das gut, wozu es also erwähnen?*

»*Einen schönen Jungen hast du, Ilona. Es ist unser Junge, Ilona. Ich freue mich so. Komm, gib ihn her, wir wollen ihn baden.*«

Ilona wollte ihn noch nicht hergeben. »Lass ihn mir noch.«

»Nun gib schon. Er muss gebadet werden.«

Sie legte ihn in die Waschschüssel, in der er gut Platz hatte. Es schien ihm zu gefallen. Er streckte sich ganz lang als ob er ins Leben hinaus wollte. Sie rieben ihn ab und legten ihn in ein Badetuch und trugen ihn zurück zu Ilona.

»Wir müssen ihn bald taufen lassen«, sagte Maria. »Am besten bei der Schmerzhaften Muttergottes in der Sandkirche. Die kann Wunder vollbringen.«

»Der Kleine braucht erst einen Namen«, lachte Ilona. »Thomas werde ich ihn nennen.«

»Thomas?«

»Ja, Thomas Drucker, klingt gut.«

»Du weißt hoffentlich, dass Thomas der Jünger war, der an der Auferstehung gezweifelt hat«, gab Maria zu bedenken.

»Das hat nichts mit diesem Kind zu tun«, lachte Ilona. »Außerdem, Jünger ist Jünger und auch Thomas hat am Ende geglaubt.«

Die Taufe fand zwei Wochen später statt. Maria hatte darauf gedrängt, dass Ilona nicht zu lange wartete. »Man weiß nie, was einem Menschen passieren kann«, hatte sie gesagt. »Da ist es besser, getauft zu sein.«

Sie hatte einen alten Priester der Sandkirche überredet, die Taufe vorzunehmen. Zwar schlug er vor, die Taufe in der Stiftsbasilika zu feiern. Das sei üblich und zu angenehmeren Zeiten möglich. Aber nachdem er die Geschichte von Ilona und Maria hörte, nachdem sie ihm erzählt hatte, dass sie die schwangere Ilona nach einem

Gebet bei der Schmerzhaften Muttergottes im Park oberhalb des Gotteshauses entdeckt hatte, war er ebenfalls davon überzeugt, dass die Taufe nur in der Sandkirche stattfinden könne.

»*Man muss die Zeichen des Himmels beachten*«, *erklärte er im Vorgespräch, und sie vereinbarten eine Messfeier für Sonntag um 8.15 Uhr.* »*Messen zu späteren Zeiten lesen wir in der Sandkirche leider nicht und wir wollen, dass die Gemeinde Anteil nimmt.*«

Ein paar Tage später war es so weit. Maria Beletto war in heller Aufregung. Sie stand um 6 Uhr auf, half Ilona den kleinen Thomas zu baden und zu wickeln, trieb ihren Alberto zur Eile an, damit sie pünktlich bei der Sandkirche wären. Das schönste Taufkleid hatte sie besorgt, das man sich vorstellen konnte, und sie hatte beim Juwelier etwas gekauft, das sie in einer kleinen Schatulle seit Tagen ganz wichtig in ihrer Wohnung hin und her trug.

Kurz vor 8 Uhr traten sie auf den Roßmarkt. Die Luft war noch kühl im Frühjahr um diese Zeit, obwohl die Sonne schien.

»*Kommt, wir beeilen uns*«, *drängte Maria. Sie wollte auf jeden Fall rechtzeitig am Eingang der Kirche stehen.*

Sie traten unter den Torbogen vor der Kirche, gleichzeitig Fuß des Turmes aus dem 14. Jahrhundert, der zur ehemaligen Sandpforte der Aschaffenburger Stadtmauer gehörte. Dort warteten sie auf den Priester. Milde lächelnd kam der schlanke, weißhaarige Mann nach einigen Minuten auf sie zu.

»*Wir haben heute eine ganz besondere Taufe*«, *sagte er und schaute Maria und Ilona an.* »*Welchen Namen haben Sie ihrem Kind gegeben?*«

»Thomas, er soll Thomas heißen«, sagte Ilona. Sie hielt den kleinen Thomas in einer hellblauen Decke und ihre Arme begannen vor Aufregung zu zittern.

Der Priester stellte seine übrigen Fragen und geleitete die Taufgesellschaft nach vorn zur ersten Kirchenbank. Die Gemeinde sang ›Nun bitten wir den Heiligen Geist‹ und Maria Beletto trat vor die Gemeinde, um eine Bibelstelle zu lesen. Maria las mit einer Inbrunst, dass einige aus der Gemeinde schmunzeln mussten und der Priester verständnisvoll lächelte. Dann trat er zum Altar und predigte.

Endlich begann die eigentliche Taufe. Maria trug den Kleinen nach vorn, der Priester zeichnete dem Täufling das Kreuzzeichen auf die Stirn, es wurden die Heiligen angerufen, Fürbitten gesprochen und das Kind am Taufbrunnen getauft.

»Ich taufe dich im Namen des Vaters und des Sohnes und des heiligen Geistes«, war kaum zu hören, denn der kleine Thomas begann kräftig zu schreien und zu strampeln. Die Schmerzhafte Muttergottes mit ihrer Krone und der Jesusfigur lächelte gütig vom Altar herunter. Maria war glücklich. Aufgeregt kramte sie ihre Schatulle aus der Handtasche und legte dem kleinen schreienden Thomas ein goldenes Kettchen um den Hals, an dem ein Kruzifix hing.

»Bitte, segnen Sie das Kind mit dem Kruzifix«, bat sie den Priester. »Und hier, bitte, segnen Sie die mit.«

Sie zog aus ihrer Handtasche noch mehrere Kettchen, alle aus Gold, alle mit Kruzifix.

»Sie sind alle für ihn, falls er sie einmal braucht.«

Der alte Priester lächelte, salbte das Kind mit Chrisam und sprach über ihm und seinen Goldketten den Segen.

Anschließend wurde dem kleinen Thomas das weiße Taufkleid übergezogen, was er zur großen Belustigung der Gemeinde mit noch stärkerem Geschrei quittierte.

Die geweihten Kruzifixe legte Maria am Nachmittag in einen Briefumschlag und verstaute sie in der untersten Schublade ihrer Wohnzimmerkommode. ›Für Thomas‹, schrieb sie auf den Umschlag. Sie hoffte zwar, dass ihm das Kreuz, das er bei seiner Taufe erhalten hatte, nie verloren ging, aber sie hatte vorgesorgt.

Einige Tage nachdem Thomas nach Kenia abgereist war, kam Maria Beletto spät am Abend von einem Spaziergang durch die Aschaffenburger Altstadt zurück. Sie hatte nicht schlafen können, deshalb noch eine Runde gedreht und Luft geschnappt. Im Schein der Straßenlaterne kramte sie den Hausschlüssel aus ihrer Handtasche und wollte ihn gerade ins Schloss stecken, als sie zwei dunkle Schatten an der Hauswand sah. Du lieber Himmel, dachte sie, wer ist denn da hinter mir her? Sie wollte sich umdrehen, aber dazu kam sie nicht mehr. Von hinten wurde sie zu Boden gerissen, schrie entsetzt auf, doch schon im nächsten Augenblick schoben ihr die maskierten Gestalten einen Knebel in den Mund und brachten sie zum Schweigen.

»Die erzählt dem Kommissar nichts mehr«, freuten sich ihre Peiniger.

Sie fielen über sie her und begannen ihr Fesseln anzulegen, sodass sie sich nicht mehr rühren konnte. Die Fesseln schnitten in ihre schmächtigen Arme und Beine und taten ihr weh. Durch die Nase bekam sie schlecht Luft und hatte das Gefühl, sie müsste im nächsten Augenblick ersticken. Maria geriet in Panik. Sie sah die Sandgasse entlang. Alles still, kein Mensch mehr unterwegs, der ihr hätte helfen können.

Oh Gott, hilf mir, begann sie im Stillen zu beten, »Wir bringen dich zur Sandkirche«, flüsterten ihr die beiden dunklen Gestalten ins Ohr, »das wird dir gefallen.«

Obwohl Maria stets gern in die Sandkirche gegangen war, hatte sie diesmal Angst, höllische Angst. So spät am Abend wurde dort keine Messe gelesen. Mitten in der Nacht war die Tür verschlossen. Die beiden Maskierten schleppten sie am Gemüseladen vorbei, an der Metzgerei, und schoben sie unter den Torbogen, direkt vor den Kircheneingang. Maria versuchte sich zu wehren, doch es war aussichtslos. Sie drückten mit ihren Handschuhen die Türklinke an der schwarzbraunen Kirchentür prüfend nach unten. Die Tür öffnete sich nicht.

»Gib das Brecheisen.«

Sie schoben das Brecheisen mit seiner schmalen Seite zwischen die Türblätter, wuchteten kräftig, die Tür knarrte, als ob sie sich verzweifelt wehren wollte. Dann sprang der linke Türflügel auf und schlug Maria gegen die Stirn. Sie schoben sie durch die Flügeltüren des Windfangs und sie sah die Kirche vor sich, in der sie fast täglich gebetet hatte. Obwohl es dunkel war, schimmerte im Altarraum der Schrein der Schmerzhaften Muttergottes. Sie kannte die Muttergottes im Schlaf, brauchte sie nicht zu sehen und wusste doch, dass sie da war. Links davon erahnte sie den Seitenaltar mit dem Bildnis des Heiligen Martin, dem Aschaffenburger Schutzpatron. Oh hilf mir, betete sie.

Über den roten Teppich im Mittelgang schleppten sie Maria nach vorn.

»Schade um sie, leider weiß sie zu viel.«

»Wir dürfen keine Zeit verlieren.«

Vor dem Altar warfen sie Maria auf den Rücken. Sie reckte die gefesselten Hände zum Gebet nach oben, konnte die Muttergottes noch sehen, wenn sie ihren Kopf ganz in den Nacken bog und über die Stirn nach oben schaute.

Nur du kannst mich noch retten, betete sie. Bitte hilf mir!

»Jetzt den Blutstern.«

Sie rissen ihr die Bluse auf, hielten sie mit ihren Plastikhandschuhen fest und schnitten ihr in die Brust. Es war nicht der Schmerz, der sie quälte. Es war das Zeichen, das sie fühlte, das sie zuerst erahnte und dann deutlicher spürte: dieser fünfzackige Stern, gegen den sie sich ihr Leben lang gewehrt hatte und den sie ihr in Brust und Bauch schnitten, ausgerechnet ihr, zu der dieser Stern am wenigsten passte.

»Hast du das Katzenblut?«

»Ja, gib den Pinsel, los schnell!«

Sie zogen Linien um sie herum und Maria erinnerte sich, dass Ilona auf einem Stern aus Katzenblut im Pompejanum gefunden wurde. Jetzt war sie dran. Es mussten Ilonas Mörder sein, aber sie konnte nichts gegen sie ausrichten. Maria betete. Mehr konnte sie nicht tun. Sie dachte an Thomas. Er war in Afrika, weit weg von hier, zu weit, um ihm Adieu zu sagen. Sie dachte an die Goldkettchen mit Kruzifix, die sie für ihn hatte weihen lassen. Sie sah hoch zur Schmerzhaften Muttergottes, als der erste Stich sie in die Brust traf. Sie dankte ihr für alles, was sie von ihr erhalten hatte und ergab sich in ihr Schicksal, das scheinbar so für sie bestimmt war. Sie hielt die Hände zusammen, trotz der Schmerzen, krampfte die Finger ineinander, betete bis zum letzten Augenblick, zu ihrer geliebten Muttergottes …

15

Am Montag fuhren sie nach Mombasa. Thomas wollte eine der Firmen besuchen, die ihm Johann Flieger genannt hatte. Sabine freute sich darauf, bei der Gelegenheit diese quirlige Stadt zu sehen.

»Moitex Clothing Manufacturers«, nannte Thomas dem Taxifahrer das Ziel. Der lachte verlegen und schien nicht zu wissen, was gemeint war.

»George Morura Street«, fügte Thomas hinzu und zeigte seinen Zettel, auf dem die Anschrift notiert war.

»Yes, yes«, murmelte der Fahrer und startete den Wagen.

Die Hitze stand in den Straßen und die Luft war geschwängert von den Abgasen der Busse und Laster, die sich durch die Stadt quälten. Thomas fragte sich, ob der Fahrer wirklich wusste, wo sie hinwollten. Sie schienen eher eine Stadtrundfahrt zu machen, als zu dieser Firma zu finden. Von der Mombasa Road bogen sie in eine schmalere Straße ab. Obwohl sie direkt im Zentrum lag, machten viele Häuser einen heruntergekommenen Eindruck. Die verrosteten Wellblechdächer erinnerten mehr an Slums als an vernünftige Behausungen. Ein Gewirr von Hochspannungsleitungen suchte sich über windschiefe hölzerne Masten seinen Weg durch die Straßen. Das schneeweiße Minarett einer Moschee richtete seine Lautsprecher in alle vier Himmelsrichtungen. Endlich hielt das Taxi vor einem zweistöckigen Gebäude, das etwas besser aussah als die übrigen, aber auch mit einem verrosteten Wellblechdach gedeckt war.

»Yey, yes«, lachte der Fahrer. »Moitex here.«

Thomas stieg aus und entdeckte tatsächlich neben dem Eingang ein unscheinbares Firmenschild. ›Moitex Enterprises‹ war darauf zu lesen. Er bezahlte das Taxi, gab ein ordentliches Trinkgeld und wagte sich mit Sabine in das Gebäude hinein. Das Innere des Gebäudes stand in seltsamem Gegensatz zur Umgebung, in der es lag. Die Büros waren vernünftig eingerichtet, die Wände säuberlich weiß gestrichen, fast auf jedem Schreibtisch drehte sich ein Ventilator, welcher die warme Luft wenigstens in Bewegung hielt.

»May I help you, Sir?«, fragte eine attraktive Angestellte, als Thomas im Vorbeigehen in ihr Büro sah.

Er zeigte ihr den Zettel mit dem Namen des Gesprächspartners, den ihm Johann Flieger genannt hatte. Sofort wurde sie ganz eifrig. »Come with me, Sir, I bring you to Mr. Keino«, sagte sie und stolzierte voraus, die Treppe hinauf in den zweiten Stock. Einen Moment lang musste Thomas Drucker an Karin Duckstein denken, die Sekretärin von Bernhard Flieger. Er sah ihren knackigen Hintern vor sich, ihre endlos langen Beine, die sich hier in schwarzer Ausführung vor ihm bewegten und ihn zu seinem Gesprächspartner geleiteten.

»Welcome, Mister Drucker, welcome, Misses Drucker. Herzlich Willkommen in Kenia.«

Lucas Keino schien davon auszugehen, dass Sabine die Frau von Thomas sei. Er bat die beiden in seine Besprechungsecke und ließ Kaffee bringen. Zu Beginn des Gespräches schwärmte er für Johann Flieger, der ein außergewöhnlicher Mann sei und dem Kenia und vor allem seine Firma viel zu verdanken habe. Dann kamen sie auf den Grund für Thomas' Besuch zu sprechen, die Lieferungen für die kommenden Monate.

»Wir haben unsere Kapazität erhöht. Wir können noch mehr liefern als bisher«, freute sich Lucas Keino. Er strahlte und perlweiße Zähne blitzten in seinem dunklen Gesicht.

»Dann muss aber der Preis noch nach unten«, bremste Thomas Drucker ein wenig seine Begeisterung. »Wir sind ohnehin kaum konkurrenzfähig mit der Ware.«

Johann Flieger hatte ihm eingeschärft, dass man die Kenianer zwar unterstützen wolle, sie aber die Bedingungen des Marktes spüren müssten, um wenigstens halbwegs den internationalen Gegebenheiten zu entsprechen. Lucas Keino war ein geschickter Verhandlungspartner. Er begann zunächst vom Traumstrand beim Baobab Beach Ressort zu schwärmen, sprach vom Kilimandscharo und den Safaris, die man in Kenia unternehmen könne, bevor er einige Schilling nachließ und dies als schmerzlichen Verzicht darstellte.

Nachdem sie sämtliche Naturwunder Kenias durchgegangen waren, stand der Preis für die Shirts der kommenden Monate fest. Lucas Keino verabschiedete Thomas und Sabine mit überschwänglichen Grüßen an Johann Flieger, den großen alten Mann aus Germany, den er immer so gern getroffen habe. Seine Sekretärin musste ein Foto von ihm und seinen Besuchern aufnehmen, als Erinnerung für den großen Chef in Deutschland, wie er sagte.

»Da wird sich Opa Johann freuen«, lachte Sabine.

»Oh, er ist ihr Opa. Sie können stolz auf ihn sein«, sagte Lucas Keino.

Nach der Rückkehr aus Mombasa freuten sich Thomas und Sabine auf ihren Rundalow. Der Park des Hotels lag in der Abendsonne. Einige Gäste waren noch am Pool zu sehen und Thomas hatte gute Lust, eine Runde zu schwimmen.

Am Dienstag besuchte Thomas zwei weitere Bekleidungsfirmen in Mombasa, während Sabine in der Hotelanlage am Pool und am Diani Beach blieb. Sie hatte keine Lust mehr auf diese umtriebige Stadt und wollte einfach in der Sonne relaxen.

»Das Schnorcheln ist hier absolut das Schönste«, begeisterte sich Sabine.

Thomas war froh, dass sie sich entspannte und den letzten Tag ihres Keniaaufenthaltes genoss.

Am Tag ihrer Abreise wurden sie sehr früh zum Moi International Airport von Mombasa gebracht, weil Sabines Maschine schon um 9.25 Uhr nach Frankfurt ging.

»Ich habe solche Angst um dich«, verabschiedete sie sich bei der Passkontrolle. »Am liebsten würde ich mit nach Nairobi kommen oder dich mit zurück nehmen.«

»Ich weiß, Sabine, das haben wir alles schon besprochen. Nun mach' es mir nicht so schwer. In spätestens einer Woche sehen wir uns wieder.«

Thomas war beeindruckt von ihrer tiefen Sorge um ihn, auch wenn ihm diese im Moment eher störend vorkam. Sie umarmten sich so heftig, dass sich der kenianische Zollbeamte ein Schmunzeln nicht verkeifen konnte und Thomas zuzwinkerte, als dieser sich endlich von Sabine losriss.

»Mach's gut, mein Schatz!«
»Du auch. Pass gut auf dich auf!«

Mit feuchten Augen ging Sabine durch die Passkontrolle, winkte noch, gleich darauf war sie verschwunden.

Es war ein seltsames Gefühl für Thomas, plötzlich wieder völlig allein zu sein. Ein Teil von ihm war soeben durch die Passkontrolle gegangen, das fühlte er, doch er konnte Sabine nicht folgen, musste zuerst diesen Auftrag von Johann Flieger ausführen, der seine Stellung in der Firma wesentlich verbessern würde. Er begab sich zu den Inlandsflügen, denn er hatte einen Flug mit Kenya Airways nach Nairobi gebucht. Seine Maschine startete um 9.40 Uhr. Eine Stunde später landete er auf dem Jomo Kenyatta Airport in Nairobi. Die graubraunen Flughafengebäude sahen unfreundlich und abweisend aus, als ob Nairobi ihn nicht haben wollte, aber alles funktionierte, sein Koffer kam rasch, sodass er bald im Taxi zum Hotel saß.

»Serena Hotel, please«, sagte er zum Fahrer und dieser verstand sofort.

»Serena Hotel, Kenyatta Avenue, yes, Sir«, bestätigte er das Ziel und fuhr los. Das Klima war angenehmer als in Mombasa. 25 Grad Außentemperatur zeigte das Thermometer des Fahrzeuges an. Der Verkehr lief ruhig, ohne größere Staus, und bald erreichten sie das Hotel. Johann Flieger hatte ihm dieses 5-Sterne-Hotel empfohlen.

»Es liegt sehr zentral«, hatte er gesagt. »Nehmen Sie ein Zimmer zum Garten, dann haben Sie Ihre Ruhe und einen wunderschönen Blick auf den Park und die Skyline von Nairobi.«

Nachdem er seinen Koffer ausgeräumt hatte, begab sich Thomas an den Pool, wo nur wenige Liegen belegt waren. Hinter den sandsteinfarbenen Mauern, die den Poolbereich gefällig umgaben, stiegen die Bäume des Parks in die Höhe. Wie in einer grünen Oase kam sich Thomas vor, obwohl das Hotel mitten in Nairobi lag.

»Are you for the first time in Nairobi, Sir?«, fragte ihn einer der Boys, die sich um das Wohl der Gäste am Pool kümmerten.

»Yes, for the first time«, antwortete Thomas und bestellte einen frisch gepressten Orangensaft.

Am Nachmittag besuchte Thomas die Textilfirma Bamburi Leisure Wear Ltd., die ihm Johann Flieger genannt hatte, im Industriegebiet im Südosten von Nairobi. Ihm fiel auf, dass hier die Fabrikgelände alle einen Gleisanschluss hatten. Insgesamt machte es einen professionelleren Eindruck als in Mombasa. In Werkshallen arbeiteten Frauen, die Kleidungsstücke zuschnitten, zusammennähten und bügelten.

»Wir achten sehr auf die Arbeitsbedingungen«, erklärte ihm Moses Loroupe, der Geschäftsführer der Firma. »Johann Flieger war das besonders wichtig.«

Moses Loroupe war wie Keino voll des Lobes für Johann Flieger. »Er hat auf den Preis geachtet«, sagte Loroupe und lächelte fast liebevoll, »aber er hat uns eine Chance gegeben.«

Thomas war beeindruckt vom hohen Ansehen, das der alte Flieger offensichtlich bei den Geschäftspartnern in Kenia genoss.

»Auf den Preis muss ich ebenfalls achten«, lachte er.

»Das ist klar«, sagte Moses Loroupe, »ich werde Ihnen gute Angebote machen.«

Er sprach ein fast perfektes Deutsch und erzählte, dass er in Freiburg Volkswirtschaft studiert habe. Er schwärmte vom Schwarzwald und vom Skifahren auf dem Feldberg.

Thomas Drucker versuchte sich vorzustellen, wie der kräftige schwarze Mann mit dem rundlichen Gesicht in Skibekleidung aussehen würde.

»Kennen Sie den Schwarzwald?«, fragte Loroupe.

»Klar, bin auch am Feldberg Ski gefahren. Habe sogar im Feldberger Hof übernachtet.«

»Das ist ja toll«, freute sich Loroupe. »Ich werde gern wieder nach Deutschland kommen, wenn ich es einrichten kann.«

Der Verhandlung war durch das Gespräch jede Schärfe genommen. Trotzdem achtete Thomas sowohl auf den Preis, als auch auf eine Anhebung der Qualität. Zum Abschluss sprachen sie noch über Kenia.

»Haben Sie bereits eine Safari unternommen?«

»Nein, bisher nicht. Bin erst heute aus Mombasa angekommen.«

»Wohnen Sie im Serena Hotel?«

»Ja, Herr Flieger hat es mir empfohlen.«

»Ein sehr gutes Hotel. Aber zurück zu den Safaris … Sie müssen unbedingt ins Massai Mara Reservat reisen. Am besten, Sie fliegen dorthin und nehmen zwei oder drei Tage an einer Safari teil. Wenn Sie wollen, kann ich Ihnen eine Telefonnummer geben, über die Sie buchen können. Auch Ihr Hotel wird Ihnen sicher Tipps vermitteln.«

Thomas Drucker ließ sich die Telefonnummer aufschreiben und versprach, gelegentlich über seine Safari zu berichten.

»Spätestens im nächsten Jahr, wenn ich wiederkomme.«

Einen Moment lang dachte er an das Halsband und das Lederarmband, welches ihm der junge Massai-Krieger im Baobab Ressort geschenkt hatte. Er trug beides unter seinem Hemd und glaubte mittlerweile, dass ihm dieser Schmuck Glück bei seinen Verhandlungen brachte.

In den folgenden beiden Tagen besuchte Thomas Drucker sämtliche Firmen im Auftrag von Johann Flieger. Abends telefonierte er mit Sabine, die weiterhin sehr besorgt war und ihn in jedem Telefonat zur Vorsicht ermahnte. Vom Tod seiner ›Oma‹, Maria Beletto, sagte sie ihm nichts, obwohl man sie mit dieser schrecklichen Nachricht gleich bei ihrer Rückkehr empfangen hatte. Sie wollte Thomas während seiner wichtigen Geschäftsreise nicht damit belasten.

Am Samstagnachmittag verließ Thomas Drucker das Hotel und startete zu einer Safari ins Massai Mara Reservat. Er hatte Sabine nichts davon erzählt, um sie nicht zusätzlich zu ängstigen. Nach der Rückkehr wäre es noch früh genug, ihr davon zu berichten. Er ließ sich zum Wilson Airport bringen, der südlich der Universität mitten in der Stadt lag. Von hier aus hielten kleinere Flugzeuge die Verbindung zu den abgelegenen Gebieten Kenias aufrecht. Es schien alles gut organisiert zu sein. Wenig später bestieg er eine zweimotorige Propellermaschine, eine Piper Cheyenne mit vier Fenstern auf jeder Seite, in der etwa zehn Passagiere Platz fanden. Einzig der ohrenbetäubende Lärm der Propeller hätte die gute Laune von Thomas beeinträchtigen können, ansonsten war es ein himmlisches Gefühl, über die Graslandschaft der Hochebene zu fliegen und die afrikanische Wildnis aus der Vogelperspektive zu sehen.

»Sind Sie zum ersten Mal hier?«, erkundigte sich ein älteres Ehepaar, das hinter ihm saß.

»Ja, und ich finde es einmalig.«

Eine Zeit lang kehrte Ruhe ein, sofern man beim Dröhnen der Motoren überhaupt von Ruhe sprechen konnte. Thomas ließ seinen Blick über die weite Landschaft schweifen, die unter ihm vorbeiglitt, endlose rötliche Erde, mit Gräsern und Büschen garniert und ab und zu von Wasserlöchern unterbrochen.

»Da, Walter, sieh mal!« Die Frau hinter ihm war plötzlich ganz außer sich.

»Was meinst du?«

»Diese Kreise da.«

Wie magische Zeichen von außerirdischen Wesen lagen unter ihnen seltsame kreisförmige Gebilde, welche die gleichförmige Landschaft unterbrachen.

»Das sind die Enkangs der Massai, ihre Dörfer, die sie mit einer starken Umzäunung aus Dornengestrüpp umgeben«, erklärte Walter, der sich gut auf die Reise vorbereitet hatte und es sichtlich genoss, seine Kenntnisse anzubringen.

»Sehen Sie die Massai-Dörfer?« Walters Frau schien Thomas ins Herz geschlossen zu haben und wollte ihn an ihrer Entdeckung teilhaben lassen. »Ich heiße übrigens Anne«, stellte sie sich vor.

»Freut mich, sagen Sie einfach Thomas zu mir.«

Die übrigen Flugreisenden stellten sich ebenfalls gegenseitig vor. Alle nahmen an der Royal-Safari teil, bis auf Thomas, der ein individuelles Programm – gebucht über die Telefonnummer, welche ihm Moses Loroupe gegeben hatte – vorzog. Er nahm sein Fernglas und suchte die Landschaft nach Tieren ab. Da, endlich! Die ersten Gnus zogen gemächlich über die Hochebene und eine Elefantenfamilie rastete an einer Wasserstelle.

»Hier, sehen Sie mal.« Thomas reichte Anne sein Fernglas.

»Au toll, Walter, da unten, die ersten Elefanten.«

Mehr und mehr Tiere waren zu sehen, ein deutliches Zeichen, dass sie sich ihrem Ziel näherten. Kurz vor 17 Uhr ging die Maschine tiefer und landete auf einer Sandpiste mitten im Busch.

»Da wird man ganz schön durchgeschüttelt«, kommentierte Anne die holprige Landung, bei der man die Unebenheiten der Naturpiste deutlich spürte.

»Tja, das gehört nun mal dazu«, lachte ihr Mann.

Sie verabschiedeten sich und Thomas bereute es irgendwie, dass er dieses Individualprogramm gebucht hatte. Gern wäre er mit Anne und Walter zusammen geblieben. Die Teilnehmer der Royal Safari wurden von ihrem Reiseleiter abgeholt und auf zwei Landrover verteilt. Thomas sah sich unsicher um.

»Mister Drucker?«, kam fragend ein Schwarzer auf ihn zu.

»Yes, I'm Thomas Drucker.«

»Very good. Come with me. Our car is waiting for you.«

Der Mann trug einen Safari-Anzug und einen Hut. Er war kräftig gebaut und half Thomas seinen Koffer zu tragen, mit dem er sich hier in der Wildnis ziemlich seltsam vorkam.

»Later I will leave it in the lodge«, entschuldigte sich Thomas, dem sein Koffer irgendwie peinlich war.

»No problem«, lachte der Mann und führte Thomas Drucker zu einem Safari-Fahrzeug, bei dem ein zweiter Einheimischer wartete. Es war neben der kleinen Kneipe geparkt, die scheinbar als Empfangsgebäude an der Landebahn fungierte.

»We drive you to the lodge«, sagte er und stellte den Koffer hinten zwischen die Sitzbänke des Landrovers.

Vielleicht treffe ich Anne und Walter dort wieder, dachte Thomas. Er bestieg das Fahrzeug und setzte sich hinten zu seinem Koffer. Einer der beiden Schwarzen kam ebenfalls zu ihm nach hinten, der andere setzte sich im abgetrennten Fahrerhaus hinters Lenkrad und startete den Landrover. Bald lag die Kneipe und der Flugplatz hinter ihnen. Weit und breit war nichts mehr zu sehen, nur Sand, Gebüsch und hier und da einige für die Savanne typische Schirmakazien. Thomas fragte sich, wo sie hinfuhren. Er hielt Ausschau nach einer Lodge, nach einem Wasserloch, nach anderen Fahrzeugen, aber nichts dergleichen war zu sehen.

»Where is the lodge located?«, fragte er den Mann, der hinten bei ihm saß.

Der Schwarze lächelte. »You'll see«, sagte er.

Wenig später stoppte der Landrover mitten in der Landschaft. Der Fahrer kam nach hinten und sagte etwas Unverständliches zu seinem Kollegen.

»Get out of the car«, forderte er Thomas auf.

Thomas zögerte, aber das bekam ihm schlecht. Der Schwarze, der bei ihm saß, stand auf, packte ihn bei den Schultern, riss ihm sein Goldkettchen mit dem Kruzifix vom Hals und zerrte ihn vom Landrover in den Sand.

»Was soll das?«, wehrte sich Thomas. Er erhob sich und wollte zurück auf das Fahrzeug steigen. Im selben Augenblick traf ihn ein Tritt mit den schweren Safari-Stiefeln zwischen die Beine und er sank zu Boden. Er stürzte mit dem Gesicht in den Sand, es knirschte zwischen seinen Zähnen, und er spürte wie sie ihn fesselten.

»Hilfe«, schrie er, aber sie knebelten ihn und legten ihn zwischen die hinteren Bänke des Landrovers.

So langsam wurde ihm klar, dass er den beiden in die Falle gegangen war. Sie saßen inzwischen beide im Führerhaus, schienen mit ihrer Aktion sehr zufrieden und kurvten mit Thomas durch die Savanne. Staub drang durch die Ritzen des Bodenblechs. Thomas wurde höllisch durchgeschüttelt. Panik schnürte ihm die Kehle zu. Er glaubte, dass seine letzte Stunde gekommen war. Sein Goldkettchen, das ihm Maria Beletto geschenkt hatte, schützte ihn nicht mehr. Nun konnten sie ihn den Löwen zum Fraß vorwerfen. Nichts würde von ihm übrigbleiben. Was die Löwen nicht fraßen, würden Geier und Hyänen beseitigen. So einfach war das hier.

Die Dämmerung färbte den Horizont rötlich. Die Sonne stand schon tief. Bald würde die schwarze Nacht ihren dunklen Mantel über das Verbrechen legen. Ich muss mich wehren, muss versuchen zu fliehen, dachte Thomas Drucker. Die Chance war zwar gering, aber versuchen wollte er es. Er scheuerte mit seinen gefesselten Armen an den kantigen metallischen Streben der Sitzbank. Er rutschte immer wieder ab, hatte Mund und Augen voller Sand, und schlug sich die Oberarme wund, als sie durch tiefe Mulden fuhren. Endlich, als es fast ganz dunkel war, lösten sich die Fesseln an den Armen. Jetzt geht es um Sekunden, dachte er. Er befreite auch seine Beine von den Fesseln, kroch vorsichtig auf dem Bodenblech nach hinten und warf aus dem Fahrzeug, was er finden konnte: Einen rostigen Klappspaten, die Seile, mit denen sie ihn gefesselt hatten, und einen Wasserkanister. Zum Glück hörte man den Aufprall auf dem sandigen Boden nicht, zumal das Motorengeräusch alles übertönte und sich die beiden Schwarzen im Fahrerhaus lebhaft unterhielten. Als das Fahrzeug sich einen Hang hinauf arbeitete, schlang Thomas eine Abdeckplane um seinen Körper, die unter den Sitzen lag, und ließ sich selbst aus dem Fahrzeug fallen. Obwohl der Boden sandig war und er durch die Abdeckplane geschützt wurde, tat es höllisch weh, als er aufschlug. Einen Moment lang blieb ihm die Luft weg und er hatte das Gefühl, dass alles in ihm geborsten sein müsse. Er sah den Landrover hinter dem Hügel verschwinden und lag ganz still da. Der Mond beleuchtete die Savanne, ein Termitenbau reckte sich in die Nacht und in einiger Entfernung zeichneten sich schwarzgrau mehrere Schirmakazien vor dem etwas helleren Nachthimmel ab. Bald war der Landrover nur noch leise zu hören, dann war es ganz still.

Gott sei Dank, dachte Thomas, sie haben mein Verschwinden nicht bemerkt. Er versuchte seine Arme zu bewegen. Zwar schmerzte die linke Schulter, doch es ließ sich aushalten. Dann die Beine. Vorsichtig versuchte er sich aufzurichten. Zwar taumelte er zunächst, noch von dem Sturz benommen, aber er schaffte es, sich aufrecht hinzustellen. Jetzt nichts wie weg, dachte Thomas. Wenn sie seine Flucht entdeckten, musste er über alle Berge sein. Zuerst wollte er die Dinge einsammeln, die er aus dem Fahrzeug geworfen hatte. Er legte sich die Plane über die Schulter und ging rückwärts den Reifenspuren entlang. Nach einigen Hundert Metern fand er den Wasserkanister, ein Stück weiter die Seile und endlich den rostigen Klappspaten. Jetzt nichts wie weg von diesen Reifenspuren, dachte er, querfeldein, egal wohin.

Thomas packte den Wasserkanister, den Klappspaten und die Seile in die Abdeckplane, warf sich das Ganze über die Schulter und machte sich auf den Weg. Seinen Brustbeutel mit Pass und Kreditkarte hatten sie zum Glück unter seiner Safari-Jacke nicht entdeckt. Auch den Massai-Schmuck von seinem Freund aus Mombasa trug er noch. Seine Füße schmerzten und seine Schulter tat weh. In der Ferne heulte eine Hyäne, aber das langsam ansteigende und dann wieder abnehmende Gejaule kümmerte Thomas im Moment wenig. Die Tiere waren im Augenblick nicht seine schlimmsten Feinde.

Einige kräftige Schirmakazien lagen auf einer Anhöhe im Mondlicht. Die könnten mir Schutz bieten, dachte Thomas, und hielt darauf zu. Schutz vor diesem Safari-Fahrzeug, das irgendwann zurückkommen würde. Dort angekommen, warf er sein Seil nach oben, sodass es sich über einem armdicken Ast verfing und er sich daran hochziehen konnte. Dann kletterte er nach oben. Ein Leopard konnte ihn hier erreichen, aber man musste ja nicht gleich mit dem Schlimmsten rechnen. Er richtete sich in einer kräftigen Astgabel ein, zurrte mit dem Seil die Plane fest und versuchte, sich etwas zu erholen. Leise säuselte der Wind in den Zweigen der Akazie. In der Ferne hörte man das dumpfe Brüllen eines Löwen. Begleitet wurde das Gebrüll vom Heulen einer Hyäne, die wohl ebenfalls Anspruch auf ein Beutetier erhob. Er lauschte in die Nacht hinaus und ließ seinen Blick über die Ebene wandern, die unter dem gelblichen Licht des Mondes lag.

Irgendwann sah Thomas in einiger Entfernung ein Fahrzeug im Kreis fahren. Sucht mich nur, dachte er. Sucht mich in der falschen Richtung und sucht mich auf dem Boden. Ihr könnt ja nicht wissen, dass ich inzwischen zu einem Vogel geworden bin, der sich in die Lüfte erhoben hat und in den Bäumen nistet, wo ihr ärmlichen Erdwürmer mich nie finden werdet.

16

»Das hat uns gerade noch gefehlt – der Maulaff hat eine Tote entdeckt.«

Kommissar Rotfux war außer sich. Alle wussten, dass er den Maulaff nicht leiden konnte. Überall trieb er sich in Aschaffenburg herum, tauchte da auf, wo es etwas zu sehen gab, und Rotfux machte, wenn es ging, einen weiten Bogen um ihn. Doch diesmal ging es nicht. Der Maulaff hatte die Ermordete in der Sandkirche gefunden. Er würde ihn vernehmen müssen.

»Der wird sich ziemlich wichtig machen«, brummte Oberwiesner, der mit Rotfux in Richtung Sandkirche fuhr. Er lenkte den grünen Passat über die Willigisbrücke, links glänzte das Schloss in der Morgensonne, der Main zog friedlich seine Bahn und man konnte sich schwer vorstellen, dass nachts in dieser Stadt ein grausames Verbrechen geschehen war.

»Darauf kannst du schwören. Der wird sich mächtig aufblasen, wird nicht mehr aufhören zu reden, als ob wir nicht genug Probleme am Hals hätten.«

Rotfux war offensichtlich schlecht gelaunt, müde vom gestrigen Einsatz, der bis spät in die Nacht gedauert hatte, und so zog es Otto Oberwiesner vor, auf der restlichen Fahrt zu schweigen. Nach wenigen Minuten bogen sie in die Alexandrastraße ein und von dort links auf den kleinen Platz vor der Sandkirche. Wie üblich hatte sich bereits ein Menschenauflauf gebildet. Die Kollegen von der Streifenpolizei hatten den Zugang zur Kirche mit rot-weißen Bändern abgesperrt und Bruno Scholz, ein Streifenpolizist, kam auf Rotfux zu.

»Hallo, Herr Kommissar. Wir haben nichts verändert. Die Tote liegt in der Kirche vor dem Altar, wie wir sie gefunden haben.«

»Ich habe sie gefunden, ich war der erste …«, mischte sich im selben Augenblick der Maulaff ein und schob sich aus der Menschenmenge nach vorne. Wie üblich steckte er in seiner Röhrenhose ohne Bügelfalten, trug schwere, klobige Schuhe und diesen tannengrünen Mantel mit den Metallknöpfen, der fast an einen Uniformrock erinnerte.

»So, Sie haben die Tote gefunden«, sagte Rotfux ganz ruhig, »erzählen Sie mal.«

Der Maulaff strahlte, dann legte er los: »Ich war früh morgens unterwegs, konnte nicht mehr schlafen, schlafe oft schlecht, Herr Kommissar …«

»Jaja, schon gut, und dann?«

»Dann fing es an zu regnen, hat geschüttet wie aus Kübeln. Ich war in der Sandgasse, bin zur Sandkirche gerannt und habe mich dort unter den Torbogen gestellt. Plötzlich fiel mir etwas auf: Die Tür der Kirche war aufgebrochen, Splitter im Holz neben dem Türschloss. Und sie stand einen Spalt breit offen, obwohl sie sonst um diese Zeit verschlossen ist.«

»Und da haben Sie die Polizei gerufen«, sagte Rotfux.

»Oh nein, Herr Kommissar, ich habe nachgeschaut. Dachte, jemand hat das Gotteshaus ausgeraubt. Wollte sehen, was los ist. Drinnen war es noch ziemlich dunkel, habe kaum etwas gesehen und bin fast über sie gestolpert, sie liegt vor dem Altar, schrecklich, diese Augen, schrecklich.«

Der Maulaff zitterte vor Erregung und einen Moment lang tat er dem Kommissar fast leid.

»Ich wusste nicht was ich tun sollte«, fuhr er fort, »habe geschrien, bin aus der Kirche gerannt, habe bei der Metzgerei gegen die Tür geklopft, aber niemand hörte mich, bis endlich oben im Haus ein Fenster aufging und die Bewohner die Polizei gerufen haben.«

»Das haben Sie gut gemacht«, lobte ihn der Kommissar. »Angefasst haben Sie hoffentlich nichts?«, fragte er zur Sicherheit.

»Nein, nichts, nur die Kirchentür und ein paar Bänke vielleicht. Die Tote habe ich nicht angerührt. Sie sieht so schrecklich aus. Diese Augen und die Hände, furchtbar.«

Die Menge war inzwischen näher gekommen, drängte sich um den Maulaff, wollte jedes Wort hören, und Rotfux war sich sicher, dass die Geschichte sich in Windeseile in Aschaffenburg verbreiten würde.

»Bitte, bleiben Sie bei den Kollegen, falls wir noch Fragen haben«, sagte Rotfux zu ihm. Der schien in seinem Mantel ein Stück zu wachsen und zog unterwürfig seinen schwarzen Hut.

Rotfux betrachtete kurz die nussbaumfarbene Eingangstür zur Kirche, sah das gesplitterte Holz in der Höhe des Schlosses, und trat durch den Windfang ins Innere. Er war lange nicht hier gewesen und musste sich an das sanfte Licht in der Kirche gewöhnen. Es fiel durch die Seitenfenster und tauchte den Altarraum in eine goldgelbe milde Stimmung, während die graubraunen Bankreihen und der rote Teppich im Mittelgang noch im Dunklen lagen. Wie konnte man einen solchen Ort für einen Mord wählen?, fragte sich der Kommissar. In Begleitung von Oberwiesner ging er über den roten Teppich langsam nach vorn. Beide sagten nichts. Rotfux sah die Tote am Boden liegen und doch nahm ihn für einen Augenblick der Rokokoaltar gefangen. Er sah das Gnadenbild der Muttergottes, in einem Glasschrein im Zentrum des Altars. Seltsam, dachte Rotfux, Christus auf dem Schoß der Maria war hier kein Christuskind, sondern eine schmächtige, erwachsene Person mit langem Haar und dunklem Bart. Man schrieb diesem Gnadenbild Wunder zu, aber den Mord, der hier geschehen war, hatte es offensichtlich nicht verhindern können.

Rotfux begann zu begreifen, was der Maulaff mit den schrecklichen Augen gemeint hatte. Die Tote lag auf dem Rücken, den Kopf in Richtung Altar gerichtet. Sie musste im Todeskampf versucht haben, die Schmerzhafte Muttergottes zu sehen, jedenfalls waren ihre Augen weit aufgerissen und schauten nach oben, sodass man von unten das Weiß der Augäpfel sah. Die Hände hatte sie über den Kopf gereckt, wie zum Gebet, schrecklich ineinander verkrampft, wahrscheinlich vor Schmerzen. Ihre weiße Bluse war aufgerissen. Die faltigen, runzeligen Brüste der alten Frau hingen seitlich am Körper herab und waren mit Blut verschmiert. Bei genauerem Hinsehen entdeckte Rotfux ein Zeichen: Man hatte der Toten einen Stern in Brust und Bauch geritzt, ein Pentagramm, genau wie bei Ilona Drucker, am Neujahrstag im Pompejanum.

»Sie kommt mir so bekannt vor«, sagte der Kommissar leise. »Ist das nicht die alte Frau, die Thomas Drucker als seine Oma bezeichnet hat?«

»Ich glaube ja«, flüsterte Oberwiesner. »Und wieder ein Pentagramm auf dem Boden.«

»Ja, nur die toten Katzen fehlen diesmal. Sonst sieht alles aus wie im Pompejanum.«

Tatsächlich war mit einem roten Farbstoff, wahrscheinlich Katzenblut, ein fünfzackiger Stern auf den Boden gemalt, der auch auf dem roten Teppich zu sehen war, welcher zum Altar führte.

»Was für Verrückte begehen solche Morde?«, murmelte Rotfux. »Man kann das nicht begreifen. Ich habe viel gesehen, aber so etwas, unglaublich.«

Die letzten Worte des Kommissars hatte Klaus Zimmermann, der leitende Stadtredakteur des Main-Echos, noch mitbekommen. Er war wie aus dem Nichts aufgetaucht und stand plötzlich neben Rotfux.

»Und wieder diese satanischen Symbole«, sagte er. »Grüße Sie, Herr Kommissar. Es scheint nicht aufzuhören.«

Die Kollegen vom Streifendienst kannten den Stadtredakteur und hatten ihn passieren lassen. Rotfux akzeptierte das, da er auf einen guten Draht zur Presse Wert legte. Natürlich würde er wieder auf seinem Satanismus-Thema herumreiten, aber das war nicht zu ändern, so wie die Sache aussah. Inzwischen waren Gerda Geiger und der junge Seidelmann am Tatort erschienen und begannen mit der Spurensicherung.

Sofort, nachdem er den Tatort besichtigt hatte, machte sich Kommissar Rotfux auf den Weg zu Bernhard Flieger.

»Wir werden ihn nochmals unter die Lupe nehmen«, sagte er zu Otto Oberwiesner auf der Fahrt hinauf zum Godelsberg. »Wir mussten ihn letztes Mal laufen lassen, aber nachdem jetzt erneut diese satanischen Symbole aufgetaucht sind, schlagen wir sofort zu. Er darf keine Zeit haben, sich zu sortieren oder etwas zu beseitigen – falls er tatsächlich mit der Sache zu tun hat.«

Kurz darauf hielten sie vor dem großzügigen Anwesen, in dem Bernhard Flieger mit seiner Frau Nicole wohnte.

»Wohl wieder eine Leiche gefunden, Herr Kommissar«, begrüßte ihn Bernhard Flieger lachend an der Eingangstür.

»Woher wissen Sie das?«, stammelte Rotfux.

»Woher weiß ich was?«

»Dass wir eine Leiche gefunden haben.«

»Sie haben tatsächlich eine gefunden?«, fragte Bernhard Flieger entsetzt. »Entschuldigen Sie, Herr Kommissar, meine Anmerkung war nicht so gemeint. Sollte eigentlich nur ein Spaß sein.«

»Damit sollte man besser keine Späße machen«, brummte Rotfux, »immerhin haben wir es mit Mord zu tun. Dürfen wir reinkommen?«

»Da Sie bestimmt einen Durchsuchungsbeschluss haben, bleibt wohl nichts anderes übrig«, murmelte Bernhard Flieger. »Kommen Sie.«

Der Kommissar musste innerlich schmunzeln. Offensichtlich war Bernhard Flieger von seinem plötzlichen Erscheinen so beeindruckt, dass er automatisch von einer Durchsuchungserlaubnis ausging. Der Kommissar ließ ihn in diesem Glauben und verzichtete auf jede weitere Diskussion über Verdunkelungsgefahr als Grund für seinen Einsatz.

Bernhard Flieger führte den Kommissar und Otto Oberwiesner ins Wohnzimmer, von dem man einen Blick über die Stadt bis hinüber zum Schloss hatte.

»Setzen Sie sich meine Herren. Darf ich Ihnen etwas anbieten?«

Rotfux winkte ab. »Machen wir es kurz, Herr Flieger. Wo waren Sie in der letzten Nacht?«

»Ich bitte Sie, Herr Kommissar. Was soll das? Ich habe mit Ihrem Mord nicht das Geringste zu tun. Wo ist er überhaupt geschehen? Wer wurde ermordet?«

»Die Fragen stelle hier immer noch ich«, brummte Rotfux. »Sagen Sie mir einfach, wo Sie gestern Nacht waren. Vielleicht klärt das alles.«

»Ich war zu Hause, habe nichts Besonderes gemacht, ferngesehen, das darf man wohl.«

»Ja sicher, und das kann Ihre Frau bezeugen, nehme ich an?«

Bernhard Flieger erhob sich und ging in die Diele. »Nicole, kommst du mal bitte?«, rief er, »der Kommissar will dich etwas fragen.«

Wenig später kam Frau Flieger ins Wohnzimmer. Sie war noch im Bademantel, ihre rot lackierten Nägel blitzten aus ihren offenen Hausschuhen und ihre Haare waren notdürftig gekämmt.

»'tschuldigung, Herr Kommissar, ich war noch im Bad, bin noch nicht ganz fertig.«

»Das macht nichts, Frau Flieger«, sagte Rotfux und lächelte, »sagen Sie mir bitte nur kurz, wo Ihr Mann in der letzten Nacht war.«

»In der letzten Nacht? Gestern war nichts Besonderes, da waren wir beide zu Hause, haben ferngeschaut, sind früh ins Bett gegangen, jedenfalls ich.«

»Sie können also nicht sagen, ob Ihr Mann auch ins Bett gegangen ist?«, hakte der Kommissar nach.

»So habe ich das nicht gemeint, Herr Kommissar. Bestimmt ist er auch ins Bett gegangen, aber ich vor ihm. War ziemlich müde.« Verunsichert sah sie den Kommissar an. Offensichtlich war ihr klar geworden, dass damit ihr Mann kein hieb- und stichfestes Alibi hatte.

»Ich habe Ihnen schon gesagt, dass ich zu Hause war«, mischte sich Bernhard Flieger ein. »Natürlich bin ich später auch ins Bett gegangen, wo soll ich denn sonst gewesen sein?«

»Vielleicht in der Sandkirche«, sagte Rotfux mit provokantem Unterton, »vielleicht bei einem kleinen satanischen Spielchen?«

Bernhard Flieger lief rot an. »Herr Kommissar, das muss ich mir nicht bieten lassen. Schwachsinnige Unterstellungen. Was bilden Sie sich ein? Ich rede nur noch über meinen Anwalt mit Ihnen.«

»Wie Sie meinen, Herr Flieger. Ihr Alibi ist leider so löchrig wie ein Schweizer Käse. Komm Otto, wir durchsuchen zunächst das Haus und den Garten. Daran kann er uns nicht hindern.« Rotfux stand auf, schritt durch die Diele und trat vors Haus.

»Sehr gut. Da seid Ihr ja«, begrüßte er vier Kollegen der Spurensicherung, die gerade vorfuhren. »Wir wollen soeben mit der Durchsuchung beginnen. Nehmt ihr den Garten und das Gartenhaus, ich gehe mit Otto das Haus durch.«

Die Tote wurde in den folgenden Tagen einwandfrei als Maria Beletto identifiziert. Die Rechtsmedizin ermittelte, dass sie tatsächlich in der Sandkirche gestorben war, zwischen Mitternacht und 1 Uhr nachts. Das Erstaunlichste aber war: Als Tatwaffe stellte sich ein rostiges Messer heraus, welches man mit den Fingerabdrücken von Bernhard Flieger bei der Durchsuchung in dessen Gartenhaus fand. Außerdem tauchte im Gartenhaus von Bernhard

Flieger ein Jutesack auf, dessen Fasern identisch mit denjenigen waren, die man beim Mord im Pompejanum entdeckt hatte.

»Das ist fast zu viel des Guten«, seufzte Kommissar Rotfux, dem das Ganze unheimlich vorkam. Angesichts der erdrückenden Beweislast blieb ihm nichts anderes übrig, als Bernhard Flieger sofort wegen Verdunkelungs- und Fluchtgefahr in Untersuchungshaft nehmen zu lassen. Natürlich blieb die neuerliche Verhaftung von Bernhard Flieger der Presse nicht verborgen. Einerseits verschaffte das Kommissar Rotfux etwas Luft, da man das beherzte Handeln der Polizei lobte, andererseits wurde unumwunden die Frage diskutiert, ob der Mord an Maria Beletto hätte verhindert werden können, wenn man Bernhard Flieger gleich beim ersten Mal endgültig hinter Gitter gebracht hätte. Vorwürfe an Polizei und Justiz und insbesondere Kommissar Rotfux waren dabei nicht zu überhören.

Bernhard Flieger, der Beschuldigte selbst, stritt alles kategorisch ab. Er ließ über seinen Anwalt erklären, dass er mit dem Mord an Maria Beletto nicht das Geringste zu tun habe. Er sprach von einem Komplott gegen ihn. Weder habe er das Messer benutzt noch es in seinem Gartenhaus versteckt. Die Fingerabdrücke auf dem Messer könne er sich nicht erklären – vielleicht habe ein solches Messer ihm einmal früher gehört, genau könne er sich daran nicht erinnern.

Rotfux wäre nicht Rotfux gewesen, wenn er sich mit seinen Ermittlungserfolgen zufrieden gegeben hätte. Er berief eine Besprechung ein, um der Sache auf den Grund zu gehen. Gerda Geiger wusste, was das bedeutete. Rotfux würde zum x-ten Mal erzählen, was sie schon wussten. Der junge Seidelmann würde versuchen, sich mit irgendwelchen verrückten Ideen zu profilieren und der dicke Oberwiesner würde sich kaum beteiligen, dafür aber literweise Cola trinken. Sehnsüchtig sah Gerda Geiger zum Fenster hinaus, dachte an den Niedernberger See, an den sie abends noch gern zum Schwimmen ging, und hoffte, dass die Besprechung nicht zu lange dauerte.

»Haben Sie die Wohnung von Maria Beletto genauestens durchsucht, Frau Geiger?«, sprach sie der Kommissar an, dem ihre gedankliche Abwesenheit nicht entgangen war.

»Ja, klar, wie besprochen.«

»Und, irgendetwas Besonderes?«

»Eigentlich nicht.«

»Und uneigentlich?«, hakte Rotfux nach.

»Wir haben denselben Drohbrief gefunden, den bereits Thomas Drucker erhalten hatte.«

»Welchen Drohbrief?«

»Ich glaube, er hat ihn bei Ihnen abgegeben. ›Ein falsches Wort und du bist tot!‹ war mit ausgeschnittenen Zeitungsbuchstaben auf den Brief geklebt und darunter mit roter Farbe ein Pentagramm gemalt.«

»Ach richtig, ich erinnere mich«, bestätigte Rotfux. »Und genau den gleichen Drohbrief haben Sie in der Wohnung der alten Maria Beletto gefunden?«

»Ja, genau so einen.«

»Sonst noch etwas?«, fragte Rotfux nach.

»Wir haben verschiedene Fotos von Ilona und Thomas Drucker in der Wohnung gefunden. Auf einigen Bildern war Thomas Drucker als Baby zu sehen. Maria Beletto muss die beiden sehr lange gekannt haben.«

»Kein Wunder, dass Thomas Drucker diese Maria Beletto ›Oma‹ nannte. Es besteht ein enger Zusammenhang zwischen den beiden Morden und den Mordanschlägen auf Thomas Drucker. Entweder ist Bernhard Flieger wirklich der Täter, oder es steckt etwas dahinter, was wir noch gar nicht ahnen«, kombinierte der Kommissar.

»Außerdem haben wir einen vergilbten Briefumschlag in der Wohnzimmerkommode der alten Frau gefunden. Drei goldene Kettchen mit Kruzifix waren darin. ›Für Thomas‹, stand auf dem Umschlag.

»Mhmm«, brummte Rotfux. »Thomas Drucker ist leider im Moment in Kenia. Wir müssen sofort mit ihm sprechen, wenn er zurückkommt.«

Der junge Peter Seidelmann rutschte die ganze Zeit unruhig auf seinem Stuhl hin und her.

»Was gibt's Herr Seidelmann?«, sprach ihn Rotfux an.

»Mir ist etwas aufgefallen, Herr Kommissar. In der Woche vor dem Mord an Maria Beletto wurden auffallend viele Katzen als vermisst gemeldet, die meisten davon am Godelsberg.«

»Ist ja interessant. Sie brauchten wohl das Katzenblut«, erwiderte Rotfux anerkennend.

»Das ist noch nicht alles, Herr Kommissar«, fuhr der junge Seidelmann fort. »Ich habe die Woche vor Silvester überprüft, also die Woche vor dem Mord an Ilona Drucker.«

»Und?«

»Genau das Gleiche. Es muss einen Zusammenhang zwischen den vermissten Katzen und den satanischen Morden geben.«

»Alle Achtung, Herr Seidelmann, aus Ihnen wird noch was«, lobte Rotfux den Kriminalisten. »Bitte beobachten

Sie in den kommenden Wochen genauestens die Meldungen vermisster Katzen. Und sobald Ihnen etwas auffällt, sprechen Sie mich an.«

17

Wirklich geschlafen hatte Thomas Drucker nicht auf seiner Schirmakazie in der afrikanischen Savanne. Zwar war er ab und zu auf seiner Astgabel eingenickt, dann aber wieder hochgeschreckt, weil er das Gefühl hatte, sich nicht auf dem Baum halten zu können. Mehrfach hatte er den Landrover gehört, der suchend seine Kreise gezogen hatte.

Gegen Morgen ging sein Blick ganz ruhig über die afrikanische Landschaft, auf die er sich so sehr gefreut hatte. Unweit der Schirmakazie standen einige Gazellen, die beim Grasen mit den Schwänzen schlugen, und weiter weg, in der Nähe einer vereinzelten Baumgruppe, lagerte eine riesige Herde von Gnus. In der Ferne sah Thomas Zebras, die sich winzig und weiß gegen das morgendliche Orangegelb der Ebene abhoben. Die Morgensonne schwebte rötlich über der Savanne und warf ihr sanftes Licht über die Tiere. Einen Moment dachte er an Johann Flieger, der von Kenia geschwärmt hatte. Ob er hinter allem steckte? Irgendwie musste der Überfall mit ihm und Moses Loroupe zu tun haben und dieser Telefonnummer, die der Geschäftsführer ihm gegeben hatte. Wer sonst hätte wissen können, dass er zu einer Safari starten wollte?

Thomas Drucker trank einige Schlucke aus dem Wasserkanister und merkte, wie hungrig er war. Ich muss irgendwie zu einer Lodge kommen, dachte er. Zur Landepiste in der Savanne zurückzukehren schien ihm zu gefährlich. Dort könnten seine Verfolger auftauchen oder steckten mit den Betreibern der Kneipe sogar unter einer Decke. Er würde in die andere Richtung gehen, Richtung Westen, weg von den Landrover-Spuren und seinen Verfolgern. Vorsichtig kletterte er von der Schirmakazie, nahm die paar Habseligkeiten auf den Rücken und machte sich auf den Weg. Es war schwer, auf dem sandigen Boden zu gehen. Seine linke Schulter schmerzte stärker als am Vortag, sein Magen knurrte und schnell wurde es heißer, als die Sonne an Höhe gewann. Erbärmlich sah er aus, ungewaschen, unrasiert und verdreckt vom Sturz aus dem Landrover. Er gönnte sich ab und zu einige Schlucke Wasser aus dem Kanister. Besser trinken als mitschleppen, dachte er.

Um die Mittagszeit rastete Thomas im Schatten einer Baumgruppe, um der größten Hitze zu entgehen. Er hatte eine kleine Anhöhe erreicht und konnte weit über die Ebene schauen. Nirgendwo war eine Lodge oder ein anderes menschliches Lebenszeichen zu sehen. Er breitete die Abdeckplane aus, legte den Klappspaten neben sich und bald fielen ihm die Augen zu. Das Hitzeflimmern der Ebene mischte sich mit seinen Träumen und trug ihn in einen sanften Schlaf hinüber. Er träumte von Sabine, sah, wie sie auf einem Löwen ritt. Sie winkte ihm zu und verschwand in der Herde der Gnus, zwischen denen der Löwe auf Beutezug ging.

Irgendwann begann die Erde zu vibrieren. Thomas schreckte hoch und griff nach dem Klappspaten. Im selben Augenblick hörte er ein Knacken und Bersten, wandte den Kopf nach hinten und sah einen mächtigen Elefanten, der einen der Bäume umriss. Seine Stoßzähne und die riesigen Ohren hoben sich gegen das tiefe Blau des Himmels ab. Der kräftige Bulle hatte seinen Rüssel um die Äste der Krone gewunden und zerrte mit aller Kraft daran. Das Holz splitterte und mit berstendem Krachen senkte sich die Krone zu Boden, baumelte einen Moment lang an einigen hellen Holzfasern, bis sie auf die Erde fiel. Umgeben war der Bulle von seiner ganzen Familie. Die Elefanten zupften mit ihren geschickten Rüsseln das Blattwerk ab. Zwei Elefanten-Babys bewegten sich tollpatschig zwischen den Ästen und wurden ab und zu von den größeren Dickhäutern zur Seite gestoßen. Thomas hielt den Atem an. Jetzt bloß nicht ungeschickt bewegen, dachte er. Solange sie mit ihrer Mahlzeit beschäftigt waren, würden sie ihn in Ruhe lassen.

In der Ferne schwebten drei Giraffen mit grazilen Bewegungen über die Ebene und Thomas musste an den Zoo denken, an die engen Käfige, in denen sie sich kaum bewegen konnten und von den Besuchern angestarrt wurden. Wie weit hier alles war und wie frei. Auf keiner Safari der Welt hätte er mehr erleben können als jetzt.

Am Abend kletterte Thomas Drucker wieder auf eine Schirmakazie und verbrachte dort die Nacht. Am dritten Abend war er bereits zu schwach und schaffte es nicht mehr. Das Wasser war aufgebraucht, zu Essen hatte er nichts und konnte nur hoffen, endlich eine Lodge zu finden oder auf Menschen zu stoßen. Am Nachmittag des siebten Tages machte er eine schreckliche Entdeckung. Er schleppte sich eine Anhöhe nach oben, in der Hoffnung, von dort endlich eine Lodge zu sehen. Mechanisch setzte er einen Fuß vor den anderen, zwang sich vorwärts zu gehen, schleckte mit der Zunge über seine gesprungenen Lippen, die nach Feuchtigkeit lechzten. Hätte ich in den ersten Tagen nicht so viel getrunken, litt ich nun keinen Durst, dachte er. Er kämpfte sich bis zu einer Baumgruppe nach oben und als er ankam, blieb ihm fast das Herz stehen. Mein Gott, hier war ich schon, stellte er fest. Er sah den umgerissenen Baum, von dem die Elefanten das Blattwerk abgezupft hatten. Ich bin tagelang im Kreis gelaufen, wurde ihm klar. Er ließ sich auf den Boden fallen und blieb einfach auf seiner Plane liegen. Da sah er sie. Die Geier schwebten ein, ließen sich auf den Bäumen der Umgebung nieder und schauten gierig in seine Richtung. Die nackten Hälse aus ihrem struppigen Gefieder reckend, watschelten zwei der Geier auf ihn zu.

»Verschwindet, Teufelspack«, rief Thomas und schleuderte ihnen seinen Spaten entgegen.

Ich muss hier weg, dachte er, sie dürfen mich nicht kriegen. Er entschloss sich, die Richtung zu wechseln, schleppte sich die Anhöhe hinab in die Ebene, aus welcher der Landrover gekommen war. Er spürte kaum noch seine Beine, die Ebene flimmerte in der Hitze vor seinen Augen, jeder Schritt kostete ihn unendliche Mühe unter seiner Plane, die er sich über den Kopf gehängt hatte, um sich vor der Sonne zu schützen. Er spürte bei jedem Atemzug sein Massai-Halsband. Für einen Moment lang sah er die türkisblaue Küste vor sich, das Riff, an dem er mit Sabine geschnorchelt hatte, und es wurde ihm klar: Er musste weiterkämpfen. Er liebte Sabine und musste überleben. Dieses Halsband gab ihm Kraft. Er fühlte sich als stolzer Massai, hatte diesen Schmuck nicht umsonst geschenkt bekommen, sondern würde sich des Schmuckes würdig erweisen. Bis zum Abend schleppte er sich zu einem kleinen Wäldchen. Dort legte er sich zwischen abgestorbene

Äste, die er mühsam zusammen trug. Wenn die Massai ihre Krale mit Dornengestrüpp schützten, würde er es ihnen gleichtun, um in der Nacht seine Ruhe vor den wilden Tieren zu haben.

Am nächsten Morgen wurde er durch wildes Getrampel geweckt. Eine Büffelherde kam genau auf das Wäldchen zu. Mit vorgestreckten Köpfen galoppierten sie an ihm vorbei, als wollten sie ihre eigenen Hörner überholen, diese breiten schwarzen Hörner, vor denen Thomas großen Respekt hatte. Er entdeckte den Grund der Aufregung. Drei oder vier Löwen kreisten um die Büffelherde, die sich vor dem Wäldchen teilte und in zwei Richtungen auseinanderstob.

Du lieber Himmel, dachte Thomas, wenn die mich erwischen, bin ich geliefert. Er machte sich ganz klein auf seiner Plane, hielt den Griff des Spatens fest in der Hand und beobachtete die fliehenden Büffel und die angreifenden Löwen. Fast war die Herde an ihm vorüber, da bemerkte Thomas einen Nachzügler, der von den Löwen abgedrängt wurde. Gott sei Dank, schoss es ihm durchs Hirn, die sind erst einmal beschäftigt. Fasziniert beobachtete er das grausame Schauspiel: Als einer der Löwen den Büffel fast erreicht hatte, sprang er dem gehetzten Tier in vollem Lauf von hinten kraftvoll auf den Rücken und riss den Büffel durch die Wucht des Sprunges um. Er packte ihn sofort an der Kehle, biss sich dort mit seinen scharfen Zähnen fest und lockerte den Biss erst wieder, als der Büffel nach einigen Minuten seinen schweren Kopf nach unten sinken ließ und leise zuckend seinen Todeskampf verloren gab.

So schnell konnte es gehen. Da lag der Büffel geschlagen im Staub der Savanne, die Löwen kauerten über ihm und vergruben ihre blutigen Mäuler in seinen Flanken. Ganz in der Nähe hockten dicht gedrängt Geier in den Bäumen, bereit zum Anflug, um sich ihren Teil an der Beute zu sichern. Als die Löwen satt waren, zogen sie sich unter eine Akazie zurück, die sich einige hundert Meter entfernt in den Himmel reckte. Die haben es gut, dachte Thomas. Die sind satt, während ich hungere und durste.

Im selben Augenblick witterte eine angriffslustige Hyäne ihre Chance. In geducktem Gang stolzierte sie auf ihn zu, heulte bellend und setzte zum Sprung an. Thomas riss seinen Spaten hoch und erwischte sie am Hals.

»Du oder ich«, schrie er.

Die Hyäne überschlug sich, raste wie wahnsinnig im Kreis herum und trollte sich schließlich jämmerlich winselnd.

Erschöpft setzte Thomas seinen Weg fort. Die Sonne brannte unbarmherzig auf ihn herab. Über Mittag rastete er ausgiebig im Schatten einiger Bäume. Am späten Nachmittag kämpfte er sich weiter durch die vor Hitze flimmernde Ebene, über der das eintönige Muhen der Gnus lag. Plötzlich erstarrte Thomas vor Schreck. In etwa hundert Metern Entfernung erhob sich ein Löwe aus dem gelben Gras der Savanne, stand einen Moment lang still, blickte majestätisch und überlegen in seine Richtung und kam mit wiegenden Schritten langsam auf ihn zu. Er schien keine Eile zu haben. Thomas gefror das Blut in seinen Adern.

Alle Gnus und Zebras, die noch kurz vorher die Ebene stampfend, muhend und brüllend bevölkert hatten, zogen einen weiten Bogen um den Löwen, versuchten Freiraum zu finden, setzten sich nach und nach von der drohenden Gefahr ab. Diejenigen, die ihm zu nah waren, verharrten in völliger Bewegungslosigkeit, taten keinen Schritt und fraßen nicht mehr. Das Gras, durch das der Löwe kam, wurde höher. Nur sein Kopf und die Schultern waren noch zu sehen. Er wiegte seine dunkle Mähne hin und her, aber er brüllte nicht, wie Thomas es erwartet hätte. Er riss auch sein Maul nicht auf, sondern ging ganz ruhig auf sein Ziel zu, als hätte er alle Zeit der Welt.

Thomas richtete sich hoch auf. Er hielt seinen Spaten in der rechten Hand. Kampflos würde er sich nicht ergeben. Der Löwe begann zu rennen, kam in mächtigen Sprüngen auf Thomas zu, das Maul weit aufgerissen, mit wütend dumpfem Brüllen, warf er sich auf ihn, riss ihn mit voller Wucht um, schlug mit den Pranken um sich, wälzte sich auf ihm, bis Thomas das warme Blut an seinem Hals spürte, und die Krallen in seinem Nacken. Es war ihm, als hörte er Schreie, Schreie von jungen Männern, aber das konnte nicht sein. Er war hier allein und würde alleine sterben.

Thomas erwartete den letzten Prankenhieb oder den endgültigen Biss in die Kehle, die Erlösung, die seinem Leiden ein Ende machen würde. Gedanken wirbelten durch seinen Kopf: War es nicht viel schöner hier in der Wildnis zu sterben, mit dem Löwen im Blut zu liegen, als elendig in einer Klinik zugrunde zu gehen, vollgepumpt mit Beruhigungsmitteln, an Geräten hängend und den langsamen Tod erwartend? Hier starb er als freier Mann, frei bis in alle Ewigkeit, Futter für die Geier, die ihn in die Lüfte tragen würden, hoch hinaus über Afrika, das er so lieb gewonnen hatte. Er fragte sich, warum er noch nicht dieses Knacken seiner Wirbelsäule gehört oder den letzten Biss in seinen Hals gespürt hatte? Thomas lag ganz still. Auch der Löwe lag ganz still. Beide schienen sich zu belauern, auf den richtigen Augenblick zu warten, um ihren Kampf zu vollenden.

Jetzt bloß keinen Fehler machen.

Thomas hatte das Gefühl, dass der Löwe plötzlich schwerer auf ihm lag. Es wurde schwarz vor seinen Augen. Sabine verabschiedete sich von ihm und seine Mutter winkte aus der Ferne. So war es also, wenn man starb, konnte er noch denken. Dann verschwamm alles in einem weißen Nebel.

18

Sabine Flieger hatte Kommissar Rotfux informiert, nachdem Thomas Drucker nicht wie geplant nach Aschaffenburg zurückgekehrt war. Rotfux hatte Interpol eingeschaltet, es wurde eine ›Yellow Notice‹ erstellt, eine Suchmeldung nach Thomas Drucker, aber alle Nachforschungen in Kenia waren bisher erfolglos geblieben. Seit fast zwei Wochen war er spurlos verschwunden.

»Ich versteh' das nicht. Es muss ihm etwas zugestoßen sein«, jammerte Sabine, als ihre Mutter ins Zimmer kam.

»Nun lass den Kopf nicht hängen, Sabinchen. Ändern können wir es nicht. Die Polizei tut sicher, was sie kann.«

Sabine wusste, dass ihre Mutter sie nur Sabinchen nannte, wenn sie etwas besonders Wichtiges auf dem Herzen hatte.

»Ich muss mit dir reden, Sabinchen. Leitners haben uns eingeladen und jetzt, wo Papa in Untersuchungshaft sitzt, wollte ich nicht allein zu ihnen gehen.«

Aha, daher weht der Wind, dachte Sabine. Sie will, dass ich mitkomme. »Nimm die Einladung einfach nicht an. Muss doch nicht sein ohne Papa«, reagierte sie abweisend.

»Es wäre sehr unhöflich, abzulehnen. Du weißt, Leitners waren immer besonders nett. Wir dürfen sie nicht vor den Kopf stoßen.«

»Das werden sie sicher verstehen, jetzt wo Papa in Haft sitzt. Und wenn nicht, ist es auch egal.«

»Egal, egal … Dir scheint wohl alles egal zu sein, seit Thomas verschwunden ist. Hast du mal an deine Zukunft gedacht, an unsere Zukunft?« Sie war genervt und man hörte deutlich ihre Abneigung gegen Thomas Drucker heraus.

»Wie meinst du das?«

»Wie ich das meine? Thomas stürzt uns alle ins Unglück. Zuerst der Mord an seiner Mutter und die Verdächtigungen gegen Papa, dann der Mord an seiner … äh … Ersatzoma, dieser Maria Beletto, und nun sitzt Papa in Untersuchungshaft und wir können sehen, wo wir bleiben.«

»Dafür kann doch Thomas nichts. Er wurde sogar selbst verfolgt.«

»Aber ohne dich hätten wir mit allem nichts zu tun. Du stürzt uns ins Unglück, liebes Sabinchen.«

›Liebes Sabinchen‹ war die Steigerung von ›Sabinchen‹ und Sabine wusste, was die Stunde geschlagen hatte.

»Du willst also unbedingt, dass ich mitkomme«, sagte sie leise.

»Das wäre sehr nett.«

»Und es interessiert dich nicht im Geringsten, dass Leitners uns bestimmt nur aushorchen wollen und Alexander versucht, sich an mich heranzumachen?«

»Aber Sabinchen, ich will nur dein Bestes.«

»Du weißt nicht einmal, was das ist«, eiferte sich Sabine. »Mein Bestes ist Thomas, und der scheint dir völlig egal zu sein.«

Ihre Mutter schwieg einen Augenblick. Sabine sah, wie es in ihr arbeitete. Ihre Wangen röteten sich, ihr Blick irrte unruhig im Zimmer umher, dann platzte es aus ihr heraus: »Dein Bestes ist Thomas ... Du hast leicht reden. Setzt dich in das gemachte Nest, das ich für dich bereitet habe. Ich habe mir deinen Vater geangelt. Jetzt besitzen wir Geld. Du könntest einen Teil von Flieger-Moden erben und verschenkst dich an diesen Thomas Drucker.«

»Das geht dich nichts an. Das ist meine Sache.«

»Und ob mich das was angeht. Ich habe für uns gekämpft, habe dafür gesorgt, dass es uns gut geht, und du willst alles wegwerfen, wegen diesem Thomas!«

»Wieso alles wegwerfen? Das hat nichts mit Thomas zu tun. Erben werde ich trotzdem.«

»Das weißt du nicht, Sabine. Du bist nur die *Stieftochter* von Bernhard. Er kann dich vom Erbe ausschließen, wenn er will.«

»Na und? Das ist mir egal. Ich liebe Thomas.«

Ihre Mutter hielt sich am Tisch fest und schnappte nach Luft. »Die Liebe vergeht, der Reichtum bleibt, dummes Ding«, zischte sie. »Dabei hättest du Alexander Leitner haben können, wärst Großerbin geworden, Großerbin beider Bekleidungsfirmen. Sogar einen Namen für den Firmenverbund hatte ich bereits mit seinem Vater gefunden: ›Maintex‹ hätten wir die Firma genannt. Aber nein – du musst dich in diesen Nichtsnutz verknallen, der Unglück über uns alle bringt.«

Sabine war schockiert. Zum ersten Mal fühlte sie so etwas wie Abneigung gegenüber ihrer Mutter. »Du glaubst doch nicht, dass ich unter diesen Umständen mitkomme?«, fragte sie leise, aber sehr bestimmt.

»Sabinchen, tu es deinem Vater zuliebe, oder wenigstens deinem Großvater. Beide haben größten Wert auf ein gutes Verhältnis zu Leitners gelegt.«

Das stimmte und Sabine wurde unsicher. »Ich werd' es mir überlegen«, sagte sie. »Jetzt lass mich bitte in Ruhe.«

Am Sonntag machte sich Sabine zusammen mit ihrer Mutter auf den Weg zu Leitners. Es war 11 Uhr und die Sonne heizte am Godelsberg kräftig ein. Sabine trug ihr leichtes, hellblaues Sommerkleid, das Thomas besonders gefallen hatte. Sie fuhr mit ihrem dunkelblauen BMW Cabrio.

»Falls mich Alexander bedrängt oder es sonst irgendwie unangenehm ist, werde ich sofort gehen«, hatte sie zu ihrer Mutter zuvor gesagt. »Ich komme aus Höflichkeit mit, mehr kannst du nicht von mir erwarten.«

So fuhren sie mit zwei Fahrzeugen bei Leitners vor, was allerdings kein Problem darstellte, da vor deren Anwesen, das mehr an ein Schloss als an ein Wohnhaus erinnerte, ein großzügiger Gästeparkplatz angelegt war. Oskar Leitner kam ihnen über den repräsentativen Treppenaufgang entgegen.

»Da seid ihr ja, meine Lieben. Schön, dass ihr es einrichten konntet«, begrüßte er die beiden mit Küsschen rechts und Küsschen links. Sie duzten sich, seit Sabine mit Alexander befreundet gewesen war.

»Danke für die Einladung, mein Lieber«, antwortete Sabines Mutter und schritt am Arm von Oskar Leitner die Eingangstreppe nach oben.

»Alexander wird gleich kommen«, erklärte Oskar Leitner. »Ihr wisst, dass er sonntags seinen Frühschoppen hat. Den wollte er nicht verpassen.«

Sabine ahnte, was das bedeutete. Er würde angeheitert und nach Bier riechend aufkreuzen und dumme Sprüche klopfen. Seine Ausschweifungen waren einer der Gründe gewesen, weshalb sie sich von ihm getrennt hatte. In der Eingangshalle kam Annabelle Leitner auf sie zu.

»Herzlich Willkommen. Schön, dass es geklappt hat«, strahlte sie. Sie war älter als ihr Mann, stämmig, fast doppelt so breit wie er und wirkte wie ein Fremdkörper in diesem eleganten Haus. Ihre grauen Haare waren kurz geschnitten und glatt nach hinten gekämmt. Eine Nickelbrille unterstrich ihr strenges Aussehen, ein schlichtes dunkles Kleid ließ einen nicht vermuten, dass man die Inhabergattin einer der größten Aschaffenburger Bekleidungsfirmen vor sich hatte.

»Vielen Dank für die Einladung«, antwortete diesmal Sabine. Sie schätzte Annabelle Leitner, da sie ihr bei der Trennung von ihrem Sohn keinerlei Vorwürfe gemacht, sondern sie sogar darin bestärkt hatte, wenn sie ihn nicht liebte.

»Die Liebe ist das Wichtigste, mein Kind«, hatte sie geseufzt. »Wo sie nicht da ist, ist alles nichts mehr wert.«

Sie wusste, wovon sie sprach. Es war bekannt, dass Oskar Leitner nichts anbrennen ließ und diverse Frauengeschichten hatte.

Den Aperitif nahmen sie auf der Terrasse, von der man einen atemberaubenden Blick über die Stadt hatte.

»Da werden sich meine Bierchen freuen, dass sie Gesellschaft erhalten«, lachte Alexander Leitner, der inzwischen erschienen war und wie alle anderen ein Glas Champagner trank.

»Wie war's beim Frühschoppen?«, fragte Sabine, um höflich zu sein.

»Oh, super«, kam die Antwort, »alle haben sich den Kopf darüber zerbrochen, warum Thomas verschwunden ist und ob er jemals wieder auftauchen wird.«

Sabine schwieg. Entweder wollte er sie damit provozieren oder er war völlig unsensibel.

»Ich hoffe, er taucht wieder auf«, sagte sie nur.

»Da wirst du lange warten können«, lachte Alexander.

»Woher willst du das wissen?«

»Wissen? Wissen natürlich nicht. Ist nur eine Vermutung von mir.«

Alexander tat völlig unbefangen und doch wurde Sabine das Gefühl nicht los, dass er mehr wusste, als er sagte.

»Ist tatsächlich eine schreckliche Geschichte«, mischte sich Oskar Leitner ein. »Zuerst die beiden Morde, jetzt das Verschwinden von Thomas … Alles völlig unerklärlich.«

»Wird sich in Kenia eine scharfe Puppe geschnappt haben«, lachte Alexander, »es soll dort heiße Öfen geben. Aids gleich inbegriffen. Vielleicht kannst du froh sein, wenn er nicht mehr auftaucht«, sagte er zu Sabine gewandt, die ihn entsetzt ansah.

»Aber Alex«, unterbrach ihn sein Vater, »nun mach' Sabine nicht solche Angst. Vielleicht liegt er nur mit gebrochenen Knochen im Krankenhaus und die Sache ist in wenigen Tagen ausgestanden.«

Für Sabine war die Vorstellung vom Krankenhaus in Kenia allerdings nicht weniger schrecklich. Sie stellte sich Fliegen, Hitze und unsaubere Verhältnisse vor, die dort womöglich herrschten.

Vor dem Mittagessen zog sich Annabelle Leitner in die Küche zurück. »Ich muss nach dem Braten sehen«, verabschiedete sie sich. »Ihr könnt so lange noch eine Runde schwimmen oder im Garten spazieren.«

»Klar, komm Sabine, wir hüpfen in den Pool«, griff Alexander die Anregung seiner Mutter auf.

»Ich habe keinen Bikini dabei«, entschuldigte sich Sabine, die nicht die geringste Lust hatte, gemeinsam mit Alexander zu baden.

»Das macht nichts«, lachte Alexander, »wir kennen uns doch. Zuschauen kann niemand. Die Hecken sind hoch genug.«

»Das kommt nicht infrage. Auf keinen Fall werde ich nackt in den Pool steigen.«

»Nun lass sie, Alexander. Wenn sie nicht möchte, musst du das akzeptieren«, mischte sich der Vater ein. »Ich werde eine Runde mit Nicole drehen.«

Er nahm Nicole Flieger am Arm und zog sie mit sich fort. Sie durchquerten die Rosenbeete, welche unterhalb der Terrasse angelegt waren. Über eine Obstbaumwiese, welche an die Rosenbeete anschloss, erreichten sie ein Gartenhaus, das unter knorrigen alten Eichen versteckt lag.

»Du kennst ja meine kleine Fluchtburg«, lachte Oskar Leitner.

Das Gartenhaus war massiv aus schweren Holzbalken gebaut und machte eher den Eindruck einer zünftigen Almhütte. Das Holzhaus besaß eine Terrasse mit Sitzbank vor dem Fenster. Der Innenraum war gemütlich eingerichtet. Vor den Fenstern hingen rot-weiß karierte Vorhänge und das zünftige Holzbett mit rustikalen Schnitzereien war ebenfalls rot-weiß kariert bezogen.

»Annabelle ist mit dem Braten beschäftigt«, sagte Oskar Leitner und legte seinen Arm um Nicole.

Sie lächelte. Das war ein Mann, dachte sie. Zerrte sie in seine Liebeshöhle, während seine Frau in der Küche stand und sich um den Braten kümmerte. Der Druck seines Armes wurde kräftiger. Mit der rechten Hand fuhr er ihr in den Nacken und wühlte in ihren blond gefärbten Haaren.

»Wir sind hier ganz unter uns«, flüsterte er.

»Aber wenn Alexander und Sabine kommen?«

»Ich habe Alexander das Gartenhaus verboten.«

»Und du meinst, er hält sich daran?«

»Darauf schwöre ich. Er würde es niemals wagen.«

»Doch deine Frau, sie könnte jeden Augenblick erscheinen. Es ist mir unheimlich, ich habe Angst.«

»Dummerchen. Die ist in der Küche beschäftigt. Wir müssen nachher nur ihren Braten loben«, lachte er verschmitzt aus seinen dunkelbraunen Augen.

Er zog Nicole zum hölzernen Bett, begann ihre Bluse aufzuknöpfen, streichelte ihr zärtlich über die Brust, die sie ihm sehnsüchtig entgegenstreckte.

»Ich will dich«, stöhnte sie.

»Ich dich auch.«

»Gut, dass Bernhard nichts weiß.«

»Und dass er im Knast sitzt …«

Nicole Flieger war rasend vor Erregung, nicht mehr zimperlich in ihrer Wortwahl und stöhnte heftiger. Sie riss sich die Kleider vom Leib, klammerte sich an ihm fest, schob sich ihm entgegen. Das Holzbett knarrte, hatte selten ein größeres Vergnügen erlebt, aber es war stark und hielt die beiden aus, die sich völlig von Sinnen rhythmisch bewegten.

»Jetzt komm«, kreischte sie. Sie biss ins Kissen, schüttelte sich unter ihm und lag ganz still da, als es vorbei war.

»Darauf habe ich seit Tagen gewartet«, flüsterte sie.

»Ich auch.«

Eine Zeit lang schwiegen sie. Sie lauschten den Geräuschen des Gartens, dem leichten Wind in den Eichen, dem

Klopfen eines Spechtes und den Amseln, die ihr Lied sangen.

»Der Braten wird sicher fertig sein. Wir müssen uns beeilen«, flüsterte Nicole irgendwann. Sie schlüpfte in ihre Kleider, zog sich die Lippen nach und kämmte sich. »Nun mach' schon, wir müssen zurück zu den anderen.«

Doch Oskar Leitner hatte Zeit, viel Zeit. Er wusch sich an der Regentonne hinter dem Gartenhaus und zog sich in aller Seelenruhe an.

»Sie macht einen ganz besonderen Braten«, sagte er. »Den habe ich mir gewünscht. Sie gibt sich große Mühe.«

Nicole Flieger kicherte. »Du bist ganz schön raffiniert.«

Als sie zur Terrasse zurückkehrten, saß Alexander Leitner allein vor einem Maßkrug. Er musterte seinen Vater von Kopf bis Fuß und lächelte.

»Sabine ist gegangen«, sagte er.

»Warum denn das?«

»Ich wollte mit ihr im Garten spazieren, wollte ihr den Geräteschuppen zeigen, aber sie kam nicht mit.«

»Den Geräteschuppen?«

»Ja, den Geräteschuppen. Das Gartenhaus war schließlich belegt.«

Nicole Flieger errötete. Sie fühlte sich von Alexanders Blicken durchbohrt und hatte das Gefühl, dass er genau wusste, was im Gartenhaus geschehen war.

»Warum ist sie gegangen?«, fragte sie.

»Ich dachte, dass wir es uns ein wenig gemütlich machen. Wollte sie mit in den Geräteschuppen nehmen, aber sie wollte nicht, fing an zu zetern und ist abgehauen.«

Nicole Flieger konnte sich vorstellen, was er mit ›gemütlich machen‹ meinte. Er hatte sie bedrängt und sie war geflohen. »Du hättest sie nicht so drängen sollen«, sagte sie. »Im Moment ist sie sehr empfindlich.«

»Mehr als empfindlich«, bestätigte Alexander Leitner. »So kenne ich sie gar nicht. Früher war sie nicht so.« Alexander hatte seine Maß fast geleert und bekam Schwierigkeiten, klar zu sprechen. »Man muss ihr Zeit lassen, viel Zeit lassen«, murmelte er.

Im selben Augenblick trat seine Mutter auf die Terrasse. »Das Essen ist fertig. Bitte zu Tisch!« Sie sah sich suchend um. »Wo ist Sabine?«

»Die ist gegangen.«

»Gegangen?«

»Ja, sie wollte nicht mehr«, sagte Alexander.

Annabelle Leitner schüttelte den Kopf. »Du wirst ihr zugesetzt haben, Grobian. Von alleine läuft das Mädchen nicht weg. Du musst dich einfach in ihre Lage versetzen. Ihr Liebster ist verschwunden. Da kann sie sich nicht Hals über Kopf in deine Arme werfen.«

Sie gingen ins Esszimmer in dem die Tafel festlich gedeckt war. Man hatte auch von diesem Zimmer Aussicht über die ganze Stadt. Die Türme des Aschaffenburger Schlosses schimmerten in der mittäglichen Sonne.

»Bitte, nehmt Platz«, forderte Annabelle Leitner auf. »Oskar, würdest du bitte den Wein servieren?«

Oskar Leitner entkorkte die Flasche, schnupperte am Korken, goss sich einen Schluck ein, schwenkte den Wein im Glas, roch daran und kostete.

»Mhmm, ein vorzüglicher Tropfen.«

»Ich habe eine der älteren Flaschen genommen«, erklärte Annabelle Leitner. »Sie müssen wissen, heute ist unser 30. Hochzeitstag«, wandte sie sich an Nicole Flieger.

Diese errötete. 30. Hochzeitstag! Und er hatte es völlig ungeniert mit ihr getrieben, während seine Frau brav in der Küche stand und kochte.

»Bernhard und ich sind im kommenden Jahr immerhin zehn Jahre verheiratet«, sagte sie, »ich hoffe, dass er bis dahin wieder bei uns ist.«

»Das hoffen wir alle«, bemerkte Oskar Leitner, obwohl er sich genau das Gegenteil wünschte und an die heiße Liebe mit Nicole dachte.

»Zur Feier des Tages habe ich ein Chateaubriand mit Speckbohnen und Macaire-Kartoffeln zubereitet«, verkündete Annabelle Leitner stolz. »Bei diesem Gericht hat er mir vor über 30 Jahren seinen Heiratsantrag gemacht. Weißt du noch, Oskar?«

»Na klar. Werde ich nie vergessen. So zart, so rosarot war das Fleisch, wie unsere Liebe.«

Annabelle Leitner schnitt das köstliche Lendenstück in Scheiben. Zartrosa glänzte das Fleisch.

»Was wäre ich ohne dich, Annabelle!«, seufzte Oskar Leitner zufrieden. »Fast freue ich mich bereits auf nächstes Jahr.«

Als er das sagte, zwinkerte er Nicole Flieger unmerklich zu.

»Mhmm, schmeckt das lecker«, lobte sie das butterzarte Fleisch. »Da würde ich auch nächstes Jahr nicht Nein sagen.«

»Auf die Liebe«, prostete Oskar Leitner allen zu.

»Auf die Liebe«, sagte Nicole Flieger und stieß mit Oskar Leitner und seiner Frau an.

Kommissar Rotfux war außer sich. Friedhofsschändung in Aschaffenburg! Er beugte sich über das Grab von

Ilona Drucker auf dem Altstadtfriedhof und sah sich die Bescherung an. Der Grabstein war mit einem Pentagramm beschmiert, die rote Farbe oder das Blut in dicken Tropfen nach unten bis ins Erdreich gelaufen, eine tote schwarze Katze lag zwischen den Pflanzen vor dem Grabstein, sechs schwarze Kerzen steckten im Boden und waren bis zur Hälfte runtergebrannt. Alles deutete darauf hin, dass hier eine satanische Messe stattgefunden hatte.

»Unglaublich«, murmelte Rotfux. »Bernhard Flieger kann es nicht gewesen sein. Der sitzt in Untersuchungshaft.«

Gerda Geiger, der junge Seidelmann und Otto Oberwiesner standen um den Kommissar herum.

»Und was ist jetzt mit Bernhard Flieger?«, fragte Seidelmann.

»Entweder hat er Komplizen oder mit der Sache gar nichts zu tun«, brummte Oberwiesner. »Natürlich könnten auch irgendwelche Satanisten hier ein übles Spielchen getrieben haben.«

»Wir müssen alles genauestens untersuchen«, sagte Rotfux. »Vielleicht gibt es Übereinstimmungen mit den bisherigen Spuren. Pinselhaare, Katzenblut, Fußabdrücke, irgendetwas, was uns zu den Tätern führt.«

Der junge Seidelmann entfernte sich kurz, kam aber gleich darauf ganz aufgeregt zurück.

»Herr Kommissar«, stammelte er, »auch das Grab von Maria Beletto wurde geschändet. Dort liegt eine tote Katze, sechs abgebrannte schwarze Kerzen stecken im Boden, und das Holzkreuz, auf dem ihr Name steht, ist mit kleinen roten Pentagrammen beschmiert.«

»Es hat also etwas mit diesen Morden zu tun«, murmelte Rotfux. »Die Verursacher wollen uns auf den

Zusammenhang der beiden Morde hinweisen. Vielleicht gibt es doch Satanisten in Aschaffenburg, auf deren Fährte wir noch nicht gestoßen sind.«

Während der junge Seidelmann und Gerda Geiger sofort mit der Spurensicherung begannen, fuhr Rotfux mit dem dicken Oberwiesner zum Kommissariat zurück.

»Es scheint kein Ende zu nehmen«, seufzte er. »Rätsel über Rätsel. Zuerst die Spuren vom Tatort in Mespelbrunn an den Motorradstiefeln von Bernhard Flieger – aber er hat ein handfestes Alibi. Jetzt diese satanischen Schmierereien – während er in Untersuchungshaft sitzt. Irgendetwas stimmt da nicht ...«

19

Der Massai-Krieger schlich sich im hüfthohen Gras an den Löwen heran. Er verfolgte ihn mit seinen Freunden seit vier Stunden. Er würde ihn töten, töten, damit er eine Frau haben konnte, das war so bei seinem Stamm. Sie wussten, dass die Regierung das Töten von Löwen verboten hatte, aber es interessierte sie nicht. Die Regierung saß weit weg in Nairobi und wusste nichts von den Göttern der Massai, die ihnen dieses Land gegeben hatten, die ihnen die Rinder geschenkt und es zum Gesetz gemacht hatten, dass nur der eine Frau haben durfte, der den König der Savanne mit dem Speer tötete.

Er schlich sich gegen den Wind an ihn heran, den Speer in der rechten, den Schild in der linken. Über dem muskulösen Oberkörper waren Perlenschnüre gekreuzt, bunter Perlenschmuck zierte Stirn und Hals, ein orangefarbenes Tuch war um seine Hüften gebunden. Bald würden die Krallen des Löwen an seinem Hals baumeln, als Trophäe, als Zeichen, dass er eine Frau haben durfte. Sie hatten das stattliche Tier eingekreist. Er würde ihm als erster entgegenspringen, würde mit ihm kämpfen, würde seinen Speer in ihn bohren, ihm den Todesstoß versetzen.

Der Löwe hatte ihn noch nicht bemerkt, aber er wurde unruhig, stand einen Moment lang still, hob den Kopf und schien Witterung aufzunehmen. Dann ging er mit schwingenden Bewegungen langsam weiter. Das Gras wurde höher. Nur sein Kopf und die Schultern waren zu sehen. Der Massai-Krieger fragte sich, was das zu bedeuten hatte. Das Tier war abgelenkt, schien etwas vor sich bemerkt zu haben. Plötzlich richtete sich eine lächerliche Figur in etwa 200 Meter Entfernung auf, ein Weißer mit einem Klappspaten, der voll im Wind stand und wohl verrückt geworden sein musste.

Du wirst mir meine Beute nicht rauben, dachte der junge Moran. Er begann zu rennen. Die Perlenschnüre auf seiner Brust bewegten sich rhythmisch und verursachten ein klickendes Geräusch. Der Löwe rannte mit mächtigen Sprüngen auf den Weißen zu, der weiterhin seinen Spaten schwang, als ob man mit einem Spaten etwas gegen den König der Savanne ausrichten konnte. Mit wütendem Brüllen warf sich der Löwe auf ihn. Im selben Augenblick war der junge Moran bei ihm. Er stieß ihm seinen Speer mit aller Kraft in die Seite. Das Tier warf seinen Kopf herum, wollte sich auf den Moran stürzen, aber der Speer zeigte bereits Wirkung. Der Löwe begann zu taumeln und sank mit einem mächtigen Brüllen zu Boden. Den Weißen begrub er halb unter sich. Stolz richtete sich der junge Moran auf und versetzte dem sterbenden Tier den Todesstoß. Das war sein Löwe. Inzwischen kamen auch die übrigen Morani mit wildem Geschrei zum getöteten Löwen, dessen Kopf mit der stattlichen Mähne auf die Seite gesunken war und dessen Pranken ein letztes Mal unruhig zuckten. Sie nahmen Thomas und den Löwen mit, trugen beide durch die Savanne, bis sie ihr Massai-Dorf erreichten, das in der Nähe eines Flusses lag.

Irgendwann kam Thomas wieder zu sich. Es war dunkel. Die Luft roch nach Rauch, er hörte das Meckern einer Ziege und fragte sich, was das zu bedeuten hatte. Sein Blick ging nach oben, streifte das Hüttendach aus geflochtenen Zweigen und blieb an einer etwas größeren Öffnung hängen, durch welche er die Sterne sehen konnte. Mein Gott, ich lebe, dachte er. Ich habe den Kampf mit dem Löwen überstanden, liege hier auf einer Lederpritsche, wahrscheinlich bei den Massai. In der Mitte der Hütte glimmte ein Feuer, welches seinen Rauch durch die Öffnung in die Nacht entließ.

Gespannt kroch er zum Eingang der Hütte. Vorsichtig schob er seinen Kopf durch die geflochtene Türöffnung und spähte nach draußen. Im Halbkreis waren niedere, mit Kuhmist und Lehm beworfene Hütten zu sehen und dahinter türmte sich ein Wall aus Dorngestrüpp, der die Siedlung der Massai schützend umgab.

Thomas trat gebückt aus dem Eingang seiner Hütte, richtete sich taumelnd auf und hielt sich an der Seitenwand der Hütte fest, die ihm nur bis zur Brust reichte. Die frische Nachtluft durchströmte seine Lungen. Er sah das Sternenzelt über sich und wusste, dass er leben wollte, dass er kämpfen würde um sein Glück. In der Mitte des Dorfes befanden sich Schafe, Ziegen und Rinder hinter einer weiteren Dornenhecke. Die Ziegen begannen unruhig zu meckern und die Rinder scharrten und stampften, als sich Thomas dem Viehkral näherte. Jetzt bloß nicht das ganze Dorf aufwecken. Wenig später lag er wieder auf der Lederpritsche.

Er war nur mit einer Unterhose bekleidet und spürte seinen Massai-Schmuck am Hals und am Oberarm. Den hatten sie ihm gelassen. Vielleicht war es sein Glück gewesen, dass er sich im Baobab Ressort mit diesem Massai angefreundet hatte. Vielleicht hatten sie erkannt, dass dieser Schmuck echt war und ihn nur deshalb gerettet. Sein lederner Brustbeutel hing neben der Pritsche. Hose, Hemd und Schuhe lagen am Fußende. Thomas öffnete gespannt seinen Brustbeutel. Sein Pass, die Kreditkarte, der Kartenausschnitt aus dem Reiseführer – alles war noch vorhanden. Er legte den Brustbeutel um den Hals, als ob er damit seinen Besitzanspruch bekräftigen wollte, und schlief erschöpft wieder ein.

»Jambo!«, begrüßten ihn am nächsten Morgen zwei Massai-Frauen. Sie schienen sich zu freuen, dass er zu sich kam.

»Jambo«, antwortete Thomas, erhob sich langsam und zeigte auf den Eingang der Hütte. Die beiden Frauen schienen zu verstehen und ließen ihn passieren. Sie folgten ihm ins helle Tageslicht. Ihr Alter konnte er schwer abschätzen. Vielleicht waren sie 30 oder 40. Ihre Köpfe waren kahl rasiert, dafür durch Metallplättchen über der Stirn und Perlenschmuck an den Ohren reich verziert. Um den Hals trugen sie weit ausladende Halskragen aus Perlschmuck, Ober- und Unterarme waren durch perlenbestickte Lederbänder geschmückt. Ihre kräftigen Füße steckten in braunen Ledersandalen und um die Lenden hatten sie rote Wickeltücher geschlungen.

Tagsüber war das Massai-Dorf eher ausgestorben. Nur Frauen und ältere Männer hockten vor ihren Hütten. Die Frauen brachten Thomas in breiten Schalen eine Mischung aus Milch und Blut, die er gierig trank. Ich will leben, dachte er, muss wieder zu Kräften kommen.

Abends kehrten die Morani, die jungen Krieger, mit den Ziegen, Schafen und Rindern von den Weiden zurück. Von

Weitem hörte man das Blöken und Brüllen und Stampfen der Tiere, die in den Viehkral getrieben wurden. Kurz darauf nahm ein älterer Massai mit kahlgeschorenem Kopf und Armreifen aus Elfenbein Thomas zur Seite. Er führte ihn in den Viehkral zu den Ziegen und bat ihn, eine auszusuchen. Thomas wehrte sich einen Moment lang, begriff dann aber, dass sie für ihn ein Tier schlachten würden und dies eine große Ehre war. Er wusste aus einem Fernsehbericht, dass sie damit ihre Gastfreundschaft bewiesen. Also zeigte er auf eine weiße Ziege, die sofort von zwei jungen Morani gepackt und erstickt wurde. Nachdem die Ziege gebraten war, nahmen die Morani Thomas in ihre Mitte und begleiteten ihn zu einem Baum auf einem Hügel in der Nähe des Dorfes. Dort wurde das Fleisch unter den Männern verteilt, während die Frauen bei ihren Hütten aßen. Thomas saß ratlos unter den jungen Männern, deren lange rötliche Haare zu feinen Zöpfen geflochten waren. Er zögerte mit dem Essen und musterte sorgsam den Schmuck dieser Krieger. Bunte Perlenbänder schmückten Stirn und Hals und über den muskulösen Oberkörpern hingen gekreuzte Ketten.

»Meat good«, munterte ihn einer der jungen Morani auf. »Eat, eat!«

Mein Gott, der sprach Englisch. Thomas war augenblicklich hellwach. »Meat good«, antwortete er freudig, obwohl das Fleisch der Ziege ziemlich zäh war. »Meat very good.«

Als Thomas endlich wieder auf der Lederpritsche in seiner Hütte lag, blieb er noch lange wach, weil überall Stimmen zu hören waren. Das ganze Massai-Dorf schien in dieser Nacht aufgewühlt zu sein und nicht zur Ruhe zu kommen.

»Hello, you come with me?«, hörte er am nächsten Morgen eine Stimme und sah noch im Halbschlaf den Kopf des Englisch sprechenden Massai im Eingang seiner Hütte erscheinen.

»Where do you wanna go?«, fragte Thomas ihn.

»To the river, take a bath.«

Das ließ sich Thomas nicht zweimal sagen. Seine Haut war rußgeschwärzt, sein Haar verfilzt, sein Bart struppig – was konnte es Schöneres geben als sich endlich zu waschen? Rasch folgte er dem Massai zu den Hügeln in der Nähe des Dorfes und sah das Flussbett hell in der Ebene glänzen. Viel Wasser führte der Fluss nicht, aber der Massai brachte Thomas zu einer knietiefen Stelle, an der man sich ins Wasser legen konnte. Er besaß sogar ein Stück Seife, das er Thomas gab.

»Very good!«, lachte Thomas glücklich, während er seine Unterhose und sein Unterhemd auswusch und am Ufer zum Trocknen auslegte.

»Yes, very good!«, freute sich der Massai, der sich inzwischen als Nelion vorgestellt hatte und im Fluss lag.

»Woher kannst du Englisch?«

»Ich war in der Schule«, antwortete Nelion.

»Und nun besuchst du sie nicht mehr?«

»Nein, jetzt gehöre ich zu den Morani und hüte die Tiere oder ich tanze für die Touristen.«

Nachdem sie ausgiebig gebadet hatten, gab Nelion irgendwann das Signal zum Aufbruch. Mein Gott, war das ein Gefühl, sauber und in gewaschener Wäsche den Hütten des Massai-Dorfes entgegenzugehen. Thomas war so glücklich wie lange nicht mehr.

»Gibt es in der Nähe einen Ort oder ein Hotel?«, fragte er.

»Ja, aber es ist weit.«

»Wie weit?«

»Zu Fuß sechs Stunden.«

»Und wo ist das?«

»Serena Lodge, Massai Mara«, kam die Antwort.

»Warst du bereits in der Lodge?«

»Ab und zu tanzen wir dort.«

»Und wie kommt ihr hin?«

»Sie holen uns mit einem Lastwagen ab.«

»Meinst du, da könnte ich mitkommen?«

»Ich weiß nicht, das bestimmt der Laibon.«

»Wer ist der Laibon?«

»Das ist so etwas wie unser Dorfältester, gleichzeitig unser Medizinmann«, erklärte Nelion.

Thomas merkte, wie plötzlich die Gedanken in ihm arbeiteten. Er dachte an Sabine und fragte sich, wie er wieder nach Deutschland zurückkommen könnte.

»Wann tanzt ihr wieder in der Serena Lodge?«

»Das muss bald sein, ich weiß es nicht genau«, antwortete Nelion.

»Bekommt ihr dafür viel Geld?«

»Nein, nicht viel. Aber wir kaufen davon Zucker, Tee und was wir sonst noch brauchen.«

Tag für Tag wuchs Thomas' Ungeduld und steigerte sich ins Unermessliche, als Nelion und die anderen Morani nach einigen Tagen schon um die Mittagszeit mit den Tieren von der Weide zurückkehrten.

»Warum seid ihr so früh zurück?«, wunderte sich Thomas.

»Wir werden heute mit den Mädchen bei der Serena Lodge tanzen und dort Souvenirs verkaufen.«

»Oh, prima! Da komme ich gerne mit.«

»Wir müssen zuerst den Laibon fragen«, gab Nelion zu bedenken.

Das Gesicht des alten, gebückten Laibon verfinsterte sich, als er von Thomas' Wunsch hörte. Eine heftige Diskussion mit Nelion schloss sich an. Der Alte legte seine Stirn tief in Falten, gestikulierte wild mit seinen dürren Händen und zeigte auf die Schafe und Ziegen, die sich inzwischen vor dem Dorf drängten, während die Rinder bereits in den inneren Viehkral getrieben waren.

»Du sollst mit den alten Männern und den Frauen hier bleiben und die Ziegen und Schafe hüten«, übersetzte Nelion. »Es ist kein Platz auf dem Lastwagen und wir brauchen deine Hilfe.«

Tief enttäuscht senkte Thomas sein Haupt. Sie hatten ihm das Leben gerettet und brauchten seine Hilfe. Da war es selbstverständlich, dass er blieb. Trotzdem beschlich ihn das Gefühl, dass der alte Laibon noch anderes im Schilde führte. Irgendetwas stimmte nicht. Warum ereiferte er sich so? Gab es noch andere Gründe, warum Thomas bleiben sollte?

Er nahm einen Speer und zog mit den alten Massai vor das Dorf, wo sie die Schafe und Ziegen hüteten. Der Speer glänzte in der Sonne und Thomas kam sich plötzlich wichtig vor, als er die meckernden Ziegen, die sich in alle Richtungen verteilten, wieder näher ans Dorf trieb. Nach einiger Zeit sah Thomas den Lastwagen von der Lodge kommen, sah die Mädchen und die Morani auf die Ladefläche steigen, sah, wie sie Perlenschmuck, Speere und Schilde zum Verkauf aufluden und das Dorf verließen. Er hatte sich inzwischen mit einigen Ziegen zum Hügel bewegt, von dem aus man den Fluss und die Ebene überblicken konnte. Ich muss sehen, wohin der

Laster fährt, hatte er sich überlegt. Er beobachtete, wie der Lkw schwankend wie ein Schiff das fast ausgetrocknete Flussbett durchquerte, am Fluss entlang Richtung Westen abdrehte und zwischen den Hügeln verschwand. Ich werde seiner Spur folgen, schwor sich Thomas. Wenn sie mich hier festhalten, muss ich eben eines Tages auf eigene Faust fliehen.

Am nächsten Morgen wurde er durch Motorengeräusche geweckt. Er schaute durch den Eingang seiner Hütte und es blieb ihm fast das Herz stehen. Durch das Dornengestrüpp, welches das Dorf der Massai umgab, erkannte er den Landrover der beiden Entführer. Mist, schoss es ihm durchs Hirn. Deshalb wollte ihn der alte Laibon nicht ziehen lassen. Sie steckten möglicherweise unter einer Decke oder der alte Massai bekam viel Geld, wenn er ihn auslieferte. Noch nie hatte sich Thomas so schnell angezogen wie an diesem Morgen. Er machte die Knöpfe an Hose und Hemd nicht zu, warf sich den Brustbeutel über, stieg in seine Camel-Boots, zog den Hosengürtel zu und huschte aus seiner Hütte. Vorbei am Dornengestrüpp schnell zum Hintereingang, der zum Ufer führte, verschwand er aus dem Dorf. Er sah sich nicht um, rannte zum Fluss, folgte den Lkw-Spuren, die dort noch von der letzten Fahrt zur Lodge zu sehen waren. Diesmal hatte er nichts mitnehmen können. Kein Spaten würde ihn schützen, kein Seil konnte ihm helfen, nur das nackte Leben hatte er gerettet, jedenfalls zunächst.

Im Dorf heulte der Landrover auf. Sie mussten sein Fehlen bemerkt haben. Was jetzt? Nirgendwo war ein Baum oder Strauch in der Nähe, hinter dem er sich hätte verstecken können. Blieb nur der Fluss. Thomas warf sich mit seinen Kleidern komplett hinein, fand zum Glück eine tiefere Mulde, in der er gut verschwinden konnte. Der Landrover kurvte um das Dorf herum. Klar, sie suchen mich, dachte Thomas. Er ging mit dem Kopf unter Wasser und schob in kurzen Abständen vorsichtig die Nasenspitze über die Oberfläche, um Luft zu schnappen. Die Minuten kamen ihm wie Stunden vor. Als er den Kopf leicht aus dem Wasser hob, sah er, dass auch die jungen Morani ausschwärmten, um ihn zu suchen.

Jetzt bin ich verloren, dachte er. Er drückte den Kopf wieder unter Wasser und wartete. Er hörte, wie die Morani am Ufer des Flusses nach ihm fahndeten, mit ihren Speeren ins Wasser stießen, laut seinen Namen riefen, wieder und wieder … Als er es nicht mehr unter Wasser aushielt, schob er langsam sein Gesicht an die Oberfläche. Über ihm am Ufer stand der junge Moran, der ihm im Kampf mit dem Löwen das Leben gerettet hatte. Nelion hatte ihm davon erzählt. Er lächelte. Während die anderen wild mit ihren Speeren im Fluss stocherten, stand er da und lächelte. Thomas meinte zu bemerken, dass der junge Krieger seinen Halsschmuck musterte, den er von seinem Massai-Freund in Mombasa geschenkt bekommen hatte. Er wollte sich schon erheben und aufgeben, da drückte ihn der Moran mit seinem Speer sanft unter Wasser. Er riss sich zusammen und blieb so lange wie möglich unten. Als er das nächste Mal wieder das Gesicht aus dem Fluss hob, bemerkte er, dass die Massai abgezogen waren. Nur ein Speer lag am Ufer, genau an der Stelle, an der sein Lebensretter gestanden hatte. Wahnsinn, dachte Thomas. Er hatte ihm zum zweiten Mal das Leben gerettet und ihm sogar den Speer geschenkt, mit dem er den Löwen getötet hatte. Konnte es ein größeres Zeichen der

Liebe und der Zuneigung geben? Dieser Speer würde es mit den Souvenirs von Johann Flieger mehr als aufnehmen. Dieser Speer war das Kostbarste, was Thomas Drucker in Kenia erhalten hatte, und er würde ihn nie mehr aus der Hand geben.

Eine Zeit lang blieb er noch im Wasser. Erst als er hörte, dass der Landrover das Massai-Dorf verließ, stand er auf und folgte der Spur der Lkw-Reifen zur Serena Lodge. Fast die gesamte Strecke führten die Reifenspuren am Fluss entlang. Thomas ging vorsichtig, suchte Deckung hinter Bäumen und Büschen und lauschte, ob der Jeep wieder zu hören war. Am späten Nachmittag tauchte die Lodge vor ihm auf. Er sah sie auf einer Anhöhe liegen, eingebettet in das Grün der Hügelkette, im Stil eines Massai-Dorfes aus graugrünen Hütten bestehend. Als er die letzte Anhöhe nahm, versuchte er sich sein Aussehen vorzustellen. Sein Safarianzug war schmutzig und zerknittert, nach seiner Flucht am Körper getrocknet. Rasiert hatte er sich seit Wochen nicht mehr. Ein struppiger Bart verdüsterte sein Gesicht. Die Haare waren lang geworden und bedeckten komplett die Ohren. Mit seinem Hals- und Armschmuck und dem Speer wirkte er fast wie ein weißer Massai. Hoffentlich werfen sie mich nicht sofort aus der Lodge, dachte er. Er zog seine Kreditkarte aus dem Brustbeutel und sah sie genau an. Beschädigt schien sie nicht zu sein, also hoffte er, dass sie funktionierte.

Er hatte Glück. Nachdem er seine Kreditkarte vorgelegt hatte, gab man ihm einen Bungalow mit Blick über die weite Landschaft. Es kam Thomas wie ein Traum vor, dort Zebras und Antilopen grasen zu sehen, während er endlich in Sicherheit war. Wie neu geboren fühlte er sich, als er unter der Dusche stand. Eine braunrote Brühe lief an seinem Körper nach unten. Er duschte drei Mal hintereinander, bis er endlich das Gefühl hatte, wieder sauber zu sein. Am liebsten hätte er sofort einen Rundgang durch die Lodge unternommen, aber das ging nicht. Er hatte seine Kleider unter der Dusche gewaschen und zum Trocknen in seinem Bungalow aufgehängt.

Thomas fühlte sich plötzlich furchtbar müde. Er legte sich im Bademantel auf das Bett und war wenig später eingeschlafen. Erst spät in der Nacht wachte er wieder auf. Er öffnete das Fenster und schaute über die weite Ebene. In diesem Bungalow fühlte er sich irgendwie eingesperrt. Es fehlten ihm die Sterne, die Geräusche der Nacht, der leise Wind in den Akazien und es fehlten ihm die Massai, die sein Leben gerettet hatten. Sein Blick fiel auf den glänzenden Speer, der neben dem Bett an der Wand lehnte. Von ihm würde er sich nie mehr trennen.

20

Aschaffenburg war festlich gestimmt. Den Bussen hatte man bunte Wimpel aufgesteckt, an allen öffentlichen Gebäuden wehten Flaggen im Wind, in der Fußgängerzone waren Fähnchen quer über die Gassen gespannt.

Aschaffenburger Fashion Week war das Zauberwort. Der alte Johann Flieger hatte die Idee gehabt: »Lasst uns eine Mode-Messe durchführen, um die Leistungen der Aschaffenburger Bekleidungsindustrie noch besser bekannt zu machen.«

Er hatte lange dafür gekämpft. Endlich war es so weit. Alle waren schließlich dafür, Oberbürgermeister und Landrat wollten bei der Eröffnung sprechen, in der ganzen Stadt wurden Bühnen aufgebaut, auf denen die örtlichen Firmen ihre Kollektionen präsentieren sollten. Sogar der bayerische Ministerpräsident ließ es sich nicht nehmen, sich als Förderer der heimischen Wirtschaft zu präsentieren.

Die Stadthalle war festlich beleuchtet. Bereits in der Tiefgarage traf Sabine Flieger auf Alexander Leitner. Sie steckte in einem eng anliegenden, schwarzen Kleid und sah umwerfend aus. Sie trug ihre blonden Haare offen und machte den Eindruck, als müsse sie ihren Vater und dessen Firmenanteile würdevoll repräsentieren.

»Na, auch hier?«, begrüßte sie Alexander.

»Blöde Frage«, hätte sie am liebsten gesagt. Sie biss sich stattdessen auf die Zunge, sagte gar nichts, ging stumm an ihm vorbei, war noch tief getroffen von den heftigen Annäherungsversuchen bei ihrem letzten Besuch bei Leitners.

Ihre Mutter und Oskar Leitner begrüßten sich überschwänglich mit Küsschen rechts und Küsschen links, während Annabelle Leitner aus dem schweren Mercedes stieg, der kaum in die Parklücke passte.

»Ich konnte für uns alle am selben Tisch reservieren«, verkündete Oskar Leitner freudig. »Eine gute Gelegenheit, sich ein wenig zu unterhalten.«

Sabine lief ein unbehaglicher, kalter Schauer über den Rücken. Lieber wäre sie am anderen Ende der Welt gewesen, als mit Alexander Leitner und seinen Eltern auf diesem Ball am selben Tisch zu sitzen. Sie stand unter Beobachtung. Die Presse interessierte sich mehr für sie, als ihr lieb war.

Als sie den Treppenaufgang aus der Tiefgarage nach oben kamen und die gläsernen Eingangstüren zum Erdgeschoss der Stadthalle passierten, gab es ein Blitzlichtgewitter. Sabine versuchte auf dem roten Teppich Abstand von Alexander zu halten, aber der drängte sich neben sie, strahlte in die Kameras, wollte offensichtlich mit ihr fotografiert werden, um seine Nähe zu ihr zu beweisen.

»Später kann man sicher die Bilder kaufen«, freute er sich.

Sabine war das unangenehm. Sie wollte keine gemeinsamen Bilder mit ihm, doch sie konnte es nicht verhindern, denn wenn sie ihn von sich gestoßen hätte, wäre es sofort zum Eklat gekommen. Die Presse wusste von ihrer früheren Beziehung und beobachtete alles ganz genau.

Oskar Leitner hatte einen der vorderen Tische reserviert, direkt bei der Tanzfläche. Sabine war froh, dass sie wenigstens nicht neben Alexander Leitner sitzen musste, sondern einen Platz zwischen ihrem Opa, Johann Flieger, und ihrem Onkel, Martin Flieger, bekam.

»Wir müssen zusammenhalten«, hatte ihr Großvater sehr nett gesagt, als es um die Platzverteilung ging.

Er war nervös, da er den Ball eröffnen sollte. Selbst sein hohes Alter schützte ihn vor Lampenfieber nicht. So blätterte er unruhig in einigen Zetteln und ergänzte hier und da etwas in seinem Redemanuskript. Sabine sah ihm dabei zu und bewunderte den großen alten Mann der Aschaffenburger Bekleidungsindustrie. Braun gebrannt und mit vollem weißem Haar sah er beeindruckend aus in seinem dunklen Anzug mit weinroter Krawatte.

»Ich freue mich, dass es endlich so weit ist«, seufzte er. »Du kommst mit mir nach vorne zum Mikrofon, Sabine. Bei der Eröffnung unseres großen Balles darf das Weibliche nicht fehlen.«

Sabine fuhr zusammen. Damit hatte sie nicht gerechnet. Wenn er ihre Mutter gebeten hätte oder die Frau von Martin Flieger, ihrem Onkel. Aber ausgerechnet sie?

»Ich weiß nicht«, stammelte sie, »die vielen Leute, und die Zeitung.«

»Aber ich weiß«, sagte Johann Flieger sehr bestimmt. »Ich brauche dich nur anzusehen, dann fühle ich ganz genau, dass du die Richtige bist. Du wirst Flieger-Moden vertreten. Komm, mein Kind …«

Er bot ihr den Arm an, zog sie förmlich mit sich, sie konnte nichts mehr sagen und ging mit ihm zum Mikrofonständer, der vorn auf der Tanzfläche aufgebaut war. Im selben Augenblick wurde der Saal verdunkelt, ein silberner Lichtkegel verfolgte ihre Schritte. Als sie sich umdrehten, sahen sie, geblendet vom Licht, nur noch schemenhaft die Tische mit den Gästen. Johann Flieger räusperte sich, klopfte kurz ans Mikrofon, im Saal kehrte Ruhe ein, die letzten Gäste huschten zu ihren Plätzen, dann begann er zu sprechen.

»Sehr geehrter Herr Ministerpräsident, Herr Oberbürgermeister, Herr Landrat, liebe Freunde und Förderer der Aschaffenburger Bekleidungsindustrie, es ist mir eine große Freude, zusammen mit meiner Enkelin Sabine, diesen Ball zu eröffnen. Schauen Sie sich diese junge Dame an. Sie trägt ein Kleid, das in Aschaffenburg gefertigt wurde. Wir brauchen uns damit in der Modewelt nicht zu verstecken.«

Er sah zu Sabine und berührte sie freundlich am Arm.

»Ich begrüße das Fernsehen, die Vertreter von Rundfunk und Presse, die stets sehr wohlwollend und mit großem Interesse über unsere Mode berichtet haben. Herzlichen Dank, meine Damen und Herren!«

Johann Flieger sagte noch einiges zur Aschaffenburger Bekleidungsindustrie, gab einen kurzen historischen Abriss und kam zum Schluss. »Ich wünsche Ihnen einen wunderschönen Abend, meine sehr verehrten Damen und Herren!«, schloss er seine Ansprache.

Ein langsamer Walzer ertönte, Johann Flieger führte seine Enkelin Sabine in die Mitte der Tanzfläche und eröffnete mit ihr den Ball. Das Publikum klatschte mit gutem Grund. Traumhaft schwebte das ungleiche Paar übers Parkett, er, der Grandseigneur der Mode, weißhaarig, elegant, und sie, das blühende, ungestüme Leben, ein blonder Lockenkopf, der Männerherzen höher schlagen ließ.

»Ich bin froh, dass du bei mir bist. Danke dir, mein Kind«, flüsterte er ihr zu.

»Bitte, mache ich doch gern.«

Nach und nach füllte sich die Tanzfläche und irgendwann führte Johann Flieger seine Enkelin zurück an den Tisch.

»Danke, Sabine. Das hast du toll gemacht. Mit deinem Kleid bist du zudem eine Spitzenwerbung für unsere Firma. Bilder von dir werden in allen Medien erscheinen.«

Bevor sich Sabine setzen konnte, stürzte Alexander Leitner auf sie zu und bat um den nächsten Tanz. Fast hätte er Johann Flieger dabei umgerempelt.

»Na, na, sachte junger Freund«, wehrte der sich. »Nun lassen Sie Sabine bitte erst einen Moment verschnaufen. Der Abend ist noch lang.«

Sabine war froh, dass sie fürs Erste durch ihren Opa gerettet wurde. Wie ein geprügelter Hund zog Alexander Leitner von dannen und setzte sich wieder auf seinen Platz an der anderen Seite des Tisches.

»Wie geht es dir, Sabine?«, fragte Johann Flieger, nachdem er zwei Gläser Weißwein eingeschenkt hatte und ihr damit zuprostete.

»Nicht besonders. Ich habe weiterhin nichts von Thomas gehört.«

»Mhmm, wirklich wie verhext. Es scheint nicht die geringste Spur von ihm zu geben. Ich habe in den letzten Tagen nochmals alle Firmen angerufen, die er in Nairobi besucht hat. Er ist überall gewesen, hat alle Termine pünktlich wahrgenommen und es ist nichts Besonderes aufgefallen. Zuletzt habe ich mit Moses Loroupe gesprochen, dem Geschäftsführer der Firma Bamburi, auch dort ist alles normal verlaufen. Loroupe erzählte mir, dass sie über Safaris geredet haben. Aber er wusste nicht, ob Thomas tatsächlich an einer teilgenommen hat.«

»Ich verstehe das alles nicht«, seufzte Sabine. »Normalerweise hätte er mich angerufen, wenn er zu einer Safari gestartet wäre.«

»Ich sagte dir doch schon«, mischte sich Alexander Leitner in das Gespräch ein, »er wird mit einer Schwarzen ausgegangen sein und hat sich in die Geheimnisse der schwarzen Magie … äh, ich meine, der schwarzen Liebe einweisen lassen.«

Johann Flieger hörte über diesen Einwurf hinweg und Sabine ließ sich ebenfalls nichts anmerken.

»Wir geben die Hoffnung nicht auf«, tröstete Johann seine Enkelin. »Vielleicht ist einfach nur ein dummer Unfall passiert und er kommt irgendwann zurück, wenn wir es alle gar nicht erwarten.«

Kommissar Rotfux hatte sich und seinen Leuten Zutritt zum Ball verschafft und beobachtete die Szene. Er sah ungewohnt feierlich aus im dunklen Anzug mit silbergrauer Krawatte.

»Wir müssen versuchen, Anhaltspunkte für die Morde zu finden«, hatte er Gerda Geiger, dem dicken Oberwiesner und dem jungen Seidelmann eingeschärft. »Die Morde haben irgendetwas mit diesen Familien und der Bekleidungsindustrie zu tun. Zwar sitzt Bernhard Flieger in Untersuchungshaft, aber er beteuert seine Unschuld und manchmal glaube ich, dass er die Wahrheit sagt. Beobachtet bitte alles genau: Wer tanzt mit wem? Wer flüstert mit wem? Es kann alles wichtig sein.«

Der junge Seidelmann glühte daraufhin vor Eifer. Er führte mehrere Strichlisten, pendelte im großen Saal hin und her, machte unauffällig Fotos mit seiner Mini-Kamera und schlich sogar an der Tanzfläche herum, um die Tanzenden zu beobachten. Oberwiesner hingegen verfolgte ganz gelassen, wie das Buffet im Foyer vor dem großen Saal aufgebaut wurde, und überlegte sich, wo er zuerst zugreifen würde. Gerda Geiger hatte sich im kleinen Saal an einen der Seitentische gesetzt, von denen man alles überblicken konnte, und schaute eher gelangweilt in die Runde.

»Na, schon etwas entdeckt?«, fragte Rotfux den jungen Seidelmann, als der ihm in der Nähe der Tanzfläche über den Weg lief.

Seidelmann zückte seine Strichlisten und ging sie kurz durch.

»Der alte Flieger spricht schon länger mit seiner Enkelin Sabine.«

»Mhmm«, brummte Rotfux.

»Oskar Leitner hat mehrfach mit Nicole Flieger getanzt.«

»Die braucht wohl Unterhaltung, seit ihr Mann in Untersuchungshaft sitzt. Sonst noch etwas von Bedeutung?«

»Ich konnte hören, dass die beiden vom Zusammenschluss ihrer Firmen sprachen. ›Maintex‹ wollen sie die neue Firma nennen.«

»Ist ja interessant«, sagte Rotfux leise. »Aber da wird der alte Flieger sicher ein Wörtchen mitzureden haben.«

Rotfux nickte Seidelmann freundlich zu und ermunterte ihn, mit seinem Bericht fortzufahren.

»Die Frau von Oskar Leitner sitzt ziemlich gelangweilt

am Tisch und Alexander Leitner hat mehrfach versucht, Sabine Flieger zum Tanz aufzufordern.«

»Und? Tanzt sie mit ihm?«

»Bisher nicht.«

»Mhmm«, brummte Rotfux wieder. »Prima, Seidelmann. Machen Sie weiter so. Irgendwann wird sich ein Bild ergeben.«

Der Kommissar ging zwischen den ansteigenden Tischreihen nach oben zum Foyer. Er war beeindruckt von der festlichen Stimmung, welche die perfekt dekorierte Stadthalle ausstrahlte. Hut ab vor Johann Flieger, dachte er. Mit der Aschaffenburger Fashion Week hatte er der Stadt ein Juwel geschenkt, das nicht nur die Modebranche schmückte. Beim Buffet traf er Oberwiesner.

»Na, was entdeckt, Otto?«

»Außer dem Buffet nicht viel«, lachte Oberwiesner. Er konnte sich diesen Scherz erlauben, denn er kannte den Kommissar seit mehr als 20 Jahren.

»Eine Sache ist mir aufgefallen. Nicole Flieger und Oskar Leitner sind zusammen zur Toilette gegangen und haben sich danach länger im Foyer unterhalten. Dabei hat sie mehrmals schallend gelacht. Wenn mein Mann in Untersuchungshaft säße, würde ich mich ehrlich gesagt zurückhalten, meinst du nicht?«

»Mhmm«, brummte Rotfux. »Da hast du recht. Bitte, Otto, halt die Augen weiter offen, auch wenn das Buffet noch so lecker aussieht.«

Durch die gläserne Fensterfront waren vom Foyer aus die angestrahlten Türme des Aschaffenburger Schlosses zu sehen. Aschaffenburg ist wirklich schön, dachte Rotfux.

Sabine Flieger sah, wie Alexander sich erhob, in ihre Richtung schaute, auf sie zukam und sich verbeugte.

»Darf ich bitten, Sabine?«

Er gab sich große Mühe, Johann Flieger nickte zustimmend, Oskar Leitner lächelte in ihre Richtung und sie wusste, dass sie diesmal nicht ablehnen konnte. Sie presste sich ein »Gern doch« heraus, erhob sich und folgte ihm auf die Tanzfläche.

»Ich freue mich, dass wir endlich tanzen«, sagte Alexander. »Tut mir leid wegen deinem Besuch bei uns. Ich habe mich unmöglich benommen. Aber ich liebe dich eben.«

Sie antwortete darauf nichts. So einfach geht das nicht, dachte sie, und versuchte Abstand von ihm zu halten.

»Lass uns wieder Freunde sein«, flüsterte er in ihr Ohr. »Es war doch immer schön mit uns.«

Er tanzte gut, führte energisch, sie konnte einfach mit ihm mitgehen und war versucht, ihm fast zu glauben. Sie legte ihren Kopf an seine Schulter, vergaß sich einen Augenblick, doch schon im nächsten Moment riss sie ein grelles Blitzlicht in die Wirklichkeit zurück.

»Alexander, nun versteh' doch endlich, ich liebe Thomas und werde auf ihn warten.«

»Der lebt vielleicht gar nicht mehr. Außerdem hast du mit ihm nur Probleme. Selbst wenn er wiederkommt, geht die Verfolgungsjagd weiter.«

»Woher willst du das wissen?«

»Warum sollte es aufhören? Zuerst der Mord an seiner Mutter, dann die Mordanschläge auf ihn, jetzt der Mord an dieser Maria Beletto – irgendjemand will die ganze Sippe um die Ecke bringen.«

Sabine schwieg. Sie versuchte sich auf den Tanz zu konzentrieren. Ihr war übel. Sie konnte es nicht ertragen, wie er über Thomas sprach.

»Können wir uns bitte wieder setzen. Ich fühle mich nicht wohl.«

Er tat, als ob er es nicht gehört hatte, lächelte in die Fotoapparate, die am Rand der Tanzfläche aufblitzten.

»Bitte, Alexander, bring mich zum Tisch.«

»Bleib wenigstens noch bis zur nächsten Tanzpause«, wehrte er sich. »Du willst sicher nicht, dass die Zeitungen schlecht über uns schreiben.«

»Das ist mir ehrlich gesagt egal. Sie schreiben ohnehin, was sie wollen.«

Mechanisch tanzte sie mit ihm mit. Sie sah blass aus, was zum Glück bei der gedämpften Beleuchtung nicht auffiel. Sie ließ sich über die Tanzfläche schleifen, bis endlich die Musik kurz aussetzte und er sie zum Tisch brachte.

»Vielen Dank, Sabine«, sagte er artig.

»Danke, ebenfalls.«

Oskar Leitner lächelte. »Schön habt ihr getanzt«, freute er sich. »Seid von allen bewundert worden.«

Sabine spürte, wie sich ihre Übelkeit steigerte. »Ich muss mich frisch machen«, brachte sie noch über die Lippen. Dann eilte sie zur Toilette, riss die Kabinentür auf, klappte die Klobrille hoch, beugte sich über die Toilettenschüssel und übergab sich im hohen Bogen.

21

Nach seiner ersten Nacht in der Mara Serena Lodge wurde Thomas durch die Unruhe geweckt, die sich am frühen Morgen in der Anlage verbreitete. Er sah auf die Uhr: halb sechs, eigentlich zu früh, um aufzustehen. Aber nicht hier, nicht in diesem Safari-Paradies, in dem alle viel Geld gezahlt hatten, um wilde Tiere zu sehen. Thomas stand auf und befühlte seine Hose und die Safari-Jacke, die er am Vorabend gewaschen hatte. Trocken, sehr gut, dachte er. Nach einer schnellen Dusche zog er sich an und war wenig später am Buffet im Speisesaal. Passionsfrüchte, die ihm schon in Mombasa so geschmeckt hatten, türmten sich auf geschnitzten Holzbrettern. Orangen mit Knopfaugen aus Rosinen lachten ihn an. Verschiedene Sorten von Bananen, Ananas, Mangos, Papayas und Götterspeisen wetteiferten in ihrer Farbenpracht miteinander.

»Nehmen Sie an der Morning-Safari teil?«, fragte ihn eine hübsche Blondine im Safari-Outfit, die sich ebenfalls bei den Früchten bediente.

»Nein, heute nicht. Muss mich erst mal umschauen.«
»Oh, Sie sind neu hier?«
»Ja, seit gestern Abend.«

Thomas wollte ihr nicht sagen, dass er in Wirklichkeit an keiner Safari mehr teilnehmen würde, sondern auf der Flucht vor seinen Verfolgern war. Da er niemanden kannte, folgte er der Blonden zu einem Tisch, an dem drei weitere Frauen in Safari-Outfits saßen.

»Hey, Natalie«, wurde seine Begleiterin mit lautem Hallo begrüßt. »Wieder munter nach der kurzen Nacht?«

»Darf ich mich zu euch setzen?«, fragte Thomas.

»Klar doch«, antwortete seine hübsche Begleiterin, die ihn irgendwie an Sabine erinnerte: blaue Augen, endlos lange Beine, knackig braune Haut und ein strahlendes Lächeln. Einzig ihre markant geschwungene Nase unterschied sich deutlich von Sabines süßer, kleiner Stupsnase.

»Danke, und einen guten Appetit«, sagte Thomas und setzte sich.

Die jungen Frauen schwärmten von der gestrigen Abend-Safari, vom Leoparden mit seinen beiden Jungen, die sie in den Bäumen gesehen hatten, und vom Nashorn, das zum Wasserloch gekommen war.

Nach dem Frühstück begleitete Thomas die jungen Frauen zum Eingang der Lodge, um zu sehen, wie sie starteten. Was er dort sah, traf ihn wie ein Blitz. Ein Heer von Landrovern mit ihren Fahrern hatte sich vor der Lodge für die Morning-Safari versammelt. Panik überkam ihn. Mein Gott, dachte Thomas, wenn seine Verfolger unter ihnen waren. Die Fahrzeuge sahen alle ähnlich aus und die schwarzen Fahrer waren für ihn nicht zu unterscheiden. Wenn sie ihn hier nochmals erwischten, hatte er keine Chance. Schnell weg, hämmerte es hinter seiner Stirn. Schluss mit Kenia, so schnell wie möglich zurück nach Deutschland.

Thomas machte auf dem Absatz kehrt und erkundigte sich an der Rezeption nach Flügen. Er hatte Glück. Zwei Stunden später ging eine Maschine der Airkenya zum Wilson Airport nach Nairobi, in der noch ein Platz frei war.

Die Zeit bis dahin nutzte er, um seinen Massai-Speer zu verpacken. Er versuchte auch, Sabine telefonisch zu erreichen, bekam aber keine Verbindung. So nahm er sich vor, sie aus Nairobi anzurufen.

Eine halbe Stunde vor Abflug brachten zwei Landrover die Fluggäste zum Mara Serena Air Strip, zur Flugpiste in der Nähe der Lodge. Mit Koffern, Rucksäcken und Reisetaschen bestiegen die anderen Gäste die Landrover, nur Thomas hatte kein Gepäck, außer seinem Massai-Speer. Plötzlich war er eingekreist von zwei Familien mit Kindern, von einem älteren Ehepaar, von einigen Einzelreisenden, die alle eifrig ihr Gepäck einluden, ein letztes Foto von der Lodge machten und schließlich einen guten Platz im Landrover suchten. Thomas kam das alles ziemlich unwichtig vor. Er war mit seinen Gedanken schon in der Luft, fast schon in Deutschland, seit ihm die Angst vor seinen Verfolgern in die Glieder gefahren war.

›Welcome Mara Serena Air Strip‹, war auf einer hölzernen Tafel zu lesen, unweit einer offenen Wartezone, mit ein paar Sitzbänken unter einem schattigen Dach. Ein Flugzeug war weit und breit nicht zu sehen. Wenig später schwebte wie eine überdimensionale Biene eine zweimotorige Propellermaschine der Airkenya ein, setzte sanft auf und rollte in Richtung ihrer Wartezone, die durch einen Plattenweg mit der sandigen Flugpiste verbunden war.

Das Flugzeug entließ die neu ankommenden Safari-Gäste, ihr Gepäck wurde in den beiden Landrovern verstaut. Jeder fasste mit an. Die Koffer und Rucksäcke der Abreisenden verschwanden im Flugzeug und wenig später saßen sie in der Maschine und hoben ab. Wie eine Erlösung kam es Thomas vor, als sie endlich in der Luft waren. Seine Verfolger mit dem Landrover konnten ihn jedenfalls nicht mehr erwischen und nicht wissen, dass ihm die Flucht gelungen war.

Nach etwa 45 Minuten landeten sie auf dem Wilson Airport in Nairobi. Thomas nahm sofort eine Taxe zum Jomo Kenyatta International Airport und buchte dort einen Flug nach Frankfurt. Ein Direktflug war nicht zu bekommen, aber um 23.40 Uhr ging eine Maschine der British Airlines, mit Zwischenlandung in London, Ankunft in Frankfurt am nächsten Tag um 10.05 Uhr. Thomas war heilfroh, als er sein Ticket in Händen hielt. Den Nachmittag verbrachte er am Flughafen. Er versuchte mehrmals Sabine anzurufen, aber sie nahm nicht ab. Seltsam, dachte er, es wird hoffentlich nichts passiert sein.

Zwei Stunden vor Abflug ging er zur Gepäckaufgabe. Dort wurde ihm um ein Haar sein Massai-Speer abgenommen, den er kunstvoll verpackt hatte. »Wir befördern generell keine Wurfspeere«, erklärte ihm der Servicemitarbeiter, »auch nicht als Sportgerät.« Nur seine Argumentation, es sei kein Wurfspeer, sondern ein Souvenir für die Wand, und eine 20-Dollar-Note, welche er dem jungen Mann unauffällig zusteckte, retteten ihn.

Erleichtert begab er sich zur Passkontrolle. Der füllige ältere Beamte mit Glatze, welcher hinter dem Kontrollschalter saß, nahm lächelnd seinen Pass entgegen und sah ihn sorgfältig an. Er blätterte kurz darin, betrachtete den Visastempel, dann legte er ihn auf seinen Scanner. Kurz darauf verfinsterte sich sein Gesicht.

»Where do you come from?«, fragte er.

»From Mara Serena Lodge«, antwortete Thomas wahrheitsgemäß.

Der Zollbeamte, welcher – wie alle hinter den Schaltern – sehr korrekt mit weißem Hemd, dunkelblauer Krawatte und dunkelblauem Jackett bekleidet war, erhob sich. »Just a moment please«, sagte er und ging mit dem Pass zu seinem Kollegen am Schalter nebenan. »Interpol … yellow notice …«, konnte Thomas einige Wortfetzen verstehen. Mist, dachte er. Wenn die mich hier festhalten, verpasse ich meine Maschine.

»Please, come with me, Sir«, forderte ihn der Zollbeamte anschließend auf und nahm Thomas zu einem Büro am Ende der Abfertigungshalle mit. »We have to check something.«

»But my plane, I'll miss my plane …«, wehrte sich Thomas.

Der Zollbeamte erklärte in gebrochenem Englisch, dass per Interpol nach ihm gesucht würde. Das sei nicht schlimm, aber sie müssten das klären. Rotfux – schoss Thomas Drucker ein Gedanke durch den Kopf. Klar, Sabine hatte ihn sicher als vermisst gemeldet und Rotfux natürlich Interpol eingeschaltet. Er konnte von Glück sagen, dass sie nicht seine Kreditkarte gesperrt hatten, sonst wäre er völlig aufgeschmissen gewesen.

Im Büro der Zollabfertigung trat ihm ein groß gewachsener Beamter entgegen, der ebenfalls in einer dunkelblauen Uniform steckte, wie alle in diesem Bereich. Er sah in seinen Pass und begrüßte ihn. »Hello, Mister Drucker.«

»Please, Sir, my plane is going …«, stammelte Thomas nervös.

Der Zollbeamte ließ sich davon nicht beeindrucken. Er setzte sich hinter seinen Laptop und schien etwas aufzurufen. »Yellow notice«, murmelte er, »Kommissar Rotfux, Aschaffenburg«, konnte Thomas verstehen, obwohl es in der englisch gefärbten Aussprache seines Gegenüber seltsam klang.

»Yes, Rotfux«, sagte Thomas, »I know him, maybe we can call him?«

Der Beamte lächelte. »Maybe ...«

Er wählte eine ziemlich lange Nummer und wartete. Thomas Drucker lief es heiß und kalt den Rücken hinunter. Mein Gott, lass ihn abnehmen, dachte er. Lass mich meine Maschine bekommen.

»Hello, Mister Rotfux?«

Der Beamte schien Rotfux dran zu haben. Er sprach eine Zeit lang mit ihm, Thomas Drucker verstand, dass es um sein Verschwinden ging, dann gab der Beamte an ihn weiter. »Please, speak with Mister Rotfux.«

Rotfux war am anderen Ende der Leitung völlig aus dem Häuschen. »Hallo, Herr Drucker, ist es wahr? Sie sind tatsächlich in Nairobi?«

»Ja, ich wollte gerade zurück nach Deutschland fliegen, werde aber an der Passkontrolle aufgehalten.«

»Das macht nichts, Herr Drucker, das macht gar nichts, Hauptsache Sie leben!« Kommissar Rotfux überschlug sich vor Freude.

»Aber ich werde meine Maschine verpassen.«

»Das Wichtigste ist, dass sie leben, alter Freund«, jubelte Rotfux am anderen Ende der Leitung. Er schien seine Wortwahl nicht mehr ganz unter Kontrolle zu haben und Thomas spürte selbst über die Telefonleitung seine unbändige Freude. »Haben Sie schon irgendjemanden informiert?«

»Nein, habe bisher keine Verbindung zu Sabine bekommen.«

»Sehr gut. Bitte tun Sie das auch nicht. Hier ist inzwischen einiges passiert. Wir dürfen kein Risiko eingehen. Wann und wo kommt Ihre Maschine an?«

»Morgen um 10.05 Uhr in Frankfurt.«

»Gut, Herr Drucker, ich werde Sie abholen. Bitte achten Sie in der Ankunftshalle auf mich. Jetzt geben Sie mir bitte nochmals den Beamten, mit dem ich vorhin gesprochen habe. Ich hoffe, ich kann ihn überzeugen, dass er Sie fliegen lässt.«

Nach einigen Minuten war alles klar. Der Zollbeamte lächelte und gab Thomas Drucker seinen Pass. »We are happy, that we found you«, sagte er stolz. »Mister Rotfux will pick you up at Frankfurt airport.«

Er brachte ihn höchstpersönlich zum Gate, begleitete ihn sogar noch an Bord der Maschine, wahrscheinlich wollte er sehen, ob wirklich alles klar ging. Thomas war sehr erleichtert, als die britische Stewardess mit dem blaurot-weiß gestreiften Halstuch ihm seinen Platz anwies. Gott sei Dank, geschafft, dachte er und ließ sich in den Sitz fallen.

Die meiste Zeit während des Fluges schlief er. In London nahm er bei der Zwischenlandung ein kurzes Frühstück zu sich und kam wie vorgesehen in Frankfurt an. Gespannt wartete er bei der Gepäckausgabe an Terminal 2 auf seinen Speer. Wenig später hatte er die Passkontrollen hinter sich und ging samt Speer durch den Ausgang für die ankommenden Passagiere.

Gedanken tanzten in seinem Kopf. Er freute sich auf Sabine und gleichzeitig hatte er Angst. Er hatte sie nicht benachrichtigt. In Kenia bekam er zunächst keine Verbindung zu ihr, und anschließend hatte es ihm Rotfux untersagt. Er hatte überhaupt nichts außer dem Massai-Schmuck, dem Speer, seinem Pass und seiner Kreditkarte retten können, sah aus wie ein heruntergekommener Streuner, bärtig, unrasiert, mit wild wuchernden Haaren, unter denen seine Ohren inzwischen völlig verschwunden waren.

»Hallo, Herr Drucker«, riss ihn die Stimme von Rotfux aus seinen Gedanken. »Kommen Sie«, sagte er und schritt voraus. Er trug wie üblich einen gelben Pulli, der kräftig über seinem Bauch spannte. Solange sie über die Gänge des Flughafens gingen, sagte Rotfux weiter nichts, gab sich streng und amtlich und zeigte keinerlei Gefühlsregung. Erst als sie das Parkhaus erreicht und sich in den grünen Passat von Otto Oberwiesner gesetzt hatten, fiel alle Strenge von ihm ab.

»Mensch, Herr Drucker«, sagte er, »ich bin so froh, dass Sie noch leben. Hatte befürchtet, dass man Sie endgültig erledigt hätte. Otto, wir können.«

Oberwiesner begrüßte Thomas ebenfalls und fuhr mit dem Passat aus dem Parkhaus auf die A 3 Richtung Würzburg.

»Wo haben Sie die ganze Zeit gesteckt?«, fragte Rotfux an Thomas gewandt. »Sie waren wie vom Erdboden verschwunden.«

»Das ist eine längere Geschichte«, begann Thomas Drucker seinen Bericht. Er erzählte dem Kommissar in allen Einzelheiten, wie er die letzten Wochen verbracht hatte, berichtete vom Kampf mit dem Löwen, von seiner Zeit bei den Massai und von seiner Flucht nach Nairobi.

»Donnerwetter«, kommentierte Rotfux zum Schluss. »Ein Glück, dass wir Interpol eingeschaltet haben. Manchmal bringt die internationale Zusammenarbeit doch etwas.« Der Kommissar klang stolz, als ob er höchstpersönlich Thomas gerettet hätte.

Eine Zeit lang schwiegen sie und Thomas wunderte sich, wie schnell man vom Frankfurter Flughafen in Aschaffenburg war. Nach einer guten halben Stunde fuhren sie vor dem Kommissariat im Stadtteil Nilkheim vor.

»Bitte kommen Sie noch kurz in mein Büro«, sagte Rotfux. »Eine Sache müssen wir noch besprechen.«

»Ich weiß nicht, Herr Kommissar, hat das nicht bis morgen Zeit? Ich bin ziemlich müde. Können Sie mich vielleicht zu meiner Oma, Maria Beletto, fahren? Die hat einen Hausschlüssel von mir. Ich habe ihr für Notfälle einen zur Aufbewahrung gegeben. Ich würde mich am liebsten etwas in meiner Wohnung ausruhen.«

Rotfux schluckte. Er schien nicht zu wissen, was er sagen sollte. »Kommen Sie bitte kurz mit«, stammelte er. »Wir müssen noch etwas besprechen.«

Thomas hatte das deutliche Gefühl, dass etwas nicht stimmte. »Ist etwas mit Sabine?«, fragte er.

»Nein, nein, nun kommen Sie schon.« Rotfux ging voraus, öffnete die Tür zu seinem Büro und bot Thomas den Besprechungsstuhl vor seinem Schreibtisch an. »Nun setzen Sie sich erst mal, Herr Drucker.« Rotfux wurde plötzlich sehr ernst. »Sie wissen leider nicht, was passiert ist«, sagte er.

Thomas Drucker hatte ihn noch nie so ratlos und verzweifelt gesehen. »Passiert?«

»Ja, es ist etwas Grausames geschehen, Herr Drucker. Ich kann Sie leider nicht zu Ihrer Oma bringen. Maria Beletto ist ermordet worden«, sagte Rotfux ganz leise. »Vor etwa acht Wochen. Ziemlich genau zu der Zeit, als Sie plötzlich verschwunden waren.«

Thomas begann zu schwanken. Die Nachricht traf ihn wie ein Keulenhieb. Der Kommissar holte einen zweiten Stuhl herbei, der in der Ecke neben seinem Schreibtisch stand. »Hier, legen Sie die Beine hoch. Sie sind ja ganz blass.«

Thomas konnte es nicht fassen. Maria Beletto, seine Oma, tot.

»Wissen Sie, wer es war?«

»Leider keine Ahnung. Wir haben Maria in der Sandkirche gefunden. Man hat ihr ein Pentagramm in Brust und Bauch geritzt, wie bei Ihrer Mutter. Es könnten dieselben Täter gewesen sein.«

Thomas Drucker war völlig fertig. »Was soll ich nur tun?«

»Zuerst bleiben Sie hier und ruhen sich aus. Ich kann Sie sowieso nicht gehen lassen. Das wäre viel zu gefährlich. Da draußen«, er deutete zum Fenster, »da draußen laufen irgendwelche Verrückte umher, die zwei Morde begannen haben und Sie wahrscheinlich ins Jenseits befördern wollen. Wir müssen uns etwas einfallen lassen. Wir dürfen keine Fehler machen. Diesmal müssen wir sie kriegen!«

Rotfux ging unruhig auf und ab, kreiste förmlich um seinen Schreibtisch, blieb ab und zu stehen, murmelte etwas Unverständliches und setzte seine Runden fort.

»Wir werden sie kriegen«, sagte er irgendwann sehr entschlossen. Er ging nochmals zur Kommode hinter seinem Schreibtisch und brachte eine Cognacflasche zum Vorschein. »Ist im Dienst nicht erlaubt, aber manchmal braucht man einen.«

Er schenkte sich selbst und Thomas einen ordentlichen Schluck ein und prostete ihm zu.

»Na los, kippen Sie ihn runter. Sie können es brauchen, junger Freund. Ah, das tut gut.«

Thomas spürte den Cognac, der ihm heiß die Kehle hinunterfloss und musste zugeben, dass es ein gutes Gefühl war.

»Kommen Sie, einen vertragen wir noch. Wir haben es beide nötig.«

Der Kommissar erzählte, wie sehr er seit den Morden unter Druck stand, dass er schon an sich selbst gezweifelt habe und wie froh er sei, dass wenigstens Thomas noch lebe.

»Sie sind unsere einzige Chance«, sagte er. »Mit Ihnen rechnet niemand. Wenn wir es geschickt anstellen, gehen sie uns diesmal auf den Leim.«

Rotfux wirkte regelrecht begeistert. Seine Runden um den Schreibtisch wurden schneller und irgendwann packte er Thomas an den Schultern, sah ihm tief in die Augen und sagte ganz leise. »Es hängt alles von Ihnen ab, Herr Drucker. Mit Ihrer Hilfe können wir die Mörder zur Strecke bringen. Ich habe da einen teuflischen Plan.«

Kommissar Rotfux ließ den Erste-Hilfe-Raum des Kommissariats, in dem eine Liege für Notfälle stand, für Thomas Drucker herrichten. Es wurden Decken gebracht, Zeitungen und Zeitschriften, er bekam zu Essen und immer wieder schaute Rotfux bei ihm vorbei, um ein wenig zu plaudern. Vier Tage und Nächte verbrachte Thomas Drucker auf dem Kommissariat. Rotfux hatte ihn davon überzeugt, dass nur eine neue Identität ihm helfen könne.

»Als Thomas Drucker sind Sie wie eine Zielscheibe, wenn ich Sie gehen lasse. Aber als Peter Hauser werden Sie zu unserer größten Trumpfkarte.«

Thomas hatte in den neuen Namen eingewilligt und zugestimmt, dass man ihm eine andere Identität verschaffte. Rotfux ließ einen Friseur kommen, der Thomas die Haare strohblond färbte. Ganz anders sah er damit aus. Sein struppiger Bart wurde getrimmt und ebenfalls heller gefärbt. Eine Hornbrille mit getöntem Fensterglas veränderte sein Aussehen zusätzlich. Rotfux legte sich schwer ins Zeug.

»Wenn Sie sich am Ende selbst fragen, ob Sie es noch sind, haben wir gute Arbeit geleistet«, lachte er.

Er ließ Kleider beschaffen, ein Jackett, Hose, Gürtel, Socken, Schuhe. Es wurden Passbilder aufgenommen, ein neuer Ausweis erstellt, passende Hochschulzeugnisse ausgefertigt, ein Führerschein, bis Thomas alles hatte, was er als Peter Hauser zum Leben brauchte. Für Notfälle gab der Kommissar ihm eine kleine Kapsel aus Edelstahl mit, nicht größer als eine Erbse, die er im Ernstfall schlucken sollte.

»Ein Mini-Sender, der GPS-Signale ausstrahlt«, erklärte Rotfux stolz. »Wenn er mit Magensäure in Berührung kommt, beginnt er zu arbeiten und wir können Ihre Position feststellen. Sie bekommen zudem eine neue Wohnung, Sie können im Moment nicht in Ihre alte zurück. Ihre ganze Umgebung muss stimmen. Nichts darf sein wie früher.«

Nicht einmal seinen Massai-Schmuck, an dem er so hing, durfte er tragen.

»Überlegen Sie mal, junger Freund«, gab Rotfux zu bedenken, »wenn Sabine Sie sieht und den Massai-Schmuck erkennt, sind sie geliefert.«

»Wäre es denn schlimm, wenn sie mich erkennt? Ich will sie doch wiedersehen.«

»Wiedersehen dürfen Sie Sabine, aber sie darf nicht wissen, wer Sie sind. Wir können keinerlei Risiko eingehen.«

Rotfux verließ den Raum und kam kurz darauf mit einem Zeitungsausschnitt zurück.

»Hier, sehen Sie mal.«

Thomas erstarrte. Auf einem Zeitungsfoto war Sabine auf der Tanzfläche zu sehen, Arm in Arm mit Alexander Leitner. Sie hatte den Kopf an seine Schulter gelegt und lächelte verträumt.

»Ein Foto von der neu geschaffenen Aschaffenburger Fashion Week«, kommentierte der Kommissar. »Ich weiß nicht, was das zu bedeuten hat, aber während Ihrer Abwesenheit ging das Leben in Aschaffenburg natürlich weiter.«

Thomas wurde es beinahe schlecht bei dem Gedanken, Sabine könne sich wieder mit Alexander eingelassen haben. Vielleicht steckte dieser Alexander hinter allem? Vielleicht wollte er ihn beseitigen lassen, um endlich freie Bahn zu haben?

»Gut, wir führen Ihren Plan durch, Herr Kommissar. Ich werde alles tun, was Sie wollen.«

Rotfux lächelte. Es war dieses überlegene Lächeln, wenn er sich ganz sicher war.

»Diesmal kriegen wir sie«, sagte er. »Diesmal sind wir ihnen einen Schritt voraus und sie ahnen nicht einmal, welche teuflische Falle wir ihnen stellen werden.«

22

Nach fünf Tagen kam der große Augenblick. Thomas Drucker durfte zum ersten Mal das Kommissariat verlassen. Er hatte etwas Geld erhalten. Sogar ein Konto für Peter Hauser war bei der Sparkasse eingerichtet worden. Er führte seinen neuen Ausweis bei sich, seinen Führerschein, eine Mappe mit Zeugnissen und Dokumenten, alles auf Peter Hauser ausgestellt.

»Am besten nehmen Sie sich einen Mietwagen für einige Wochen«, hatte ihm der Kommissar empfohlen. »Ein neues Auto konnte ich nicht auch noch für Sie beschaffen. Ich habe genug auf meine Kappe genommen.«

Er hatte wirklich an alles gedacht, sogar eine Wohnung in der Österreicher Kolonie besorgt, einer Wohnsiedlung im Nordosten Aschaffenburgs. »Dort gibt es diesen urigen Tante-Emma-Laden«, erklärte Rotfux. »Da bekommen Sie alles, was Sie brauchen: Brot, Wurst, Käse, Obst, Gemüse, Zeitungen und Zeitschriften oder auch Telefonkarten. Irgendwie ist die Inhaberin die gute Seele des Viertels. Und vor allem: Sie weiß immer über alles Bescheid. Die redet mit den Leuten. Sie ist sehr nett und hat mir den Tipp mit der leer stehenden Wohnung gegeben, als ich meinen Morgenkaffee bei ihr trank.«

Thomas Drucker ließ sich mit einem Taxi zunächst zu seiner neuen Behausung bringen. Den Häusern der

Österreicher Kolonie sah Thomas an, dass sie überwiegend aus der Zeit vor dem Ersten Weltkrieg stammten. Es waren kleine, verwinkelte Gebäude, mit schiefergedeckten Dachgauben und romantischen Vorgärten, die hier mit viel Liebe gepflegt wurden. Das Taxi passierte den Tante-Emma-Laden, von dem der Kommissar gesprochen hatte. Einige ältere Leute saßen an einem gemütlichen Tisch davor. ›Backwaren – Lebensmittel – Getränke – Zeitschriften‹ war oberhalb der Eingangstür zu lesen. Wenig später hatten sie ihr Ziel erreicht. Thomas bezahlte das Taxi und stand vor seiner neuen Unterkunft. Er öffnete das Tor des hölzernen Gartenzaunes, durchquerte den blumengeschmückten Vorgarten, stieg vier oder fünf Treppenstufen zum Eingangspodest nach oben und schellte an der Haustür. ›Fröhlich‹ und ›Hauser‹ war auf dem Klingelschild angeschrieben. Sogar meinen neuen Namen haben sie bereits angebracht, dachte er. Ihm fiel der graue Natursteinsockel auf, der für diese Häuser typisch war, und er sah den Gartenschlauch, der links vom Eingang vor dem Sockel aufgehängt war. Nachdem er eine Zeit lang gewartet hatte, schellte er nochmals. Kommissar Rotfux hatte ihm gesagt, dass seine Vermieterin schwerhörig sei, aber geistig fit und sehr nett. Schließlich klingelte er Sturm. Entweder ist sie so gut wie taub oder sie ist nicht da, dachte er. Endlich hörte man Schritte im Hausflur, die Tür öffnete sich einen Spalt und der weißhaarige Kopf einer alten Frau erschien.

»Ich brauche nichts«, sagte sie und wollte die Tür wieder schließen, doch Thomas Drucker war schneller.

»Peter Hauser, Ihr neuer Mieter«, stellte er sich vor, während er seinen Ausweis aus dem Geldbeutel holte.

»Ach so, Entschuldigung, Sie sind das. Zeigen Sie mal.«
Sie rückte ihre Brille auf der Nase zurecht und betrachtete den Ausweis. »Peter Hauser«, las sie laut vor, »ja, das hat der Kommissar gesagt. Sie sind wohl ein guter Freund von ihm?«

»Wir kennen uns schon länger und er war mir bei der Wohnungssuche behilflich.«

»Dann kommen Sie mal mit. Ich zeige Ihnen die Wohnung.«

Sie führte ihn über eine steile Holztreppe nach oben und ging mit ihm die Zimmer durch: Wohnzimmer, Schlafzimmer, Bad und Küche. Alles mit uralten Möbeln ausgestattet, die zu diesem Haus und der weißhaarigen Vermieterin passten.

»Die Möbel«, erklärte die alte Frau, »sind älter, aber alle noch gut. Die Kommode und den Ohrensessel ließ der Kommissar bringen.«

Thomas traute seinen Augen kaum. Im ersten Augenblick war es ihm gar nicht aufgefallen, nun sah er, dass es die Kommode seiner Oma Maria Beletto war, die der Kommissar hier hatte aufstellen lassen. Ebenso der Ohrensessel, in dem sie abends vor dem Fernseher gesessen hatte. Er wusste nicht, was er sagen sollte.

»Ja, das war sehr freundlich von ihm«, brachte er nur hervor.

Seine neue Vermieterin erklärte ihm den Durchlauferhitzer im Bad, übergab ihm die Wohnungsschlüssel und verabschiedete sich nach unten.

»Wenn Sie Fragen haben, Herr Hauser, klopfen Sie einfach bei mir. Ich bin fast immer da. Komme kaum noch aus dem Haus. Gehe höchstens in den kleinen Laden um die Ecke einkaufen. Meine Beine wollen nicht mehr.«

Thomas Drucker schloss seine Wohnungstür und ließ sich in den Ohrensessel fallen. Hallo, neues Leben, dachte er. Hallo, Zukunft. Was sie ihm wohl bringen würde? Es war ein gutes Gefühl, jetzt Peter Hauser zu sein. Hier würden ihn seine Verfolger nie vermuten. Und so wie er jetzt aussah, würden sie ihn nicht einmal erkennen. Er ging ins Bad und schaute in den Spiegel. Hallo, Peter Hauser, dachte er. Grüße dich, ich wünsche dir viel Glück! Er sah seine blonden Haare, die dicke Hornbrille, den hellen Bart, und musste innerlich lachen. Dieser Rotfux hatte alles perfekt ausgetüftelt. Toll, dachte er, jetzt mach' ich einen Probelauf durch die Stadt.

Er ging die Frankenstraße entlang, in die Bayernstraße, vorbei am Landratsamt, in Richtung Innenstadt. Niemand nahm besondere Notiz von ihm. Bald erreichte er das Zentrum und besuchte die Zentrale der Sparkasse, um seine neue EC-Karte zu testen. Alles funktionierte einwandfrei. Doch die Feuerprobe stand ihm noch bevor. Was würde passieren, wenn er jemandem begegnete, den er von früher kannte? Konnte er seiner Vergangenheit ins Auge schauen, ohne dass man ihn entlarvte? Testweise besuchte er die Metzgerei in der Sandgasse, in der er bekannt war. Die Metzgersfrau stand wie üblich hinter der Theke und bediente ihn. Aber sie hatte ihn nicht mit Namen begrüßt. Nicht einmal, als er zwei Sandgassenwürmchen kaufte, eine Spezialität der Metzgerei, die er früher immer bestellt hatte, wurde sie aufmerksam. Test eins bestanden, dachte er. Weitere Versuche liefen perfekt. Weder in seinem Buchladen noch bei der Bäckerei oder im Schreibwarenladen erkannte man ihn.

In den nächsten Tagen versuchte er, mit Sabine in Kontakt zu kommen. Er lauerte ihr vor ihrem Elternhaus auf, bis sie am späten Abend erschien. Er ging auf sie zu, aber sie sah wie durch ihn hindurch, schien ihn gar nicht zu bemerken und verschwand im Haus. Wenn es noch eines Beweises bedurfte, dass ihn niemand erkannte, so hatte ihn Sabine geliefert.

Zwei Wochen später besuchte der Kommissar Thomas Drucker in seiner kleinen Wohnung.

»Es ist so weit, Herr Hauser. Jetzt kommt unsere große Chance, auf die ich gewartet habe. Hier, sehen Sie mal.«

Rotfux zeigte ihm eine Stellenanzeige aus dem Main-Echo. ›Marketingleiter gesucht‹ war da zu lesen.

»Ihre ehemalige Stelle ist ausgeschrieben. Die Firma Flieger-Moden rechnet wohl nicht mehr mit Ihrer Rückkehr aus Kenia. Das ist unsere Chance. Sie müssen sich unbedingt bewerben, Herr Hauser.«

Es kam Thomas komisch vor, dass ihn der Kommissar mit seinem neuen Namen ansprach, aber im Grunde war es natürlich richtig.

»Ich weiß nicht, Herr Kommissar«, zögerte er. »Ist das nicht viel zu gefährlich? Die Inhaber, die Sekretärinnen, der Hausmeister, alle kennen mich. Ich fliege bestimmt auf.«

»Aber es ist unsere große Chance. Ein gewisses Risiko müssen wir eingehen, wenn wir den Fall endlich lösen wollen«, widersprach Rotfux.

Er erhob sich vom gemütlichen Sofa im Wohnzimmer und reichte Thomas Drucker die Stellenanzeige. »Hier, die können Sie behalten. Bewerben Sie sich bitte umgehend. Passbilder haben Sie, einen Lebenslauf hatten wir gemeinsam entwickelt, alle Zeugnisse liegen Ihnen vor. Es wird bestimmt klappen. Immerhin kennt sich keiner der Bewerber so gut mit Flieger-Moden aus wie Sie.«

Tatsächlich wurde Thomas Drucker alias Peter Hauser nach einiger Zeit zum Vorstellungsgespräch bei Flieger-Moden eingeladen. Der Personalchef bat ihn in das Besprechungszimmer der Geschäftsleitung, welches er von den Besprechungen mit den Inhabern kannte.

Der Personalchef stellte zunächst Michael Hofmann vor.

»Herr Hofmann kümmert sich zurzeit um die Marketingaktivitäten der Firma, solange sein Onkel Bernhard es nicht tun kann. Sie haben vielleicht gehört, dass er abkömmlich ist, aber im Moment können wir es nicht ändern.«

»Ich habe davon gehört«, sagte Thomas Drucker. »Es tut mit leid für Ihre Firma.«

Michael Hofmann nickte bei diesen Worten freundlich und deutete auf den stattlichen, braun gebrannten Herrn neben sich, der ihn mit seinen dunklen Augen musterte.

»Das ist mein Onkel Martin Flieger. Er ist für Personal und Organisation zuständig.«

Nach der Vorstellung drehte sich das Gespräch um die Aufgaben, die Peter Hauser zu übernehmen hätte. Da er die Ideen von Michael Hofmann kannte, betonte er die Bedeutung eines kompetenten Online-Marketing, sprach über das zunehmende Gewicht der Social Marketing Systeme, schwärmte von den Werbemöglichkeiten über Facebook, bei denen man von Anfang an dabei sein müsse.

Martin Flieger hörte sich das Ganze ruhig an und stellte ab und zu eine Zwischenfrage, während Michael Hofmann eifrig diskutierte und fast mehr sprach als Peter Hauser. Er hörte sich offensichtlich gerne reden und wollte vor seinem Onkel und dem Personalchef glänzen.

»Auf eine Sache muss ich Sie noch hinweisen«, sagte der Personalchef zum Schluss. »Ihr Vorgänger, Herr Drucker, ist bei einer Geschäftsreise nach Kenia spurlos verschwunden. Vielleicht haben Sie es in der Zeitung gelesen. Keiner weiß, was passiert ist. Wir müssen leider annehmen, dass Herr Drucker tot ist, sonst hätten wir die Stelle nicht ausgeschrieben. Sicher weiß das natürlich niemand. Sollte er wieder auftauchen, müssen wir eine Lösung finden, denn Herr Drucker ist immer noch bei uns beschäftigt.«

»Mhmm, ich verstehe. Was würde das für mich bedeuten?«

»Das müsste man sehen«, mischte sich Martin Flieger in seiner Rolle als Personalvorstand sofort ein. »Wir haben in der Firma genug zu tun. Sie könnten auf jeden Fall bleiben. Aber sie müssten bereit sein, in diesem Fall die Aufgaben mit Herrn Drucker zu teilen oder eventuell als sein Mitarbeiter zu arbeiten. Wäre das für Sie okay?«

Thomas Drucker musste innerlich lachen. Wenn die wüssten, dachte er. Schlugen ihm gerade vor, sein eigener Mitarbeiter zu werden, und hatten keine Ahnung, wer in Wirklichkeit vor ihnen saß.

»Ich denke schon. Die Details müsste man klären. Grundsätzlich wäre das natürlich fair.«

»Sehr gut«, murmelte Martin Flieger zufrieden. »Einen Moment noch bitte. Der Senior will Sie auch kennenlernen.«

Er nahm sein Handy und wählte. »Du kannst kommen, wir sind so weit.«

Kurz darauf öffnete sich die Seitentür des Besprechungszimmers und Johann Flieger erschien.

»Freut mich, Sie kennenzulernen, Herr Flieger.«

»Ganz meinerseits«, antwortete dieser und drückte ihm kräftig die Hand. Dann nahm er am Kopfende des Besprechungstisches Platz, welches man offensichtlich für den Seniorchef frei gelassen hatte.

»Sie haben sicher vom tragischen Verschwinden Ihres Vorgängers gehört«, begann Johann Flieger unumwunden. »Ich war derjenige, der ihn nach Kenia geschickt hat, und mache mir natürlich besondere Vorwürfe.«

»So etwas ist doch nicht vorauszusehen«, wandte Thomas ein. Fast tat ihm der alte Mann leid, der keine Ahnung hatte, wer in Wirklichkeit vor ihm saß.

»Natürlich, normalerweise nicht, aber es gab Anhaltspunkte. Da hätte man wohl vorsichtiger sein müssen. Das hatte ich leider nicht bedacht. Jetzt muss das Leben irgendwie weitergehen«, fuhr der alte Johann Flieger fort. »Wie ich höre, würde Ihnen die Aufgabe Spaß machen.«

»Ja, bestimmt. Es ist mein Spezialgebiet. Ich habe mich immer für Marketing interessiert.«

»Nun gut, dann scheint ja alles klar. Waren Sie übrigens schon mal in Kenia?«

Thomas Drucker blieb fast das Herz stehen. Hatte der alte Fuchs doch etwas gemerkt? Wollte er ihn auf die Probe stellen?

»Wie bitte?«, sagte er, um Zeit zu gewinnen.

Die anderen schienen seine Verlegenheit zu bemerken. »Ob Sie schon mal in Kenia waren, junger Mann?«, fragte Johann Flieger nach.

»Ja, in Mombasa, Nairobi und im Massai Mara Reservat«, antwortete Thomas Drucker wahrheitsgemäß.

Die Augen von Johann Flieger leuchteten. »Hat es Ihnen gefallen?«

»Sehr gut. Ein wunderbares Land. Die Landschaft, die Tiere, einfach traumhaft.«

»In welcher Lodge waren Sie, Herr Hauser?«

»In der Mara Serena Lodge.«

»Ist ja interessant, die kenne ich«, antwortete der alte Johann Flieger, »dort saß ich am Pool mit Blick über die Landschaft. Wie gern wäre ich wieder dort.« Flieger erhob sich, kam auf Thomas Drucker zu und schüttelte ihm die Hand. »Ich wünsche Ihnen viel Erfolg in unserer Firma, Herr Hauser. Und gelegentlich plaudern wir über Kenia. Es wird mir eine große Freude sein.«

23

An seinem ersten Arbeitstag bei Flieger-Moden wurde Thomas Drucker vom Personalchef begrüßt.

»Willkommen, Herr Hauser«, mit diesen Worten streckte er ihm freundlich die Hand entgegen. »Kommen Sie, wir müssen kurz noch einige Formalitäten erledigen, anschließend bringe ich Sie zu Frau Bauer, das ist Ihre Sekretärin. Übrigens eine sehr nette Kollegin, die sich hervorragend in der Firma auskennt.«

Thomas Drucker wusste natürlich, dass sich Stefanie Bauer in der Firma auskannte. Er freute sich auf die Begegnung mit seiner ehemaligen Sekretärin, obwohl er gleichzeitig Angst hatte, von ihr womöglich erkannt zu werden.

»Vielen Dank für die freundliche Begrüßung. Ich bin sehr gespannt auf alles.«

Nachdem er einige Formulare unterschrieben hatte und seine Bankverbindung aufgenommen worden war, wurde für ihn ein Firmenausweis erstellt.

»Prima, Herr Hauser«, freute sich anschließend der Personalchef, als er ihm seinen Firmenausweis mit Lichtbild überreichte. »Jetzt sind Sie ein echter Flieger«, lachte er. »Mit diesem Ausweis kommen Sie rein und raus, können in der Kantine bezahlen, die Schranke beim Firmenparkplatz öffnen und sogar in unserem Fabrikverkauf Rabatt bekommen.«

»Ist ja interessant«, sagte er und verstaute den Firmenausweis in seinem Geldbeutel.

»Wir queren die Straße durch unsere eigene Unterführung«, erklärte der Personalchef stolz. »Die Marketingabteilung liegt im Hauptgebäude auf der anderen Straßenseite, ist jedoch auf diesem Weg einfach zu erreichen.«

Thomas Drucker fragte zum Schein, wo es zur Kantine gehe, erkundigte sich nach den Büros der Inhaber und ließ sich den Lieferanteneingang zeigen. »Alles sehr großzügig«, stellte er bewundernd fest.

Sie näherten sich seinem Büro, das wusste er, obwohl er sich wie ein Neuling durch die Gänge führen ließ, um ja keinen Verdacht zu erregen. Ob mich Stefanie Bauer wohl erkennen wird?, fragte er sich. Der Gedanke war ihm unheimlich. Er merkte, dass er zu schwitzen begann.

»Wir sind da«, sagte der Personalchef.

Er öffnete die Tür des Vorzimmers, ging auf Stefanie Bauer zu, gab ihr die Hand und verbeugte sich leicht.

»Hallo, Frau Bauer, darf ich Ihnen Herrn Hauser vorstellen? Ich hab' Ihnen von ihm berichtet.«

»Freut mich Sie kennenzulernen, Herr Hauser«, sagte sie und lächelte ihren neuen Chef an. »Kommen Sie, Herr Hauser, ich zeige Ihnen Ihr Büro.«

»Machen Sie's gut, Herr Hauser«, verabschiedete sich der Personalchef. »Und wenn Sie Fragen haben, ich bin jederzeit für Sie da.«

Stefanie Bauer ging Thomas Drucker in sein Büro voraus. Sie war vollschlank, wirkte fast mütterlich auf Thomas, was ihm in seiner augenblicklichen Situation nicht unangenehm war. Sie hatte sich für den neuen Chef besonders chic gemacht, trug hochhackige Pumps, einen dunkelblauen Rock mit passender Kostümjacke und weißer

Bluse. Thomas kannte dieses Outfit. Sie hatte es zur letzten Weihnachtsfeier getragen.

»Ich habe versucht, etwas aufzuräumen«, seufzte Stefanie Bauer. »Es ist seltsam, wenn einer so plötzlich verschwindet.«

Thomas Drucker hatte das deutliche Gefühl, dass sie sehr um ihn trauerte. »Ja, das stelle ich mir komisch vor.«

»Die Unterlagen habe ich in den Hängemappen gelassen«, erklärte Stefanie Bauer, angekommen am Schreibtisch. »Herr Drucker hat alles säuberlich einsortiert. Ich nehme an, Sie werden die Unterlagen verwenden können.«

»Ja, natürlich … Ich muss mich in alles erst einarbeiten.« Er zog sämtliche Schubladen auf, sah dass alles an seinem Platz war und lächelte zufrieden. »Danke, Frau Bauer, danke für Ihre Hilfe. Wir werden sicher gut zusammenarbeiten.«

»Darf ich Ihnen einen Kaffee bringen? Herr Drucker hat vormittags immer gern einen Kaffee getrunken.«

Das weiß ich, wollte Thomas sagen, doch im letzten Augenblick biss er sich auf die Zunge. »Ich bin nicht so der Kaffeetrinker«, sagte er stattdessen. »Wenn Sie mir ein Mineralwasser bringen könnten, wäre das sehr nett.«

Thomas hatte immer gern Kaffee getrunken. Aber jetzt war er Peter Hauser und würde seine Gewohnheiten ändern. Mineralwasser war angesagt und die Tür, zwischen dem Vorzimmer und seinem Büro, die sonst stets offen gestanden hatte, würde geschlossen bleiben.

»Wenn Sie bitte die Tür schließen könnten, Frau Bauer. Ich möchte mir in Ruhe zunächst die Unterlagen ansehen.«

»Herr Drucker hat die Tür immer …«

»Ich bin aber nicht Herr Drucker«, sagte er mit tiefer

Stimme ziemlich gereizt. »Daran müssen Sie sich gewöhnen.«

»Ja natürlich, tut mir leid. Ich bin noch durcheinander, seit Herr Drucker verschwunden ist«, entschuldigte sie sich und schloss die Tür zum Vorzimmer.

Er lehnte sich in seinem Schreibtischsessel zurück. Geschafft, dachte er. Sie hat mich nicht erkannt. Die erste Hürde ist genommen. Er ließ den Blick über die Stadt schweifen, genoss diesen Blick. Sabine hatte bei Johann Flieger ein gutes Wort eingelegt, als es damals um die Verteilung der Büros ging. Deshalb hatte er dieses Büro im sechsten Stock erhalten, mit herrlichem Blick über die Stadt, bis weit hinaus zu den Ausläufern des Spessarts. Während er noch gedankenverloren in seinem Schreibtischsessel hin- und herwippte, summte das Telefon.

»Herr Michael Hofmann bittet Sie zum Gespräch, Herr Hauser«, sagte seine Sekretärin. »Wenn es keine wichtigen Gründe gibt, die dagegen sprechen, sollten Sie sofort kommen. Herr Hofmann ist der Lieblingsenkel des Firmengründers.«

»Vielen Dank für diesen Tipp. Ich werde selbstverständlich umgehend erscheinen.«

Er nahm seine neue Schreibmappe, um den Eindruck eines eifrigen Mitarbeiters zu erwecken, und meldete sich wenig später bei Michael Hofmann. »Sie hatten mich zu sich gebeten.«

»Ja, danke, dass Sie so schnell gekommen sind, Herr Hauser. Ich wünsche Ihnen einen guten Einstieg in unsere Firma. Ich kann Ihnen leider keine Schonzeit gewähren. Es ist viel liegen geblieben in den letzten Wochen. Deshalb müssen wir versuchen, die wichtigsten Projekte sofort anzupacken.«

Keiner kannte die wichtigsten Marketingprojekte besser als er. Trotzdem ließ er sich von Michael Hofmann die verschiedenen Projekte ganz genau erklären, stellte ab und zu eine Zwischenfrage, um Interesse zu zeigen, und versicherte dem Enkel von Johann Flieger, er werde alles sofort anpacken.

»Scheint ein tüchtiger Mann gewesen zu sein, mein Vorgänger«, sagte er gegen Ende des Gespräches, als er sich sicher war, dass Michael Hofmann nicht ahnte, wen er vor sich hatte.

»Mhmm«, brummte Michael Hofmann, »war okay, brauchte aber manchmal etwas Hilfestellung. Ich hoffe, Sie arbeiten selbstständig, Herr Hauser.«

»Hat er denn nicht gut gearbeitet?«

»Es fehlte ihm manchmal die Initiative, vor allem beim Thema Social Media. Aber lassen wir das. Man soll nicht schlecht über Abwesende sprechen, oder Tote womöglich.«

»Glauben Sie, Herr Drucker ist tot?«, fragte Thomas.

»Wer weiß? Wie sollte er sonst spurlos verschwunden sein? Vielleicht ist es ja auch gut so.«

»Sie meinen, es ist gut, dass er weg ist?«

»Nein, natürlich nicht. Sagen Sie bloß so etwas nicht, Herr Hauser. Aber es gab in letzter Zeit nur Ärger mit Ihrem Vorgänger. Wir hatten das alle reichlich satt.«

»Mhmm, das verstehe ich«, murmelte Thomas. »Ich werde mein Bestes tun, damit die Sache wieder in Ordnung kommt.«

Michael Hofmann konnte natürlich nicht wissen, was Thomas damit meinte.

»Da wäre ich Ihnen sehr dankbar, Herr Hauser«, sagte er und drückte ihm kräftig die Hand.

Thomas Drucker ging zurück zu seinem Büro und ließ sich in seinen Schreibtischsessel fallen. So war das also: Sie hatten ihn reichlich satt gehabt, waren froh, dass er verschwunden war, hatten vielleicht selbst dafür gesorgt. Er lehnte sich hinter seinem Schreibtisch zurück und blickte über die Stadt. Nicht mit mir, dachte er. Ihr werdet euch noch wundern, wenn ihr erfahrt, wer euer neuer Marketingleiter ist.

Zwei Wochen später wurde Peter Hauser zu Johann Flieger gerufen. Er freute sich insgeheim, den alten Herrn zu sehen. Gleichzeitig saß ihm die Angst im Nacken, er könne sich durch eine Unvorsichtigkeit verraten.

»Schön, dass Sie da sind«, begrüßte ihn der Seniorchef und erhob sich hinter seinem breiten Schreibtisch. »Darf ich Ihnen etwas anbieten? Ein Mineralwasser oder einen Kaffee vielleicht?«

»Ein Mineralwasser, gern.«

»Frau Liebler, würden Sie Herrn Hauser bitte ein Mineralwasser bringen? Und mir einen Tee«, rief er seiner Sekretärin zu. »Bitte, Herr Hauser, nehmen Sie Platz.«

Flieger deutete auf den bequemen Besprechungsstuhl vor seinem Schreibtisch und ließ sich selbst wieder in seinen schweren lederbezogenen Chefsessel sinken.

»Wie ich höre, scheint Ihnen die Arbeit Spaß zu machen, Herr Hauser. Mein Enkel Michael hat mir berichtet, dass Sie sich erstaunlich schnell in alles eingearbeitet haben.«

»Oh, danke, ich versuche mein Bestes.«

Thomas fragte sich, ob er womöglich zu forsch aufgetreten war und seine schnelle Einarbeitung unglaubwürdig wirkte.

»Ich wollte ein wenig über Kenia mit Ihnen plaudern«, unterbrach Flieger seine Gedanken. »Hier, sehen Sie, die habe ich von einer meiner Safaris mitgebracht.« Er erhob sich und strich fast liebevoll mit den Fingern über einen der Massai-Speere, die hinter seinem Schreibtisch an der Wand befestigt waren. Thomas tat, als ob er die traditionellen Waffen des Seniorchefs zum ersten Mal in seinem Leben gezeigt bekam.

»Man findet selten solche schönen Stücke«, lobte er die Speere. »Ich habe selbst einen zu Hause, aber er ist nicht ganz so gut gearbeitet.«

»Oh, ist ja interessant, Herr Hauser. Den müssen Sie mal mitbringen. Würde mich sehr interessieren.«

»Wenn ich mal Zeit und Gelegenheit habe«, murmelte Thomas.

»Sie dürfen Ihren Speer gern im Büro aufhängen«, lachte Flieger. »In puncto Kenia ist bei mir alles erlaubt.« Der alte Herr nahm einen Schluck aus seiner Tasse. »Das ist Schwarztee aus Kenia«, murmelte er. »Schmeckt vorzüglich und erinnert mich an die Hochebenen mit den Plantagen, die ich dort gesehen habe. Wollen Sie nicht eine Tasse?«

Thomas hatte das Gefühl, diesmal nicht ablehnen zu dürfen. »Ich würde ihn gern einmal probieren«, antwortete er und die Augen des Seniorchefs leuchteten. Er bat seine Sekretärin um eine weitere Tasse und goss Thomas eigenhändig aus seiner Kanne ein.

»Mhmm, wirklich sehr gut«, lobte er den dargebotenen Tee.

»Sehen Sie, Herr Hauser, auf mich können Sie sich verlassen, wenn es um Kenia geht«, lachte der Seniorchef.

Anschließend verfinsterte sich sein Gesicht. Er sah

plötzlich traurig aus und das Strahlen war aus seinen Augen gewichen. Einen Moment lang sank er in seinem Ledersessel zusammen, als ob ihn eine schwere Last erdrückte. Dann schien er sich einen Ruck zu geben und richtete sich in seinem Sessel wieder auf. »Eine Sache lässt mir keine Ruhe, Herr Hauser. Das Verschwinden Ihres Vorgängers. Ich fühle mich verantwortlich, da ich ihn nach Kenia geschickt habe.«

Thomas Drucker tat der Seniorchef regelrecht leid, als er das sagte. Fast fühlte er sich veranlasst, sein Geheimnis preiszugeben. Um ein Haar wäre er aufgestanden, hätte sich vor dem alten Herrn verbeugt und ihm gesagt, wer er wirklich sei und dass er sich keine Sorgen mehr machen müsse. Aber die Ermahnungen von Kommissar Rotfux, keine Fehler zu begehen, also niemanden einzuweihen, hielten ihn zurück.

»Das verstehe ich«, sagte er deshalb nur. »Sie können doch nichts dafür. Man weiß doch gar nicht, was überhaupt passiert ist«, versuchte er den alten Mann zu trösten.

Johann Flieger sah so verzweifelt aus, wie ihn Thomas noch nie erlebt hatte. »Jetzt liegt mir meine Enkelin Sabine jeden Tag in den Ohren, ich solle etwas unternehmen, aber ich weiß nicht mehr, was ich tun könnte ... Ich selbst kann in meinem Alter nicht nach Kenia reisen, telefoniert habe ich bis zum Umfallen mit allen Geschäftspartnern, aber niemand konnte mir weiterhelfen. Thomas Drucker ist wie vom Erdboden verschwunden.«

»Was hat das mit ihrer Enkelin zu tun?«, stellte sich Peter Hauser dumm.

»Ach wissen Sie, Herr Hauser, das ist eine lange Geschichte. Sabine hatte sich in Herrn Drucker verliebt, war sogar heimlich mit ihm nach Mombasa gereist, und jetzt ist sie todunglücklich, dass ihr Herzblatt verschwunden ist.«

Thomas musste sich beherrschen, um nicht laut aufzuschreien. Der alte Herr wusste gar nicht, welche freudige Botschaft er ihm gerade überbracht hatte. Sabine liebte ihn, liebte ihn offensichtlich immer noch, wenn sie ihrem Opa jeden Tag in den Ohren lag.

»Das ist natürlich schlimm«, sagte er, um überhaupt etwas zu sagen.

»Ich weiß nicht einmal, ob es so schlimm ist«, murmelte Johann Flieger. Er sprach gedankenverloren, als ob er mit sich allein war, und zum ersten Mal hatte Thomas das Gefühl, dass der alte Herr an seine Grenzen stieß. »Keiner in der Familie war von dieser Verbindung begeistert, vor allem Bernhard und seine Frau hatten sich einen ganz anderen Schwiegersohn vorgestellt«, fuhr der alte Flieger fort. »Doch Sabine hat sich nicht von ihrer Liebe abbringen lassen. Aber was erzähle ich Ihnen da, Herr Hauser, entschuldigen Sie, ich wollte Sie damit nicht belästigen.«

»Das macht nichts. Wir sind ja über Kenia auf das Thema gekommen«, versuchte Thomas den alten Herrn zu beruhigen.

»Ach ja, Kenia«, der Seniorchef wirkte fahrig und unkonzentriert. »Könnten Sie sich vorstellen, für mich nach Kenia zu reisen, Herr Hauser? Ich würde mir wünschen, dass Sie nach Thomas Drucker suchen. Persönlich erreicht man in einem solchen Land meistens mehr.«

Jetzt war es heraus und Thomas Drucker traute seinen Ohren kaum. Der alte Johann Flieger wollte, dass er in Kenia nach seinem Vorgänger suchte. War das womöglich eine Falle, die der Seniorchef gerade aufstellte? Wusste er um sein Geheimnis?

»Ich weiß nicht«, zögerte Thomas.

»Ja klar, das kommt plötzlich für Sie, Herr Hauser«, sagte Flieger verständnisvoll. »Natürlich können Sie sich das in Ruhe überlegen. Allzu viel Zeit haben wir allerdings nicht. Wenn es noch Spuren von Thomas Drucker in Kenia gibt, werden sie bestimmt mit jedem Tag schwächer. Spätestens in zwei Wochen sollten Sie starten.«

24

Durch das Gespräch mit Johann Flieger war Thomas ziemlich aus der Bahn geworfen. Es wurde ihm klar, dass er nur wenig Zeit hatte, denn nochmals nach Kenia schicken lassen, würde er sich nicht. Er vertraute sich Kommissar Rotfux an, der ihm ebenfalls abriet, nach Kenia zu reisen.

»Wir wissen nicht, ob es vielleicht eine Falle ist. Das wäre viel zu gefährlich«, sagte er. »Versuchen Sie, den alten Flieger hinzuhalten und möglichst viel in der Firma herauszufinden. Schließlich kann er Sie nicht zwingen, nach Kenia zu gehen.«

Also arbeitete Thomas als Peter Hauser weiter bei Flieger-Moden und hielt Augen und Ohren offen. Mehrmals begegnete ihm Sabine, aber er wagte es nicht, sie anzusprechen, um sich nicht zu verraten. Dann verhalf ihm ein glücklicher Zufall zu einer völlig neuen Erkenntnis. Er war mit den Absatzzahlen des Monats Juli beschäftigt und wollte diese mit den Zahlen der Vorjahre vergleichen. Er wusste, dass Bernhard Flieger umfangreiche Statistiken führte, die er jedoch unter Verschluss gehalten und nur bei Bedarf gemeinsam mit ihm angesehen hatte. Da der Geschäftsführer weiterhin in Untersuchungshaft saß, war die einzige Möglichkeit, an die Statistiken heranzukommen, seine Sekretärin, Karin Duckstein. Er rief sie an, stellte sich dumm, erklärte was er suchte und tat so, als ob er nicht wüsste, wo im ganzen Haus er diese Statistiken bekommen könne.

»Oh, da haben Sie Glück, Herr Hauser«, flötete ihm Karin Duckstein entgegen, »ich glaube, ich kann Ihnen weiterhelfen. Wenn Sie einfach vorbeikommen, können wir gemeinsam schauen.«

Das ließ sich Thomas Drucker nicht zweimal sagen. Er ging zur Toilette, kämmte seine blond gefärbten Haare, rückte die Hornbrille mit dem getönten Fensterglas zurecht und betrat wenig später das Vorzimmer von Bernhard Flieger.

»Hallo, Herr Hauser«, begrüßte ihn Karin Duckstein freundlich. »Ich hoffe, ich kann Ihnen wirklich helfen.«

»Das wäre prima. Es ist wichtig für die Firma.«

»Klar, jetzt wo Bernhard in Haft sitzt, müssen wir tun, was wir können.«

Thomas hatte das deutliche Gefühl, dass sie sich als Retterin der Firma aufspielen wollte. Gerissen war sie. Hatte sich an Bernhard Flieger herangemacht und genoss jetzt offensichtlich ihre wichtige Rolle. Auf ihren hochhackigen Pumps stolzierte Karin Duckstein in das Büro ihres Chefs. Ihr knackiger Po wackelte vor Thomas, sodass er einen Moment fast vergaß, was er suchte. Sie war wie immer perfekt gestylt, hatte Strähnchen in ihren kurzen blonden Haaren und beugte sich über den Schreibtisch von Bernhard Flieger.

»Hier, in diesen Hängeregistern müssten die Statistiken sein«, sagte sie, während sie eine Schublade auf der rechten Seite des Schreibtisches aufzog. »Vielleicht schauen Sie am besten selbst, Herr Hauser.«

»Aber ich möchte nicht indiskret sein…«

»Ach was, Bernhard hätte sicher nichts dagegen, schließlich geht es um die Firma.« Mit diesen Worten stolzierte sie wieder zurück ins Vorzimmer.

Ganz in Ruhe sah sich Thomas Drucker die Unterlagen durch. Er fand alles was er brauchte und wollte die Schreibtischschublade gerade schließen, als ihm ganz hinten ein Register mit der Aufschrift ›privat‹ auffiel. Er griff sich die Hängemappe und schaute hinein. Alte Briefe und Bilder waren zu sehen, die er hier nicht durchsehen konnte. Also fasste er einen beherzten Entschluss. Er versteckte die gesamte Hängemappe zwischen seinen übrigen Unterlagen und schloss die Schreibtischschublade. Im selben Augenblick kam Karin Duckstein wieder in Bernhard Fliegers Büro zurück. Ihm blieb fast das Herz stehen. Ob sie etwas gesehen hatte?

»Na, haben Sie gefunden, was Sie brauchen?«, flötete sie ihm entgegen.

»Ich glaube schon. Ich nehme einige Unterlagen mit und bringe sie zurück, sobald ich meinen Bericht für Herrn Michael Hofmann fertig habe.«

Die Hängemappe mit der Aufschrift ›privat‹ behandelte Thomas Drucker für den Rest des Tages wie eine heiße Kartoffel. Zunächst versteckte er sie in seinem Aktenkoffer im Büro, dann schmuggelte er sie abends aus der Firma.

Erst zu Hause, in seiner Wohnung in der Österreicher Kolonie, ließ sich Thomas in den Ohrensessel seiner Oma fallen und sah die Mappe von Bernhard Flieger durch. Bilder und Liebesbriefe von verschiedenen Frauen waren ihm in die Hand gefallen und er schämte sich, sie überhaupt mitgenommen zu haben. Auch ein aufreizendes Foto von Karin Duckstein war dabei und ein Liebesbrief, in dem sie ziemlich offenherzig schrieb, was sie sich von Bernhard Flieger wünschte. Donnerwetter, dachte er, also stimmten die Gerüchte … Als er die Mappe fast zur Seite legen wollte, fiel ihm ein vergilbtes Bild von den Aschaffenburger Schlossterrassen in die Hand, das ein glückliches Mädchen zeigte. Irgendwie kenne ich die, dachte er. Aber woher? Er nahm den zugehörigen Brief und las. Die junge Frau schwor Bernhard Flieger ihre Liebe, erzählte begeistert von einem Ausflug nach Miltenberg, schwärmte von seinem tollen Auto und von einer Liebesnacht auf seiner Jacht. Thomas Drucker rührten ihre Worte, doch er wusste nicht, warum. Sie schrieb so klar und rein, so herzensgut und völlig verliebt, dass er sich fragte, wer die Frau auf dem Bild war.

Er legte den Brief und die Hängemappe beiseite, bereitete sich Spiegeleier und Speck zum Abendessen, sah sich die Tagesschau an und ließ sich durch einen Krimi zerstreuen. In dem Film ging es um einen Liebesbrief an einen Ermordeten, um komplizierte Ermittlungen, um Schriftproben und grafologische Gutachten. Thomas musste darüber wieder an den Liebesbrief denken, der ihn so angerührt hatte. Die Schrift, schoss ihm ein Gedanke durch den Kopf, er kannte die Schrift. Ganz aufgeregt durchwühlte er alte Briefe und Postkarten, die er von seiner Oma und seiner Mutter erhalten hatte. Dann konnte er die Tränen nicht mehr zurückhalten. Er erkannte, dass dieser Brief von seiner Mutter geschrieben war, dass diese wunderbare Liebesbezeugung von seiner ermordeten Mutter stammte.

»Ist ja interessant«, sagte Kommissar Rotfux, als ihm Thomas Drucker tags darauf den Liebesbrief und das vergilbte Bild seiner Mutter zeigte. »Ihre Oma, Maria Beletto, hat ein großes Geheimnis aus Ihrer Vergangenheit gemacht. Vielleicht ist dies die Lösung. Bernhard Flieger könnte Ihr Vater sein.«

»Der Gedanke kam mir auch schon«, antwortete Thomas Drucker leise. »Und wie erfahre ich, ob er tatsächlich mein Vater ist? Kann man einen Vaterschaftstest machen?«

»Eigentlich nur mit seiner Zustimmung«, antwortete Rotfux. »Aber da wir es hier mit zwei Morden und mehreren Mordversuchen zu tun haben, bei denen die Vaterschaft als Motiv eine Rolle spielen könnte, nehme ich das auf meine Kappe. Wir werden einen solchen Test durchführen. DNA-Proben von Bernhard Flieger liegen uns vor. Sie müssten eben auch welche abgeben. In etwa zehn Tagen haben wir das Ergebnis.«

Der Liebesbrief und das vergilbte Bild seiner Mutter brachten Thomas Drucker ziemlich durcheinander. Er hatte das Gefühl, auf einem Karussell zu sitzen, das sich immer schneller drehte. Bernhard Flieger womöglich sein Vater, er der Stiefbruder von Sabine, sein leiblicher Vater eventuell der Mörder seiner Mutter oder sogar der Auftraggeber für die Mordanschläge auf ihn. Das alles konnte er nicht fassen.

»Sie gehen jetzt in die Firma und lassen sich nichts anmerken«, hatte ihm Kommissar Rotfux eingeschärft. »Noch wenige Tage, dann haben wir sie.« Der Kommissar war optimistisch wie lange nicht mehr. »Halten Sie durch, lieber Herr Drucker«, motivierte er ihn. »Durchstöbern Sie die Schreibtische der Inhaber. Vielleicht finden Sie weitere Hinweise.«

Doch Thomas war am Ende seiner Kräfte. Er schleppte sich zwar in die Firma und versuchte seine Arbeit zu tun, aber er fühlte sich matt und ausgelaugt. Seine Mutter lag auf dem Friedhof, seine Oma ebenso und mit Sabine durfte er nicht sprechen, um sich nicht zu verraten. Ich kann nicht mehr, dachte er. Was soll das alles? Müde kehrte er am Abend in seine kleine Wohnung zurück. Es war Freitag. Gott sei Dank, dachte er. Wenigstens kann ich mich über das Wochenende erholen. Aber dann, die nächste Woche, die übernächste Woche, wann würde das je ein Ende nehmen?

Aus purer Verzweiflung fasste Thomas Drucker einen riskanten Entschluss. Er wählte mit seinem Handy die Nummer von Sabine und wartete. Es wäre vernünftiger, sie in der Firma anzusprechen oder vor ihrem Haus auf sie zu warten. Aber Thomas war an diesem Abend nicht mehr vernünftig. Er war durchgedreht, mit den Nerven fertig, wusste nicht mehr, was er tat.

»Hier Flieger.«

»Sabine?«

»Ja, wer sind Sie?«

Thomas verstellte seine Stimme jetzt nicht mehr. »Ich bin's, Thomas. Hallo, Sabine, sag jetzt einfach nichts. Hör nur zu. Ich bin zurück aus Kenia. Niemand darf es wissen, keine Polizei, niemand. Komm morgen Nachmittag um 3 Uhr zu unserem Platz am Niedernberger See. Ich liebe dich. Hast du verstanden?«

»Oh mein Gott ... Wo bist du?«

»Bitte, Sabine, sag niemandem etwas. Komm morgen, und komm allein. Niemand darf dich sehen. Hast du verstanden?«

»Ja, aber ich begreife nicht. Warum können wir nicht reden?«

»Bitte, du wirst sehen ...«

Mit diesen Worten legte Thomas Drucker auf. Es war ihm klar, dass er massiv gegen die Bedingungen von Kommissar Rotfux verstoßen hatte. Er war unvorsichtig gewesen. Das Telefonat war vielleicht abgehört worden. Trotzdem war er froh, mit Sabine gesprochen zu haben. Er freute sich, sie endlich zu sehen – falls sie tatsächlich kam.

Am Samstag um die Mittagzeit fuhr Thomas Drucker mit seinem Mietwagen zum Niedernberger See. Das Wetter war für Anfang September sehr schön. Ein strahlend blauer Himmel hing über Aschaffenburg und das Thermometer zeigte 26 Grad. Tolles Badewetter, dachte Thomas. Er hatte eine Badetasche gepackt, mit zwei Handtüchern, Badelatschen, einer Badehose zum Wechseln und einer Badekappe, die er sonst nie trug. Thomas stellte seinen Wagen in der vordersten, zum See gerichteten Parkplatzreihe ab, nahm die Badetasche aus dem Kofferraum und ging den leichten Abhang zum See hinunter. An der ›Honisch Beach‹, wie der Badestrand im Volksmund hieß, herrschte Hochbetrieb. Die Liegewiese war dicht mit Handtüchern und Decken belegt, auf denen die Badegäste in der Sonne lagerten. Bunte Sonnenschirme, Plastikbälle, Schwimmreifen und Luftmatratzen gaben ein lebhaftes Bild ab. Thomas merkte, dass er seit Tagen in der Firma und seiner Wohnung eingesperrt gewesen war. Aus Angst vor Entdeckung hatte er nur das Nötigste unternommen. Jetzt genoss er plötzlich die Freiheit an diesem See, der so etwas wie Ferienstimmung in ihm aufkommen ließ.

Er wählte einen Platz etwa 20 Meter vom Sandstrand entfernt, zwischen einer Familie mit kleinen Kindern und einer Gruppe junger Leute. Dort legte Thomas seine Strandmatte auf den Rasen und das Handtuch auf die Matte, zog Schuhe und Strümpfe aus, ebenso seine Hose. Sein Shirt behielt er an, um sich nicht durch sein großes, dunkles Muttermal zu verraten, das er auf der linken Schulter hatte. Die Hornbrille mit den Fenstergläsern behielt er auf. Er wollte kein unnötiges Risiko eingehen und sich erst in Thomas Drucker zurückverwandeln, wenn das Treffen mit Sabine kurz bevorstand. Da es erst halb eins war, hatte er noch viel Zeit. Er legte sich gemütlich auf sein Handtuch und ließ den See auf sich wirken. Wie ein kleines Paradies kam er ihm vor. Er hörte das Stimmengewirr der Badegäste, die spielenden Kinder und die Musik, die von der Honisch-Beach-Bar herübergeweht wurde. Ein Sportflugzeug kreiste am Himmel, er sah ein paar Enten mit schnellen Schlägen über den See fliegen und glitt in einen sanften Schlaf hinüber.

Als er wieder aufwachte, erschrak er zu Tode. Mein Gott, er würde Sabine hoffentlich nicht verpasst haben … Er riss seine Uhr hoch: Gott sei Dank, erst ein Uhr. Er hatte nur eine knappe halbe Stunde geschlafen, obwohl es ihm wie eine Ewigkeit vorkam. Er kannte das. So ein kurzer Schlaf am Strand konnte Wunder wirken. Man schlief viel tiefer. Wenige Minuten reichten, um sich zu erholen.

Thomas stand auf, zog seine Badelatschen an und ging zur Honisch-Beach-Bar. Oft war er hier mit Sabine gewesen, die er nun sehnsüchtig erwartete. Die Minuten kamen ihm wie Stunden vor. Er beobachtete die Kinder, die beim Spielplatz im künstlich angelegten Bach planschten, und sah zwischendurch immer wieder in Richtung Parkplatz, um Sabine auf keinen Fall zu verpassen.

Endlich, um halb drei, erschien sie zwischen den zahlreichen Fahrrädern, die oberhalb der Liegewiese abgestellt waren. Am liebsten wäre Thomas ihr entgegengerannt und hätte sie begrüßt, aber er beherrschte sich. Erst musste er sehen, ob sie wirklich allein war und zu ihrem Treffpunkt schwamm. Sie trug eng anliegende Shorts, darüber ein hellgelbes Shirt, das Thomas kannte. Mit ihren Flip-Flops konnte sie den leichten Abhang von den Fahrrädern zur Liegewiese schlecht hinuntergehen, schaute sich suchend um und legte schließlich ihr Handtuch auf die Wiese, etwa zehn Meter von der Stelle entfernt, an der Thomas seine Sachen liegen hatte. Sie war unruhig, zog ihre Oberbekleidung aus, ging zum Strand, steckte die Füße ins Wasser, um die Temperatur zu testen, sah sich unsicher um, schaute auf die Uhr und stieg ins Wasser. Thomas erhob sich und eilte von der Honisch-Beach-Bar zu seinem Platz auf der Liegewiese. Er wartete bis Sabine über die Leine gestiegen war, welche den Nichtschwimmerbereich vom tieferen Wasser trennte, zog sein Shirt aus und stieg über den hölzernen Badesteg ebenfalls in den See. Im ersten Moment war das Wasser kalt, eiskalt. Er vergaß die Kälte, dachte nur an Sabine, die etwa zehn Meter vor ihm schwamm und sich genau in Richtung ihres Treffpunktes bewegte. Schnell überstieg er ebenfalls die Nichtschwimmerabtrennung, die zwischen orange-roten Bojen an der Oberfläche schaukelte, und ging rasch tiefer ins Wasser. Das Ufer fiel innerhalb weniger Meter steil ab und er musste nach einigen Schritten anfangen zu schwimmen.

Sabine sah sich mehrmals zu ihm um, schien ihn aber nicht zu erkennen. Rufen wollte er nicht, da sie noch zu nah am Ufer waren und er sich damit womöglich verraten hätte. Also schwamm er einfach hinter ihr her und versuchte, langsam näher zu kommen. Nach etwa fünf

Minuten hatten sie sich der Spitze der kleinen Halbinsel genähert, die zwischen dem Badestrand und dem Seehotel Niedernberg lag.

»Sabine, ich bin es«, rief er ihr zu.

Sie sah sich um, schaute verwundert in seine Richtung, schwamm aber trotzdem weiter.

»Sabine, nun warte doch, ich bin es, Thomas!«

Sie hielt wieder inne, sah ihn ratlos an, schüttelte den Kopf, schaute in Richtung des vereinbarten Treffpunktes am Ufer und drehte ab.

»Bitte, so warte doch Sabine …«

Plötzlich hielt sie in ihrer Schwimmbewegung inne und kam auf ihn zu. »Darf ich Ihren Rücken einmal sehen?«, fragte sie leise.

Sie war ganz nah. Er sah das Blau ihrer Augen, sah ihre hübsche Stupsnase, ihre braune Haut und war von unendlicher Sehnsucht nach ihr erfüllt. Er drehte sich auf den Bauch und ließ sie wortlos näher kommen. Es war ihm klar, was sie auf seinem Rücken sehen wollte. Er wusste, jetzt hatte er gewonnen. Er drehte ihr die linke Schulter entgegen, die Schulter mit dem großen braunen Muttermal. Er spürte ihre Hand auf seiner Schulter, spürte ihre Hand in seinem Nacken, dann war sie bei ihm und versuchte ihn zu umarmen.

»Mein Gott, Thomas.«

»Oh Sabine.«

Planschend lagen sie sich in den Armen. Anschließend schwammen sie langsam in Richtung Treffpunkt weiter, hinüber zu *ihrer* Halbinsel.

»Ich habe dich nicht erkannt«, seufzte Sabine, als sie am Ufer aus dem Wasser stiegen. »Der Bart, deine blonden langen Haare, unglaublich …«

Sie setzten sich auf die einfache Bank an ihrem Lieblingsplatz und ließen sich von der Sonne trocknen. Es dauerte lange, bis er ihr alles erzählt hatte, was seit ihrer Abreise aus Kenia passiert war. Immer wieder unterbrach sie seinen Bericht durch ihre Küsse, von denen er nicht genug bekommen konnte.

»Du musst mir fest versprechen, dass du niemandem meine Rückkehr verrätst. Keiner darf wissen, dass ich überlebt habe, sonst bin ich womöglich wieder in Gefahr.«

Sabine versprach es hoch und heilig unter der Bedingung, dass sie ihn heimlich in seiner neuen Wohnung in der Österreicher Kolonie besuchen dürfe. Danach trennten sie sich wieder, um keinerlei Verdacht zu erregen. Sabine schwamm voraus. Thomas wartete einige Minuten und folgte ihr zurück zum Badestrand. Unter der silbern glänzenden Dusche am Ufer wusch er sich sorgfältig ab. Es war spät geworden. Die Sonne hatte sich bereits hinter den hohen Bäumen am rechten Ufer des Sees versteckt, die ihre langen Schatten bis in die Mitte des Sees warfen. Thomas war müde, aber glücklich. Er sah noch, wie Sabine ihre Sachen packte und zum Parkplatz ging. Anschließend fuhr er ebenfalls nach Hause.

25

Eine Woche später besuchte Kommissar Rotfux abends Thomas Drucker in seiner kleinen Wohnung. Nach der Begrüßung und einem Gespräch über das derzeit schöne Spätsommerwetter kam Rotfux zur Sache.

»Bernhard Flieger ist tatsächlich ihr leiblicher Vater«, verkündete er. »Das Ergebnis des Vaterschaftstests ist eindeutig.«

Obwohl Thomas mit diesem Ergebnis gerechnet hatte, wusste er im Moment nicht, was er sagen sollte.

»Weiß es mein Vater bereits?«, murmelte er.

»Nein, ich glaube nicht. Wahrscheinlich hat er keine Ahnung davon.«

Kommissar Rotfux schlug vor, dass Thomas ihm diese Nachricht persönlich überbringen solle und man bei der Gelegenheit nochmals wegen der Morde und Mordanschläge nachhaken könne.

»Ich weiß nicht«, zögerte Thomas, »können wir das nicht noch eine Zeit lang geheim halten? Mir ist irgendwie unwohl bei dem Gedanken.«

Kommissar Rotfux hielt davon nichts. »Man muss der Wahrheit ins Gesicht schauen«, wandte er ein. »Außerdem sind Sie damit einer der Erben von Flieger-Moden, Herr Drucker. Was soll daran unangenehm sein?«

Also wurde Thomas bereits am nächsten Tag zur Justizvollzugsanstalt gebracht, in der sein Vater in Untersuchungshaft saß. Kommissar Rotfux hatte beim Staatsanwalt eine Besuchserlaubnis besorgt und begleitete seinen Schützling. Die schweren Gittertüren, von denen Sie mehrere passierten, lösten in Thomas Drucker ein Gefühl der Beklemmung aus. Obwohl sie weiß oder gelb gestrichen waren und nicht unfreundlich wirkten, machten sie unübersehbar klar, dass man hier weggeschlossen war und seiner Freiheit beraubt. Nachdem sie den Besucherraum erreicht hatten, verabschiedete sich Rotfux.

»In einer halben Stunde hole ich Sie wieder ab. Länger ist leider nicht üblich.«

Thomas ging in dem kargen Raum auf und ab, in dem ein Holztisch und zwei Stühle standen. Alles war in Gelb gehalten, sogar die schweren Gitter vor dem Fenster. Wieder ergriff ihn dieses Gefühl der Beklemmung.

Kurz darauf wurde Bernhard Flieger in den Raum gebracht. »Guten Tag, Herr …«, sagte er nervös und konnte sich offensichtlich nicht an den Namen erinnern. Er sah blass aus, abgemagert, seine Augen musterten seinen Besuch unruhig, dann setzte er sich an den Holztisch.

»Hauser, Peter Hauser«, half ihm Thomas weiter.

»Ja, richtig, das hatte man mir gesagt«, murmelte Bernhard Flieger. Er sprach müde und wirkte irgendwie enttäuscht. »Sie sind der neue Marketingleiter unserer Firma und wollten etwas Wichtiges mit mir besprechen.«

Thomas Drucker setzte sich ebenfalls und sah Bernhard Flieger in die Augen. Das ist also mein Vater, dachte er. Ein verbitterter Mann, der hinter Gittern saß, weil er Maria Beletto und seine Mutter umgebracht hatte, möglicherweise jedenfalls.

»In der Firma laufen alle Projekte normal«, begann

Thomas Drucker. »Ich bin eher aus privaten Gründen hier, Herr Flieger.«

»Aus privaten Gründen?«, wunderte dieser sich.

Thomas sah auf die Uhr. Die Zeit lief. Fünf Minuten waren bereits um. Er musste schnell zum Thema kommen. »Hier, sehen Sie mal«, sagte er und reichte Bernhard Flieger das vergilbte Bild seiner Mutter, welches er in dessen Schreibtisch gefunden hatte.

Flieger sah sich das Bild an und zog die Stirn in Falten. »Woher haben Sie das?«

»Aus Ihrem Schreibtisch.«

»Wie bitte?« Flieger erhob sich empört. »Sie schnüffeln in meinem Schreibtisch herum?«

»Bitte, es war Zufall, ich habe es zufällig entdeckt«, wehrte sich Thomas.

»Zufall, Zufall. Sie haben in meinem Schreibtisch herumgewühlt. Das wird Konsequenzen haben, wenn ich wieder draußen bin.«

Bernhard Flieger ging ärgerlich im Besucherzimmer auf und ab.

»Wollen Sie den Besuch beenden, Herr Flieger?«, fragte der anwesende Vollzugsbeamte.

»Nein, lassen Sie nur, damit komme ich klar«, brummte Bernhard Flieger und setzte sich wieder. Der Vollzugsbeamte wies Thomas darauf hin, dass er Bernhard Flieger nichts übergeben dürfe.

»Ich zeige ihm nur ein Bild und einen Brief von früher«, erklärte Thomas.

»Muss eigentlich alles genehmigt werden. Aber ich will mal ein Auge zudrücken.« Weitere fünf Minuten waren inzwischen vergangen und Thomas Drucker sah wieder unruhig auf seine Uhr.

»Hier der Brief«, sagte er und reichte ihn Bernhard Flieger.

Flieger las den Brief und wurde ganz still. »Jaja, sie hat mich geliebt. War nur eine kurze Affäre. Leider vielleicht, sie war wohl ein besonderes Mädchen. Warum zeigen Sie mir das Bild und den Brief?«

Thomas zögerte. Sollte er jetzt unumwunden die Wahrheit sagen? Er sah auf seine Uhr. Fast 15 Minuten waren vergangen. Er durfte nicht noch mehr Zeit verlieren.

»Die Frau auf dem Bild ist meine Mutter.«

»Ihre Mutter?«, wunderte sich Bernhard Flieger.

»Ja, ich habe das Bild mit alten Fotos verglichen, die ich selbst von ihr habe. Sie ist eindeutig meine Mutter.«

»Und warum erzählen Sie mir das? Wie geht es Ihrer Mutter? Will sie etwas von mir? Schickt sie Grüße?«

»Nein, sie kann keine Grüße schicken. Sie ist tot.«

Bernhard Flieger sah Thomas Drucker verständnislos an. »Nun verstehe ich überhaupt nichts mehr«, murmelte er. »Warum zeigen Sie mir das Bild und den Brief dieser Toten?«

»Weil Sie meine Mutter ist.«

»Und was hat das mit mir zu tun?«

»Sie hat Sie geliebt, Sie haben mit ihr geschlafen, Herr Flieger …«

Thomas sprach jetzt erregt, hatte das Gefühl, seine Mutter gegen diesen Ignoranten verteidigen zu müssen, der nicht ahnte, worum es ging.

»Nun ja, das war damals meine heiße Zeit. Ich hatte mehrere Mädchen. Hab' die eine oder andere geliebt, das ist so, wenn man jung ist.«

»Und Sie haben keine Ahnung, was aus ihr geworden ist?«

»Nein, aber Sie sagten doch, sie sei tot. Was also soll das Ganze?«

Thomas Drucker sah auf die Uhr. Noch zehn Minuten bis zum Ende der Besuchszeit. »Sie *ist* tot. Meine Mutter ist Ilona Drucker, die im Pompejanum ermordet wurde. Offensichtlich waren Sie früher mit ihr befreundet.«

Bernhard Flieger schluckte. »Ja, das stimmt, Ilona hieß sie, den Nachnamen hatte ich längst vergessen. Und jetzt wollen Sie mir den Mord in die Schuhe schieben! Aber ich schwöre, ich habe mit den Morden nichts zu tun.« Bernhard Flieger war außer sich. Seine Müdigkeit schien plötzlich wie verflogen.

Thomas Drucker nahm seine dicke Hornbrille ab und sah Bernhard Flieger direkt in die Augen. Er hatte das Gefühl, sich nicht mehr verstellen zu dürfen. »So wie es aussieht, bin ich Ihr Sohn«, sagte er leise.

»Mein Sohn?« Bernhard Flieger begann zu lachen. »Das ist der beste Witz, den ich je gehört habe. Man verdächtigt mich des Mordes, was natürlich völliger Quatsch ist, und jetzt kommen Sie und wollen mein Sohn sein.«

»Es gibt einen Vaterschaftstest. Kommissar Rotfux hat einen machen lassen. Das Ergebnis ist eindeutig.«

Bernhard Flieger lachte weiter. »Schauen Sie sich mal Ihren Bart und Ihre Haare an, junger Mann. Beides strohblond. Sie können unmöglich mein Sohn sein.«

»Haare und Bart sind gefärbt. Ich musste mich verstecken.«

»Das wird ja immer verrückter.«

»Ja, alles ziemlich verrückt. Seit ich aus Kenia zurück bin, musste ich sehr vorsichtig sein. Habe mir einen neuen Namen und ein anderes Aussehen zugelegt.«

Bernhard Flieger sah ihn verständnislos an. »Einen

neuen Namen? Ein anderes Aussehen?«, stammelte er.
»Dann heißen Sie gar nicht Peter Hauser?«

»Nein …«

»Und Sie waren in Kenia?«

»Ja, im Auftrag der Firma.«

»Ich werd' verrückt! Du bist Thomas Drucker«, stammelte Bernhard Flieger. »Jetzt erkenne ich dich, dein Tonfall, deine Augen, deine Hände, alles stimmt – und du bist *mein* Sohn.«

Die Stimme von Bernhard Flieger begann zu zittern. Er bekam feuchte Augen. Auch Thomas Drucker war sehr gerührt. Der Vollzugsbeamte stand in einer Ecke des Besuchszimmers und sagte keinen Ton. Die beiden Männer erhoben und umarmten sich.

»Ich hatte schon immer so ein seltsames Gefühl bei dir«, sagte Bernhard Flieger leise. »Irgendwie muss ich es gespürt haben.«

Der Katzenfänger ging gebückt, schleichend, setzte vorsichtig einen Fuß vor den anderen, um in den Blättern, welche Ahorn und Eichen bereits abgeworfen hatten, keinen Lärm zu machen. Es war fast Mitternacht. Die Ludwigssäule ragte zwischen den Bäumen auf ihrem breiten Sockel in die Nacht, von unten angestrahlt, rot-braun glänzend. Auf der Ludwigsallee war kaum noch Verkehr. Ein einsames Fahrzeug fuhr Richtung Klinikum. Er schaute sich um und ließ unauffällig ein Fischbällchen fallen. Aus den Augenwinkeln sah er den kräftigen schwarzen Kater, der ihm in respektvollem Abstand folgte. Ein Prachtexemplar, dachte er. Der würde viel Blut haben. Er ging weiter in Richtung Ludwigssäule, ließ alle paar Meter ein Leckerli fallen und setzte sich dann auf die Stufen des

Denkmals. Ein leichter Wind säuselte in den Bäumen. Der Mann saß auf dem Jutesack, den er bei sich trug, um die Kälte der Treppenstufen weniger zu spüren. Er beobachtete den Kater, der langsam näher kam. Mit hoch erhobenem Schwanz stolzierte er auf ihn zu, als ob er sich dadurch größer und wichtiger machen wollte, und fraß ein Fischbällchen nach dem anderen.

»Bist ein Braver«, sagte der Mann.

Er kraulte den Kater hinter den Ohren. Der machte einen runden Rücken, stellte sich ganz hoch auf, und strich dem Mann um die Beine.

»So ist's recht«, flüsterte der und hielt ihm ein weiteres Leckerli hin. Der Kater fraß es und ließ sich streicheln. Er sprang an den Beinen des Mannes hoch und krallte sich in seine Hose.

Der Kater tat ihm leid, aber er brauchte dringend die 100 Euro, die er für ihn bekommen würde. Hatte Spielschulden und wusste nicht mehr aus noch ein. Da kam dieser Job gerade recht. Alle paar Wochen ein paar Katzen zu fangen war für ihn kein Problem. Sie hatten früher selbst Katzen gehabt. Er kannte sie. Sie hatten bei ihm im Bett geschlafen, waren seine Freunde gewesen und hatten ihm vertraut.

Auch der schwarze Kater vertraute ihm inzwischen. Er schmiegte sich an ihn, genoss die Wärme seines Körpers und fraß mehrere Leckerli, die ihm der Mützenmann aus seiner Manteltasche gab.

»Komm mit«, sagte er und ging durch den kleinen Park in Richtung Godelsberg.

Tatsächlich folgte ihm der schwarze Kater.

Rechts leuchtete weiß der Bildstock des Heiligen St. Urban zwischen den Stämmen der kräftigen Bäume.

Irgendwie fühlte sich der Mützenmann vom Heiligen beobachtet und ging schnell den Hang hinauf. Nur nicht sentimental werden, dachte er. Ich brauche das Geld. Es hilft alles nichts. Als er sein Auto, welches er an der Zufahrt zum Godelsberg abgestellt hatte, fast erreichte, bückte er sich zum Kater und gab ihm ein letztes Fischbällchen. Als der Kater es nahm, packte er ihn im Genick, hielt den Jutesack auf und ließ das Tier hineingleiten.

Der Kater schrie jämmerlich. Er schien zu ahnen, was passierte. Das Schreien war nur kurz zu hören. Der Mützenmann band den Sack zu, warf ihn in den Kofferraum seines blauen VW Golf. Wenig später übertönte das Geräusch des startenden Motors das Gemaunze des Katers. Zwei rote Schlusslichter waren noch zu sehen, die sich in Richtung Stadt entfernten, dann war an der Ludwigssäule alles ganz still.

Thomas Drucker wartete sehnsüchtig auf Sabine. Sie hatte ihm versprochen, spät am Abend zu seiner kleinen Wohnung in der Österreicher Kolonie zu kommen. Endlich hörte er Schritte und sah sie von seinem Wohnzimmerfenster aus durch den Vorgarten gehen. Er eilte nach unten, öffnete die Haustür und ließ sie herein. Die steile Holztreppe, welche zu seiner Wohnung nach oben führte, knarrte unter ihren Schritten, als wollte sie den Besuch begrüßen.

»Ich bin so froh«, seufzte sie. »Ich kann es noch gar nicht begreifen, dass du wieder da bist.«

Sie fand seine neue Wohnung sehr gemütlich. Es ging eine tiefe Geborgenheit von diesem alten Haus aus. Die schrägen Decken beugten sich schützend über seine Bewohner und Sabine war froh, dass er hier Unterschlupf gefunden hatte.

»Ein tolles Versteck ist das hier«, sagte sie. »Wer sollte je auf die Idee kommen, dass du hier wohnst?«

»Wenn du mich nicht verrätst, kann es eigentlich niemand wissen«, meinte Thomas, »doch wir müssen vorsichtig sein. Die Mörder sind noch nicht gefasst.«

»Du glaubst also nicht, dass es mein Vater war?«, fragte Sabine.

»Nein.«

»Aber wer dann?«

»Das weiß ich ehrlich gesagt auch nicht«, murmelte Thomas Drucker leise. »Jeder käme natürlich infrage, ich habe keine Ahnung. Am ehesten würde ich die Mordversuche Alexander Leitner zutrauen, doch dafür bräuchte man Beweise. Warum hast du eigentlich so eng mit ihm getanzt?«

Sabine zuckte zusammen. »Woher weißt du das?«

»Ich habe Bilder in der Zeitung gesehen, bei Kommissar Rotfux.«

»Ach so, du meinst die Fotos vom Ball bei der Aschaffenburger Fashion Week. Dort musste ich mit ihm tanzen. Ich war todmüde, habe mich für einen Augenblick vergessen und meinen Kopf an seine Schulter gelehnt. Das hatte nichts zu bedeuten, Thomas, wirklich gar nichts. Aber die Presse stürzt sich natürlich auf solche Bilder. Ich habe mich sehr darüber geärgert.«

Als ob sie ihm jeden Zweifel nehmen wollte, zog sie Thomas ins Schlafzimmer und begann sich auszuziehen. Er genoss den Anblick ihres wunderschönen Körpers.

»Komm«, sagte sie leise, »ich liebe dich sehr.«

Mit ihren zarten langen Fingern begann sie ihm das Hemd aufzuknöpfen, dann die Hose, riss ihm das Unterhemd förmlich vom Körper, war völlig von Sinnen, wollte ihn von Kopf bis Fuß spüren. Bald lagen sie völlig nackt im gemütlichen Ehebett mit den durchgelegenen Matratzen unter dem schrägen Dach dieser kleinen Wohnung. Er streichelte jeden Millimeter ihres zarten Körpers.

»Ich bin so glücklich«, seufzte sie.

»Ich auch.«

Sie hatten keine Eile, fühlten sich geborgen in diesem Bett, das sicher schon viel erlebt hatte.

»Es ist ungewohnt mit deinem Bart«, kicherte sie.

»Magst du ihn?«

»Ich weiß nicht. Er kitzelt. Aber anders gefällst du mir besser.«

Eine Zeit lang sagten sie nichts. Sie spürten ihre Körper, konzentrierten sich auf ihre Gefühle, auf ihre Sehnsucht, auf ihre Mitte, die endlich zu ihrem Recht kam.

»Es war sehr schön«, seufzte sie hinterher.

»Ja, sehr.«

Sie blieben noch lange nebeneinander liegen, als ob sie nie mehr voneinander lassen wollten. Er streichelte sie und sie schloss die Augen, genoss die Ruhe in dieser kleinen Wohnung.

»Ich bin so froh, dass du nicht seine leibliche Tochter bist«, sagte er irgendwann.

»Wie meinst du das?«, fragte sie erstaunt.

»Ich bin froh, dass dich deine Mutter mit in die Ehe gebracht hat.«

»Ach so«, lachte sie. »Das ist eigentlich egal. Ich heiße Sabine Flieger, bin seine Tochter und alle in der Familie Flieger haben mich akzeptiert.«

Thomas Drucker zögerte. »Es gibt da ein Problem, Sabine. Ich habe herausgefunden, wer mein Vater ist.«

»Tatsächlich?«

Sie setzte sich im Bett auf und sah ihn interessiert an. »Und? Wer ist es?«

Er setzte sich ebenfalls hin und nahm sie in den Arm. »Du wirst es nicht für möglich halten. Wir haben – im Prinzip – denselben Vater, Sabine.«

»Oh mein Gott.«

»Dein Stiefvater ist mein leiblicher Vater. Bernhard Flieger war vor vielen Jahren mit meiner Mutter zusammen. Ich habe ein Bild von meiner Mutter in seinem Schreibtisch gefunden und dazu einen Liebesbrief. Sie muss ihn einmal sehr geliebt haben.«

»Wahnsinn«, stammelte sie. »Und du bist dir sicher?«

»Ja, ein Vaterschaftstest hat es bestätigt. Das Ergebnis ist eindeutig.«

So langsam begann Sabine zu verstehen. Gesetzlich waren sie Bruder und Schwester, aber zum Glück nicht blutsverwandt.

»Mein Gott, Thomas, zum Glück bin ich nicht seine leibliche Tochter«, seufzte sie. »Trotzdem – an die Tatsache, dass wir irgendwie Bruder und Schwester sind, muss ich mich erst gewöhnen.«

26

Kommissar Rotfux hatte zu einer Dringlichkeitssitzung eingeladen. Seine Mitarbeiter wussten, was das bedeutete. Sie konnte Stunden dauern.

»Die Sache spitzt sich zu«, mit diesen Worten begann der Kommissar die Sitzung. »Thomas Drucker ist zum Glück wieder aufgetaucht. Er hat herausgefunden, dass Bernhard Flieger sein leiblicher Vater ist. Dessen Rechtsanwalt hat nun allerdings erwirkt, dass Bernhard Flieger gegen Kaution aus der Untersuchungshaft freigelassen wurde.«

»Freigelassen?« Oberwiesner rieb sich verwundert die Augen. »Alles sprach doch gegen ihn. Wenn das kein Fehler ist! Die Indizien sind eindeutig: Das Tatwerkzeug mit seinen Fingerabdrücken, der Jutesack in seinem Gartenhaus – am dringenden Tatverdacht hat sich nichts geändert. Oder gibt es neue Erkenntnisse?«

»Nein, Otto, aber das ist nicht entscheidend. Neben dem dringenden Tatverdacht muss zusätzlich Fluchtgefahr oder Verdunkelungsgefahr bestehen, um jemand in Untersuchungshaft zu behalten. Dies sah der Richter nicht mehr als gegeben an.«

Der Kommissar erläuterte, dass Bernhard Flieger sehr glaubhaft versichert habe, auf keinen Fall Aschaffenburg zu verlassen. Er müsse sich um seine Firma kümmern und seit er einen Sohn habe, sei es ihm doppelt wichtig, dass alles geklärt werde.

»Die Argumentation mit seinem Sohn hat wohl den Ausschlag gegeben. Außerdem hat er eine Kaution von 200.000 Euro hinterlegt und seinen Pass abgegeben. Jetzt wird es spannend. Entweder Bernhard Flieger hat tatsächlich nichts mit den Anschlägen zu tun, oder der nächste steht unmittelbar bevor.«

Rotfux stand auf, trat hinter seinen Stuhl und redete im Stehen weiter. »Meine Dame, meine Herren, wir müssen nochmals alles durchgehen. Irgendwo muss der Schlüssel zur Lösung liegen.«

Der junge Seidelmann rutschte unruhig auf seinem Stuhl hin und her, doch diesmal ließ ihn Rotfux nicht zu Wort kommen. Er wollte erst das Grundsätzliche klären.

»Gibt es irgendwelche neuen Erkenntnisse zu den bisherigen Indizien?«

»Die Schmierer vom Altstadtfriedhof scheinen dieselben zu sein, welche die Pentagramme an die Türen der Stiftsbasilika gemalt haben«, brummte Oberwiesner. »Pinselhaare, Art des Pinselstriches ... alles identisch, jedenfalls nach den Analysen des LKA.«

»Hatte ich vermutet«, sagte Rotfux leise. »Sonst noch etwas von Bedeutung?«

Gerda Geiger meldete sich zu Wort. »Wir haben durch einen glücklichen Zufall erfahren, dass an Moses Loroupe, den Geschäftsführer von Bamburi Leisure Wear Ltd. in Nairobi, 20.000 Euro durch die Sparkasse Aschaffenburg überwiesen wurden. Seltsamerweise kam das Geld von einem Konto der Firma Leitner-Moden, die aber gar keine Modelle aus Kenia im Programm hat.«

»Ist ja interessant«, brummte Rotfux. »Wie sind Sie darauf gestoßen?«

»Die Steuerfahndung hat bei der Firma Leitner-Moden ermittelt. Dabei fiel diese Überweisung auf, der keine Gegenleistung gegenübersteht.«

»Irgendwelche Erklärungen dafür?«

»Bisher nicht. Es fällt allerdings auf, dass Moses Loroupe einer der Letzten war, mit denen Herr Drucker vor seinem Verschwinden in Kenia Kontakt hatte.«

»Also steckt vielleicht doch dieser Alexander Leitner hinter allem, der von Anfang an hinter Sabine Flieger her war«, dachte Rotfux laut nach.

»Oder hat sogar dessen Vater etwas damit zu tun«, mischte sich Oberwiesner ein, der bereits seine dritte Cola trank. »In einem Interview während der Aschaffenburger Fashion Week hatte er vom Zusammenschluss von Flieger-Moden mit seiner Firma geschwärmt. ›Maintex‹ wollte er den neuen Bekleidungskonzern nennen. Er scheint weiterhin von der Verbindung seines Sohnes mit Sabine Flieger zu träumen.«

»Mhmm, wäre möglich«, brummte Rotfux. »Zumal er sogar ein Verhältnis mit Nicole Flieger zu haben scheint.«

»Vielleicht haben die beiden den Verdacht auf Bernhard Flieger gelenkt«, meldete sich Gerda Geiger zu Wort. »Immerhin war es fast zu offensichtlich, dass wir die Tatwaffe vom Mord an Maria Beletto mit Bernhard Fliegers Fingerabdrücken in seinem Gartenhaus gefunden haben. Kein halbwegs normaler Mensch würde die Tatwaffe einfach in seinem Gartenhaus verstecken.«

»Daran habe ich eigentlich von Anfang an nicht geglaubt«, murmelte der Kommissar. »Aber die Beweislage war so erdrückend, die ganze Stadt so aufgewühlt, dass wir Bernhard Flieger einfach in Untersuchungshaft nehmen mussten.«

Rotfux sah in die Runde und bemerkte, dass der junge Seidelmann weiterhin unruhig auf seinem Stuhl hin und her rutschte.

»Herr Kommissar«, meldete er sich ganz eifrig zu Wort. Seine Wangen glühten. »Herr Kommissar, ich habe eine wichtige Mitteilung zu machen: Am Godelsberg sind in den letzten Tagen mehrere Katzen verschwunden. Drei schwarze Kater wurden als vermisst gemeldet.«

»Na also«, brummte Otto Oberwiesner, »kaum ist Bernhard Flieger aus dem Knast, schon geht die Sache wieder los ...«

Kommissar Rotfux hörte über diese Zwischenbemerkung hinweg. »Und Sie sind sich sicher?«, fragte er den jungen Seidelmann.

»Ja, leider. Klaus Zimmermann vom Main-Echo hat mich vorhin angerufen. Ein Betroffener hat sich bei der Zeitung gemeldet. Er will morgen einen Bericht darüber bringen.«

»Und was haben Sie ihm gesagt, Herr Seidelmann?«

»Dass wir die Sache genau beobachten.«

»Beobachten«, murmelte Rotfux leise vor sich hin. »Beobachten ist zu wenig. Wir müssen sie erwischen, diese Katzenfänger. Wir müssen ihnen das Handwerk legen. Gleich heute Nacht beginnen wir damit.« Rotfux ging unruhig auf und ab und gab seine Anweisungen. »Otto, du kümmerst dich bitte um die Kollegen vom Streifendienst. Seidelmann, Sie versuchen so viele junge Leute wie möglich aus der Verwaltung für unseren Sondereinsatz zu begeistern. Alle sollen heute Abend am Godelsberg sein, die Schutzpolizisten in Zivil und unauffällig. Wir müssen jeden Winkel dieses Wohnviertels durchforsten. Wir müssen sie kriegen.«

Sobald sich die Dämmerung über den Godelsberg legte, schwärmten die Gefolgsleute von Rotfux aus. Überall spazierten sie herum. Zunächst tat sich wenig. Nach etwa einer Stunde wurde ein älterer Herr mit schneeweißem Haar aufgegriffen, der eine Katze verfolgte. Durch einen Anruf bei seiner Tierärztin konnte er aber glaubhaft nachweisen, dass es seine eigene Katze war, die er einfangen wollte.

»Ich habe vom Verschwinden mehrerer Tiere gehört, deshalb wollte ich unseren Peterle zur Sicherheit nach Hause holen. In den nächsten Tagen lassen wir ihn nicht mehr raus«, erklärte er ganz aufgeregt.

Erleichtert zog der alte Herr mit seiner Katze ab, nachdem er Rotfux hoch und heilig versprochen hatte, niemand etwas über die Aktion der Kriminalpolizei zu verraten. Wenig später stellten zwei Bereitschaftspolizisten in Zivil mehrere Jugendliche, welche einen Kater jagten. Der Kommissar ärgerte sich mächtig, als er erfuhr, dass einer der Sohn eines Polizisten war und sich die jungen Leute über den Sondereinsatz der Kripo lustig machen wollten.

»Da mangelt es wohl an der guten Erziehung«, brummte Rotfux mürrisch, als ihm die Jugendlichen vorgeführt wurden.

Anschließend tat sich mehrere Stunden nichts. Die Angestellten aus der Verwaltung und die Bereitschaftspolizisten in Zivil verloren nach und nach die Begeisterung an ihrem Sondereinsatz und gegen Mitternacht hatte sie der Kommissar fast alle nach Hause geschickt. Aber

Rotfux wäre nicht Rotfux gewesen, wenn er die Aktion abgebrochen hätte.

»Wir bleiben notfalls die ganze Nacht«, sagte er entschlossen zu seinen eigenen Leuten. »Ich will unbedingt sehen, was hier am Godelsberg läuft.«

Er versteckte sich mit dem jungen Seidelmann und Otto Oberwiesner in der kleinen Parkanlage unterhalb des Godelsbergs. Mehrere Streifenwagen beließ er in Alarmbereitschaft in den Anliegerstraßen auf der anderen Seite der Ludwigsallee. Seidelmann und Oberwiesner bezogen Posten hinter zwei dicken Eichen auf Höhe der Ludwigssäule, die um diese Zeit noch von einem Scheinwerfer angestrahlt wurde. Der Kommissar selbst hielt sich weiter oberhalb auf und beobachtete die Ludwigsallee und den Godelsberg. Außer dem Schrei eines einsamen Vogels und dem Säuseln des Windes in den Bäumen hörte Rotfux nichts. Während er in die Nacht lauschte, sah er ein einzelnes Auto die Ludwigsallee heraufkommen. Fährt wahrscheinlich zum Klinikum oder nach Haibach, dachte er. Doch der blaue VW Golf drosselte die Geschwindigkeit, setzte den Blinker und bog nach links zum Godelsberg ab. Rotfux stand ganz still und hielt den Atem an. Er sah, wie ein kräftiger Mann mit dunkler Pudelmütze aus dem Fahrzeug stieg, etwas aus dem Kofferraum nahm und auf dem Weg von oben in die kleine Parkanlage kam. Donnerwetter, das könnte er sein, dachte Rotfux. Er schickte eine SMS an den jungen Seidelmann: ›Achtung – Verdächtiger kommt!‹

Das Handy von Seidelmann vibrierte in der Hosentasche. Er schreckte auf und lauschte. Tatsächlich, Schritte von oberhalb. Der Mann schien es eilig zu haben, schaute nicht nach rechts und links, sondern ging zielstrebig in

Richtung des unteren Ausgangs. Seine Schritte waren auf dem asphaltierten Weg deutlich zu hören, jetzt in der Nacht, wo ansonsten alles ganz still war. Seidelmann steckte sein Handy zurück in die Hosentasche. War wohl nichts, dachte er. Im nächsten Augenblick hörte er etwas, das ihn aufhorchen ließ. Das klägliche Miauen einer Katze drang an sein Ohr. Es wehte mit dem leichten Wind den Hang herauf. Rotfux musste es ebenfalls gehört haben. ›Achtung, es geht los‹, vibrierte eine weitere SMS auf das Handy von Seidelmann. Dieser vernahm wieder das Miauen einer Katze. Es kam langsam näher. Auch waren die Schritte des Mannes deutlicher zu hören. Er kam scheinbar von unten zurück. Seidelmann blickte angestrengt in die Nacht. Die Bäume ragten schwarz in die Höhe, das Denkmal von König Ludwig stellte einen seltsamen Gegensatz zur sonstigen Dunkelheit dar, in der es sich angestrahlt in den Nachthimmel erhob. Seidelmann sah die dunkle Gestalt mit der Mütze zwischen den Bäumen. Sie ging gebückt, langsam, fast schleichend. In der rechten Hand hielt sie etwas und ließ ab und zu Teile davon zu Boden fallen. Einige Meter dahinter folgte eine schwarze Katze, die miaute, wenn der Mann länger nichts zu Boden warf.

›Ich sehe ihn. Zugriff?‹, schrieb der junge Seidelmann eine SMS an Rotfux.

›Warten!‹, kam die Antwort.

Also sah er weiter zu, was der Mann in seinem langen dunklen Mantel mit der Katze trieb. Noch ging er liebevoll mit dem Tier um, hielt ihm die Hand mit Leckerlis hin, setzte sich auf die Stufen der Ludwigssäule, nahm die Katze sogar auf den Schoß, kraulte sie hinter den Ohren und setzte sie wieder ab. Ist womöglich sein eigenes Tier, dachte Seidelmann. Nach einiger Zeit erhob sich der Mann mit der dunklen Mütze und ging weiter nach oben in Richtung seines Autos. Die schwarze Katze folgte ihm, strich dem Mann zutraulich um die Beine. Weiterhin ließ er ab und an etwas fallen, was die Katze gierig fraß.

›Verfolgen und Zugriff beim Auto‹, schrieb Rotfux.

Seidelmann sprang auf. Im Vorbeigehen stieß er Oberwiesner an, der aufschreckte und seinen massigen Körper langsam in die Höhe wuchtete. Seidelmann deutete auf die dunkle Gestalt, die inzwischen fast ihr Auto erreicht hatte. Oberwiesner nickte. Der junge Seidelmann rannte los. Der Mützenmann zuckte zusammen und drehte sich um. Er hatte ihn bemerkt, packte die Katze im Genick, warf sie in den Kofferraum seines VW Golf, sprang in das Fahrzeug und startete. Seidelmann rannte so schnell er konnte, war aber um Sekunden zu spät. Im selben Augenblick schoss ein Streifenwagen mit Blaulicht aus der Schongauer Straße auf die Ludwigsallee und raste auf den Godelsberg zu. Bevor der blaue VW Golf den Godelsberg verlassen konnte, blockierte der Streifenwagen die Straße, drei Beamte umringten mit gezogenen Waffen den Golf und zerrten den Mützenmann aus seinem Fahrzeug. Der Kommissar kam über die Wiese gerannt, die zwischen der kleinen Parkanlage und der Straße lag, und war im nächsten Augenblick bei den Männern.

»Sehr gut gemacht, Kollegen«, lobte er.

Rotfux wusste, dass er die Gunst des Augenblickes nutzen musste. In der ersten Überraschung würde der Festgenommene, wenn es gut lief, einiges preisgeben, bevor er später möglicherweise die Aussage verweigerte.

»Bitte Kollegen, lasst mich mal kurz im Streifenwagen mit ihm sprechen«, sagte Rotfux. »Das Blaulicht lasst bitte noch an, damit die Verstärkung uns sieht, die ich angefordert habe.«

Der Kommissar wollte den Katzendieb einschüchtern, damit er in der ersten Panik Auskunft gab.

»Name, Adresse, Telefon?«, begann Rotfux seine Befragung.

Der Mützenmann, der bleich und zusammengesunken im Streifenwagen saß, gab bereitwillig Auskunft, sagte, dass er Peter Vogt hieße und machte die übrigen Angaben.

»Haben Sie einen Ausweis bei sich?«

Auch diesen gab der Verdächtige heraus.

»Wo arbeiten Sie?«

»Bin Pförtner bei Flieger-Moden.«

»Ist ja interessant«, brummte Rotfux. »Dann hat Sie also Bernhard Flieger beauftragt, die Katzen zu fangen?«

»Nein, wieso?«, brach es aus Peter Vogt heraus.

»Nun ja, jemand von Fliegers muss dahinterstecken. Vielleicht Johann Flieger, Martin Flieger oder sogar Nicole Flieger?«

Peter Vogt zuckte zusammen. »Ich habe nichts mit den Morden zu tun«, stammelte er. »Okay, ich habe die Katzen gefangen. Was sie damit gemacht haben, hat mich nicht interessiert. Ich brauchte Geld, habe Spielschulden, weiß nicht mehr aus noch ein …«

»Und deshalb haben Sie bei den Morden geholfen, Herr Vogt?«

Der Kommissar sah ihm tief in die Augen. Er sah wie seine Pupillen unruhig zitterten, wusste, dass er im Moment leichtes Spiel mit ihm hatte. Das Blaulicht, welches über dem Streifenwagen flackerte, erhellte die Szene gespenstisch.

»Ich habe mit den Morden nichts zu tun«, wiederholte

Peter Vogt und Rotfux hatte das Gefühl, dass er im nächsten Moment anfangen würde zu heulen.

»Ich bitte Sie, Herr Vogt, nun verkaufen Sie mich nicht für dumm. Sie stecken hinter diesen ganzen Katzengeschichten. Sie haben das Katzenblut im Frühjahr an die Türen der Stiftskirche geschmiert. Und erst kürzlich haben Sie die Gräber von Ilona Drucker und Maria Beletto auf dem Altstadtfriedhof mit Katzenblut besudelt und dort schwarze Kerzen abgebrannt. Sie müssen es gewesen sein ...«

Peter Vogt schwieg. Rotfux sah ihm an, dass es in ihm arbeitete. Entweder würde er noch etwas sagen oder demnächst die Aussage verweigern. Lange würde er nicht mehr kooperieren.

»Okay, das war ich. Brauchte einfach Geld«, stammelte Peter Vogt.

»Sehr schön, Herr Vogt«, lobte ihn der Kommissar und sah ihn freundlich an. »Wenn Sie uns mit Ihren Aussagen helfen, kann das zu Ihren Gunsten ausgelegt werden. Bestimmt haben Sie auch die Drohbriefe an Thomas Drucker und Maria Beletto erstellt. Da werden wir die Fingerabdrücke prüfen.«

»Aber ich habe Handschuhe getragen«, wehrte sich Peter Vogt.

»Also: Sie haben die Briefe erstellt«, stellte Rotfux zufrieden fest.

»Ja, schon, aber mit den Morden habe ich nichts zu tun. Ich brauchte einfach Geld.«

»Man kann allerdings auch für Geld morden, Herr Vogt«, sagte der Kommissar sehr nachdrücklich. »Also raus mit der Sprache. Wer hat Ilona Drucker und Maria Beletto ermordet?«

»Damit habe ich nichts zu tun«, stammelte Peter Vogt wieder.

»Sie brauchen uns nur zu sagen, wer es war, Herr Vogt. Damit können Sie sich selbst entlasten.«

Peter Vogt wurde ganz still und rang nach Worten. »Das kann ich nicht, Herr Kommissar. Wenn ich das sage, bin ich ein toter Mann. Sie sind verdammt gefährlich.«

»Es sind also mehrere?«

»Ich sage nichts mehr, Herr Kommissar. Habe schon viel zu viel gesagt. Ich will einen Anwalt.«

Rotfux lächelte. »Wie Sie meinen, Herr Vogt. Die Wahrheit werde ich auf jeden Fall ans Licht bringen.«

Noch mitten in der Nacht rief Kommissar Rotfux bei Thomas Drucker an. Er berichtete ihm, dass sie Peter Vogt festgenommen hatten und nun wussten, wer für die Schmierereien an der Stiftsbasilika verantwortlich war.

»Uns ist ein ganz dicker Fisch ins Netz gegangen«, freute sich Rotfux. »Wir haben mehrere vermisste Katzen in seiner Wohnung gefunden. Er hat zugegeben, im Frühjahr die Drohbriefe verteilt zu haben.«

»Trotzdem wissen wir weiterhin nicht, wer die Morde begangen hat«, stellte Thomas enttäuscht fest.

»Ja, das stimmt. Deshalb rufe ich Sie an, Herr Drucker. Ich möchte Sie bitten, morgen Ihre Wohnung nicht zu verlassen. Die Wohnung kennt niemand. Dort sind Sie sicher. Ansonsten befürchte ich, dass Schlimmes passieren könnte.«

»Aber die Firma, ich muss in die Firma.«

»Dort melden Sie sich einfach krank. Ich werde zusätzlich Herrn Bernhard Flieger informieren. Er hat mir hoch und heilig versprochen, dass er Sie jederzeit in Schutz nehmen wird.«

»Und wie lange soll das gehen?«, fragte Thomas nach.

»Ich denke, ein bis zwei Tage. Bis dahin habe ich Peter Vogt weichgeklopft und er sagt uns, wer seine Auftraggeber sind.«

Kommissar Rotfux klang fröhlich und siegesgewiss. Selten hatte ihn Thomas so entspannt erlebt wie in dieser Nacht. Er hatte zwar ein komisches Gefühl bei dem Gedanken, den ganzen Tag in seiner Wohnung zu sitzen, akzeptierte aber den Vorschlag des Kommissars. Am nächsten Morgen rief er, noch bevor er richtig aufgestanden war, Sabine auf ihrem Handy an.

»Hallo, Sabine.«

»Hallo, Thomas! Schön, dass du anrufst. Bist du bereits in der Firma?«

»Nein, das wollte ich dir sagen. Ich werde heute nicht in die Firma gehen.«

»Nicht in die Firma?«, fragte sie verwundert. »Was ist los? Bist du krank?«

»Das kann ich dir am Telefon nicht sagen. Wenn du möchtest, kannst du vorbeikommen.«

Er sprach noch eine Zeit lang mit ihr, dann verabschiedeten sie sich. Er duschte, machte sich gemütlich fertig, genoss die Ruhe seiner Wohnung und wünschte sich, dass Sabine kommen möge. Am späten Vormittag besuchte sie ihn tatsächlich.

»Was ist los, Thomas? Zum ersten Mal gehst du nicht in die Firma. Was hat das zu bedeuten?«

Er erklärte ihr die Vorsichtsmaßnahme von Kommissar Rotfux.

»Verlass das Haus wirklich nicht«, beschwor sie ihn. »Ich werde für dich einkaufen.«

Sie besuchte den Tante-Emma-Laden um die Ecke und

versorgte Thomas mit frischen Brötchen, einigen Süßigkeiten, Obst, mehreren Konserven und verschiedenen Getränken.

»So kannst du notfalls einige Tage aushalten«, verabschiedete sie sich. »Ich komme heute spät am Abend wieder, wenn ich meinen Yoga-Kurs hinter mir habe.«

»Mach's gut. Bis dann«, sagte er und gab ihr einen Abschiedskuss.

Er war sehr froh, dass sich Sabine so rührend um ihn kümmerte.

27

Am Abend des gleichen Tages, als es langsam dunkel wurde, hörte Thomas Schritte im Vorgarten. Oh, Sabine kommt früher, dachte er. Vielleicht ist ihr Yoga-Kurs ausgefallen. Er sah aus dem Wohnzimmerfenster, konnte sie aber nicht mehr sehen und nahm an, dass sie bereits direkt vor der Haustür stand. Die Klingel läutete. Er ging nach unten und öffnete. Im selben Augenblick traf ihn ein schwerer Schlag am Kinn. Er taumelte und sank nach hinten. Das Treppenhaus drehte sich vor seinen Augen, er hielt sich noch am hölzernen Treppengeländer fest und ging dann endgültig in die Knie.

»Los die Treppe hoch mit ihm«, zischte der Mann, der ihn geschlagen hatte. Er packte ihn unter den Schultern und schleppte ihn die steile hölzerne Treppe nach oben.

»Leg ihn ins Bett«, sagte die Frau, die ihn begleitete. »Wir lassen ihn volllaufen. Dann ist es leichter für ihn und für uns. Hast du die Tasche mit dem Wein?«

»Ja, hier, ich mach die erste Flasche auf.«

Noch drehte sich alles um Thomas. Der Schlag aufs Kinn hatte gesessen. Er sah die altmodische bräunliche Glasschale der Schlafzimmerlampe an der Decke kreisen und hatte Mühe, die Augen offen zu halten.

»Los, trink«, gab die Frau das Kommando, die er nur schemenhaft erkennen konnte.

Sie hielt ihm die Weinflasche an den Mund und schüttete einfach in ihn hinein. Er war vom Kinnhaken immer noch benommen und konnte sich nicht wehren. Nach der ersten Flasche folgte die zweite und nach der zweiten die dritte. Ich muss die GPS-Kapsel von Kommissar Rotfux schlucken, dachte Thomas. Ich sollte sie schlucken, wenn es gefährlich wird. Jetzt ist es so weit.

»Nun los, zier dich nicht. Noch eine Flasche, dann wird alles gut«, sagte die Frau, während ihr Begleiter die vierte Flasche entkorkte und sie ihr reichte. Wieder schüttete sie den Wein in ihn hinein, sodass er ihm aus den Mundwinkeln lief, als er nicht schnell genug schluckte.

»Jetzt noch den Blutstern«, murmelte der Mann. Er drehte den Deckel von einem Gurkenglas, in dem sich eine rote Flüssigkeit befand. Hastig tauchte er seinen Pinsel in das Glas und malte einen fünfzackigen Stern an die weiß lackierte Küchentür und einen weiteren auf den braunen Holzfußboden des Schlafzimmers. »So, das wird Bernhard das Genick brechen.«

»Ich glaube, jetzt hat er genug«, sagte die Frau und stellte die vierte Weinflasche beiseite. »Wir können ihn mitnehmen.«

»Ich will nicht«, wehrte sich Thomas Drucker. Er griff in seine Hosentasche, schob sich die kleine Metallkapsel mit dem GPS-Sender in den Mund und verschluckte sie, ohne dass seine Peiniger es bemerkten. Bald wird sie Signale senden, dachte er. Wenn die Magensäure sie aktiviert, beginnt sie mit der Übertragung.

Sie hängten ihm einen Mantel über die Schulter und nahmen ihn mit. Die hölzerne Treppe ächzte unter ihrer Last. Von der Haustür schleppten sie ihn durch den Vorgarten zur Straße. Dort wartete ein Kombi mit den Ausmaßen eines Leichenwagens.

»Los, rein mit ihm«, befahl der Mann. Sie schoben ihn auf die vordere Sitzbank, nahmen ihn in ihre Mitte und waren kurz darauf unterwegs in Richtung Zentrum. Er konnte sehen, wohin sie fuhren, auch wenn er vom Alkohol und dem Kinnhaken viel zu benommen war, um sich irgendwie zu wehren. Er erkannte den Kreisverkehr an der Lamprechtstraße, merkte, dass sie zum Güterberg abbogen und die Einfahrt zum Altstadtfriedhof nahmen.

»Super! Die Torflügel stehen offen«, flüsterte der Mann. Sie fuhren mit dem Kombi langsam bis zur Aussegnungshalle, öffneten den Kofferraum, holten einen Sarg heraus und stellten diesen auf einen der fahrbaren Wagen, mit denen die Särge zu den Gräbern gebracht wurden.

»So, jetzt du, mein Freund«, sagte der Mann und packte Thomas kräftig am Arm. Thomas wehrte sich, wollte sich losreißen, aber nur mit dem Erfolg, dass ihm der Mann einen weiteren Kinnhaken verpasste, der ihn taumeln ließ. Im selben Augenblick stießen zwei Männer mit schwarzen Kapuzen zu ihnen.

»Da seid ihr ja endlich«, sagte die Frau. »Los, packt mit an. Wenn wir den Sarg in der Grube haben, könnt ihr wieder abziehen.« Benommen und unfähig, sich noch zu wehren, hoben sie ihn hoch, ließen ihn in den Sarg gleiten und fesselten ihn.

»Ich will nicht«, versuchte er zu schreien. Aber da war niemand, der ihn hören konnte. Im nächsten Augenblick beendeten sie sein Geschrei, indem sie ihm einen breiten Streifen Klebeband über den Mund zogen.

Thomas lag hart in diesem Sarg. Obwohl der Sarg mit

Samt ausgeschlagen war, spürte er jeden Knochen. Noch schlimmer wurde es, als sie den Deckel schlossen. Ich kriege keine Luft, wollte er schreien. Doch das Klebeband erlaubte nur ein jämmerliches Geräusch. Thomas wollte strampeln, aber die Fesseln hinderten ihn. Also lag er in dieser dunklen Kiste, versuchte mitzubekommen, wohin sie ihn brachten, und hoffte inständig, dass seine kleine GPS-Kapsel ein Signal ausgesendet hatte. Er merkte, wie sie ihn über den Friedhof rollten. Der Weg war holperig, uneben, und Thomas wurde kräftig durchgeschüttelt. Wenn nur Sabine zu seiner Wohnung käme, dachte er. Wenn sie feststellte, dass er verschwunden war, würde sie den Kommissar benachrichtigen. Er merkte, dass sie stoppten und den Sarg vom Wagen hoben. Grausam war es, in dieser Kiste zu liegen und nichts tun zu können. Bitte hilf mir, kleiner Sender! Gib Meldung an Kommissar Rotfux, damit er mich rettet. Bitte! Er merkte, dass sie den Sarg in eine Grube abseilten. Er kam hart auf. Das ist das Ende, dachte er. Er wunderte sich, dass er noch Luft bekam. So ein Sarg schließt nicht so gut, wie man vermutet, überlegte er. Er bäumte sich auf und schlug mit dem Kopf von innen an den Sargdeckel. Doch niemand half ihm. Als die ersten Erdklumpen auf den Sarg donnerten, geriet Thomas Drucker vollends in Panik. Sie wollen mich bei lebendigem Leib begraben! Noch mehrmals bäumte er sich auf und schlug mit dem Kopf an den Sargdeckel. Dann gab er auf. Er lag ganz still. Er hörte das Poltern der Erde auf dem Sarg. Er schlug zum letzten Mal mit aller Kraft gegen den Deckel. Schließlich konnte er nicht mehr. So ist es also, wenn man stirbt, waren seine letzten Gedanken.

Kommissar Rotfux befragte gegen Abend, als es schon dunkel wurde, zum zweiten Mal Peter Vogt.

»Bitte nennen Sie uns Ihre Auftraggeber, Herr Vogt. Wenn Sie mit uns zusammenarbeiten, können Sie mildernde Umstände erreichen. Wir müssen einen weiteren Mord verhindern.«

Rotfux konnte nicht ahnen, was sich zur selben Zeit auf dem Aschaffenburger Altstadtfriedhof abspielte.

»Ich habe schon gesagt, dass ich die Auftraggeber nicht nennen kann«, wehrte sich Peter Vogt. »Sie sind brutal. Ich bin ein toter Mann, wenn ich sie verrate.«

»Wir können Sie beschützen, Herr Vogt. Wenn Ihre Auftraggeber hinter Gittern sitzen, können sie Ihnen nichts mehr anhaben.«

Doch Peter Vogt blieb hart. Auf die Frage nach den Auftraggebern war seine Antwort immer dieselbe. Zwar gab er zu, auch das Pentagramm in den Schnee vor Maria Belettos Wohnung gemalt zu haben, aber mit den Morden wollte er nichts zu tun haben.

»Wie sieht es mit dem Anschlag beim Schloss Mespelbrunn aus?«, bohrte Rotfux weiter.

»Welcher Anschlag?«, stellte sich Peter Vogt dumm. »Ich weiß nichts von einem Anschlag.«

Während Kommissar Rotfux sich die nächste Frage überlegte, begann sein Handy einen schrillen Ton auszusenden.

Peter Vogt schreckte zusammen. »Was ist das?«, fragte er neugierig.

Der Kommissar überhörte seine Frage. Er bat den Polizisten, welcher vor der Tür wartete, Peter Vogt in Gewahrsam zu nehmen. Dann rannte er aus seinem Büro und klopfte bei Otto Oberwiesner und dem jungen Seidelmann an die Tür.

»Kommt Männer, schnell, es geht um Leben und Tod. Der GPS-Melder von Thomas Drucker hat angeschlagen.«

Die drei rasten die Treppe des Kommissariats nach unten, stürmten durch die Sicherheitsschleuse am Eingang nach draußen und saßen wenig später in Oberwiesners grünem VW Passat.

»Los, Otto, gib Gas. Er scheint in höchster Gefahr zu sein.« Der Kommissar saß auf dem Beifahrersitz und gab die Richtung an. »Zum Altstadtfriedhof. Ich weiß zwar nicht, was das bedeutet, aber das Signal kommt vom Friedhof.«

Oberwiesner fuhr, was das Zeug hielt. Er brauste über die Großostheimer Straße, überfuhr eine rote Ampel, raste über die Willigsbrücke, jagte Richtung Floßhafen, den Güterberg hinauf und fuhr in den Haupteingang des Altstadtfriedhofs hinein. Vor der Aussegnungshalle kam er zum Stehen. Rotfux sprang aus dem Fahrzeug.

»Los, Männer, mir nach«, kommandierte er. Er hielt sein Smartphone vor sich, auf dessen Bildschirm er das GPS-Signal verfolgen konnte. »Es muss hinter dem Kriegerdenkmal sein«, erklärte er im Laufen. Der junge Seidelmann hielt locker mit, während der schwergewichtige Oberwiesner nach wenigen Schritten laut japsend hinter ihnen her keuchte. Vorbei am Denkmal für die gefallenen Soldaten, dem Signal folgend, hastete Rotfux über den Friedhof. Am Ende des Gräberfeldes verlangsamte er seine Schritte. Er drehte sich um und sah Seidelmann dicht hinter sich. Er gab ihm ein Zeichen, dass sie still sein müssten, indem er zwei Finger der rechten Hand über seine Lippen legte. Seidelmann verstand und schlich hinter ihm her. Sie gingen jetzt leise auf dem Gras, welches zwischen den Grabkreuzen wuchs, die an die Opfer von Bombenangriffen und Zerstörungen in Aschaffenburg erinnerten. Rotfux setzte einen Fuß vor den anderen, still und tastend, als ob er die Ruhe der Toten nicht stören durfte. Die Trauerbirken, deren Blätter sich zu verfärben begannen, bildeten ein schützendes Dach über dem Weg, der an der mächtigen Friedhofsmauer endete. Die letzten Meter schlich Rotfux fast lautlos über das Gras. Er hörte Geräusche: Das Poltern von Erde, die vermutlich auf einen Sarg fiel. Rotfux schlich weiter, bis er um die Buchenhecke schauen konnte, welche einige Grabstellen schützend umgab. Dann sah er das Unvorstellbare: Oskar Leitner und Nicole Flieger standen an einem offenen Grab und schaufelten Erde hinein. Zuerst bemerkten sie Rotfux gar nicht. Erst als er seine Waffe zog und »Hände hoch« rief, schreckten sie zusammen. Danach ging alles blitzschnell. Der junge Seidelmann war sofort bei den beiden und fesselte sie mit Handschellen an die schwere Sitzbank, die hinter den Grabstellen an der Friedhofsmauer stand.

»Otto, schnell, der Sarg«, rief Rotfux, als Otto Oberwiesner auftauchte. Oberwiesner zögerte nicht lange. Er versuchte mit einem Spaten, der neben dem Grab lag, den Sargdeckel aufzuwuchten. Quietschend lösten sich die Schrauben, mit denen der Sarg notdürftig verschlossen war. Dann sprang der Deckel plötzlich mit Wucht nach oben und gab den Blick auf Thomas Drucker frei.

»Los, wir müssen ihn da rausholen«, rief der Kommissar. »Seidelmann, helfen Sie Oberwiesner. Ich behalte so lange die beiden im Auge.«

Seidelmann stieg flink nach unten. Er löste die Fesseln von Thomas Drucker, aber der gab kein Lebenszeichen von sich.

»Mist, was habt ihr mit ihm gemacht?«, fluchte Rotfux. »Wenn er tot sein sollte, habt ihr den dritten Mord auf dem Gewissen.«

Er bestellte über den Notruf einen Rettungswagen. »Er muss sofort ins Klinikum. Vielleicht ist er noch zu retten.«

Nach und nach gelang es dem jungen Seidelmann zusammen mit Otto Oberwiesner, den regungslosen Körper an die Oberfläche zu schaffen.

»Er atmet kaum noch«, stellte Oberwiesner fest. Der junge Seidelmann fackelte nicht lange, sondern begann sofort mit einer Atemspende, wie er es beim Kurs in Erster Hilfe auf dem Kommissariat gelernt hatte: Er unterstützte Thomas Druckers Respiration immer genau dann, wenn dieser gerade schwach ausgeatmet hatte. Nach kurzer Zeit erschien mit Blaulicht und Sirene ein Rettungswagen. Rotfux beorderte die Männer mit ihrer Trage ans Grab.

»Er muss durchkommen«, flehte er die Männer förmlich an. »Alles andere wäre eine Katastrophe. Übrigens: Er hat eine GPS-Kapsel im Magen oder Darm. Die wird sicher wieder abgehen, nur wundern Sie sich nicht, wenn Sie ihn röntgen.«

Nicole Flieger und Oskar Leitner saßen die ganze Zeit in Handschellen auf der Friedhofsbank an der Mauer und sagten nichts. Nachdem Thomas Drucker durch die Sanitäter abtransportiert worden war, wandte sich Rotfux den beiden zu. Er schaltete unauffällig das kleine Diktiergerät ein, das er für solche Situationen immer bei sich trug.

»Ich wusste doch, dass es mit Ihren Modefirmen zu tun hat«, sagte er. »Irgendwie hatte ich das Gefühl, dass es Bernhard Flieger nicht sein konnte. Jetzt ist natürlich alles klar. Sie wollten Bernhard Flieger dadurch loswerden, dass er als Mörder ins Zuchthaus wandert. Deshalb der ganze satanische Klamauk, diese Sterne aus Katzenblut, mit denen er in Wirklichkeit gar nichts zu tun hatte. Sie haben beim Überfall in Mespelbrunn sogar seine Motorradstiefel getragen, um den Verdacht auf ihn zu lenken.«

Oskar Leitner lachte. »Das müssen Sie erst mal beweisen, Herr Kommissar.«

»Lachen Sie nicht zu früh, Herr Leitner. Ich habe Beweise gesammelt und auch Zeugen. Wir haben Peter Vogt auf frischer Tat ertappt und er hat alles gestanden.«

»Siehst du, ich habe gesagt, wir sollten die Finger von diesem Pförtner lassen«, fuhr Nicole Flieger ihren Komplizen Oskar Leitner an. Sie sah blass aus und hatte Tränen in den Augen.

»Jetzt ist es dafür zu spät, Frau Flieger. Wir haben Peter Vogt gefasst und Sie können nur hoffen, dass Thomas Drucker überlebt. Er ist übrigens der Sohn von Bernhard Flieger. Aber das wissen Sie ja bereits.«

Kommissar Rotfux bluffte an dieser Stelle. Er wollte ihre Reaktion testen und sie biss tatsächlich an.

»Jaja, Ilona Drucker hat es mir damals gesagt, als sie Bernhard besuchen wollte. Das hat alles ins Rollen gebracht. Oh mein Gott ...«

Rotfux bluffte weiter. »Wir haben ein Haar von Ilona Drucker an Ihrer Garderobe gefunden. Also wussten wir, dass Sie bei Ihnen war. Da Ihr Mann sie nicht gesehen hat, konnte sie nur bei Ihnen gewesen sein. Eigentlich alles ganz einfach, wenn man erst einmal klar sieht. Sie haben Ilona Drucker ermordet und wollten Thomas Drucker ausschalten, um ihre Erbschaft bei Flieger-Moden zu sichern. Maria Beletto wusste zu viel. Deshalb musste sie sterben. Ihren Mann versuchten Sie ins Zuchthaus zu bringen, damit er Ihnen und Oskar Leitner nicht mehr im

Weg stünde. Schließlich hätten Sie Ihre Tochter mit Alexander Leitner verheiratet, um die unumschränkte Herrscherin des Textilimperiums ›Maintex‹ zu werden. War alles gut ausgetüftelt.«

Nicole Flieger schüttelte sich unter einem Weinkrampf. »Nur weil dieser blöde Vogt nicht in der Lage war, unauffällig ein paar Katzen zu fangen«, schluchzte sie.

»Tja, irgendeinen Fehler macht jeder einmal. Den perfekten Mord gibt es nicht«, freute sich der Kommissar. »Wir haben inzwischen übrigens festgestellt, dass der Knopf, den wir im Pompejanum gefunden haben, doch von einer Ihrer Blusen stammt, auch wenn Sie ihn inzwischen ersetzt hatten. Woher wussten Sie übrigens, dass Thomas Drucker zurück aus Kenia war?«

Nicole Flieger weinte. »Ich hab' es von Sabine erfahren.«

»Sag nichts mehr, Nicole. Nur noch mit Anwalt«, mischte sich Oskar Leitner ein.

»Das wird nichts nützen, Herr Leitner«, belehrte ihn Kommissar Rotfux bissig. »Sie sind des zweifachen Mordes schuldig, Herr Leitner, und des mehrfachen Mordversuches. Oder wollen Sie etwa sagen, Nicole Flieger hat das alles allein getan?«

Das Kalkül von Rotfux ging auf. Sofort meldete sich Nicole Flieger zu Wort. »Natürlich war er mit dabei«, protestierte sie. »Versuch dich jetzt nicht zu drücken, Oskar.«

»Dumme Pute«, bruddelte Oskar Leitner ärgerlich vor sich hin. »Hast ja keine Ahnung, was du da gerade anrichtest.«

»Seien Sie nicht so überheblich, Herr Leitner«, fuhr ihn der Kommissar an. »Wir wissen viel mehr, als Sie denken. Zum Beispiel können wir genau sagen, was Sie über Aaron Loroupe in Kenia eingefädelt haben.«

Rotfux hatte bei der Nennung des Namens bewusst den Vornamen ›Moses‹ durch ›Aaron‹ ausgetauscht. Oskar Leitner ging ihm prompt auf den Leim.

»Ich kenne keinen Moses Loroupe in Kenia«, wehrte er sich.

»Aber Sie wissen scheinbar, dass er mit Vornamen Moses Loroupe statt Aaron Loroupe heißt.« Der Kommissar lächelte zufrieden. Er war bekannt für seine cleveren Vernehmungstaktiken und freute sich, dass ihm Oskar Leitner in die Falle gegangen war.

Der junge Seidelmann hatte inzwischen die Tasche für die Spurensicherung und einen Fotoapparat aus dem Auto geholt.

»Seidelmann«, wies ihn Rotfux an, »bitte machen Sie mal ein Bild von unserem Pärchen auf der Bank. Auf frischer Tat ertappt. Sehen fast romantisch aus, die beiden.«

Zufrieden schaltete er sein Diktiergerät aus. Das dürfte reichen, dachte er.

Thomas Drucker kam im Klinikum wieder zu sich. Er lag auf der medizinischen Intensivstation, umgeben von Geräten und Schläuchen. Sabine saß an seinem Bett und hielt ihm die Hand.

»Hallo, Sabine«, sagte er schwach, »tut mir leid, dass ich dir wieder Ärger mache.«

Sie sagte nichts, sondern sah ihn nur an. Tränen rollten über ihre Wangen.

»Was ist los, Sabine? Freust du dich denn nicht, dass ich noch lebe?«

»Doch, natürlich, aber weißt du denn gar nicht, was passiert ist?«

Thomas Drucker versuchte nachzudenken. In seinem

Kopf drehte sich alles. »Ich weiß nicht, ich fühle mich ganz durcheinander, Sabine.«

Er sah die silbern glänzende Flasche über seinem Bett, aus der Tropfen für Tropfen eine Flüssigkeit durch eine Plastikkanüle in seinen Arm floss.

»Wie lange bin ich bereits hier?«, fragte er.

»Seit drei Tagen. Du hast die ganze Zeit geschlafen.«

»Ich weiß wirklich nicht, was passiert ist. Sie haben mich in meiner Wohnung überfallen, haben mir literweise Wein eingeflößt, einen Blutstern an die Küchentür geschmiert und einen auf den Fußboden, mich in einen Sarg gelegt. Ich konnte im letzten Augenblick die Kapsel von Kommissar Rotfux schlucken, das ist alles, was ich weiß.«

»Von welcher Kapsel redest du?«

»Ach so, das hatte ich dir gar nicht erzählt. Der Kommissar hatte mir eine kleine Kapsel gegeben, in der sich ein GPS-Sender befand. Sie hat mir das Leben gerettet, weil sie dem Kommissar meine Position übermittelt hat.«

Sabine war ganz still und drückte leise seine Hand. »Du weißt also nicht, wer es war?«

»Nicht wirklich. Sie kamen mir bekannt vor, aber ich war so benommen durch den Schlag. Es waren zwei, ein Mann und eine Frau. Es ist eine solche Leere in meinem Kopf, alles wie weggeblasen.«

Sabine weinte.

»Was ist los, Sabine? Nun wein' doch nicht. Wir beide schaffen es.«

Sie schluchzte und drückte zärtlich seine Hand. »Es ist etwas Schreckliches passiert, Thomas.«

»Warum denn? Ich lebe doch.«

»Ja, zum Glück, du lebst, aber …«

»Was, aber?«

»Aber meine Mutter wollte dich ermorden!«

Thomas Drucker merkte, wie ihn dieser Satz wie ein Keulenschlag traf. Jetzt wurden die verschwommenen Bilder deutlicher. Er sah ihre Mutter, wie sie sich über ihn beugte, wie sie ihm den Wein einflößte, wie sie ihm den Mund zuklebte und den Deckel auf den Sarg hob.

»Oh mein Gott«, seufzte er.

Im nächsten Augenblick war ihm klar, warum Sabine weinte. Sie hatte ihn behalten dürfen, doch ihre Mutter verloren. »Oh mein Gott, Sabine.«

Sie drückte seine Hand und weinte heftiger.

»Wahrscheinlich hat sie auch deine Mutter ermordet und deine Oma, Maria Beletto. Jedenfalls meint das die Polizei. Gemeinsam mit Oskar Leitner. Die beiden hatten ein Verhältnis.«

Thomas Drucker strengte sich an, um alles zu verstehen. Er dachte an seine Mutter und erinnerte sich, dass sie tot war. Er sah Maria Beletto vor sich, die ihm das Kruzifix geschenkt hatte, und begriff, dass auch sie nicht mehr lebte.

»Das soll alles deine Mutter getan haben?«

»Jedenfalls sagt das Kommissar Rotfux. Ich weiß nicht, ob du mich überhaupt noch lieben kannst: die Tochter einer Mörderin?«

Thomas Drucker sah Sabine an. Er sah ihr hübsches Gesicht, ihre blauen Augen, ihre süße Stupsnase und er wusste, dass sein Leben vor ihm saß. Er drückte ihre Hand und sie drückte zurück. Er merkte, dass seine Augen feucht wurden.

»Ich liebe dich, Sabine, egal was passiert. Du kannst nichts für deine Mutter. Es wird schwer für uns werden, aber wir werden es schaffen. Jetzt bin ich endlich frei.

Frei für dich. Ich will mit dir leben, will Kinder mit dir haben, will wieder nach Kenia mit dir reisen, will mit dir die Giraffen über die Savanne schweben sehen, die Löwen unter den Schirmakazien beobachten, die Massai besuchen, die mir das Leben gerettet haben, nur mit dir.«

Sie beugte sich über ihn und ihre Lippen berührten sich. Sie vergaßen alles um sich herum. Sie bemerkten die Schwester nicht, die nach Thomas sehen wollte, vergaßen für einen Augenblick alles, was geschehen war, und als sie ihren Kuss beendeten, wusste Sabine, dass alles so kommen würde, wie er es sagte.

ENDE

*Weitere Titel finden Sie auf den
folgenden Seiten und im Internet:*

WWW.GMEINER-VERLAG.DE

Dieter Wölm
Von der Stange
Kriminalroman
316 Seiten, 12 x 20 cm
Paperback
ISBN 978-3-8392-2538-7
€ 14,00 [D] / € 14,40 [A]

Die Tochter eines Aschaffenburger Versandhausmillionärs wird entführt. Im Erpresserschreiben wird verlangt, keine Billigmode mehr aus Bangladesch und Pakistan anzubieten. Kurze Zeit später verschwindet eine weitere junge Frau. Von ihr werden in der Nähe der Aschaffenburger Hochschule ein Turnschuh und etwas Blut gefunden. Kommissar Rotfux und sein Dackel Oskar haben alle Hände voll zu tun. Als Rotfux glaubt, dass es schlimmer nicht mehr kommen kann, wird der Versandhausinhaber Thomas Herder selbst vermisst gemeldet …

WWW.GMEINER-VERLAG.DE
Wir machen's spannend

Blutige Rache

Dieter Wölm
Weinmordrache
Kriminalroman
339 Seiten, 12 x 20 cm
Paperback
ISBN 978-3-8392-2058-0
€ 14,00 [D] / € 14,40 [A]

Im Fassweinkeller des Schlosses Aschaffenburg hängt zwischen zwei Weinfässern Emil Franke. Mit Blut haben seine Mörder die Zahl 7887 an eines der Weinfässer geschmiert. Sein Dackel Oskar sitzt bellend bei dem Toten und weicht nicht von dessen Seite. Kommissar Rotfux kümmert sich um den Dackel und dieser wird zum treuen Begleiter des Kommissars. Während Rotfux in alle Richtungen ermittelt, geschieht ein weiterer Mord in einem Weinkeller. Wieder ist die Zahl 7887 mit Blut an ein Weinfass geschmiert ...

GMEINER SPANNUNG

WWW.GMEINER-VERLAG.DE
Wir machen's spannend

Dieter Wölm
Mainfall
Kriminalroman
384 Seiten, 12 x 20 cm
Paperback
ISBN 978-3-8392-1125-0
€ 11,90 [D] / € 12,30 [A]

Ein Unbekannter wird bei Aschaffenburg halb tot aus dem Main gezogen. Es grenzt fast an ein Wunder, dass er noch lebt. Kommissar Rotfux übernimmt den Fall. Der Fremde kann sich an nichts erinnern, nicht einmal an seinen Namen. Und niemand scheint ihn zu kennen. Einzig Oskar, ein kleiner Rauhaardackel, tröstet den Mann in seiner Einsamkeit. Als er einen Job und Unterkunft bei einer Witwe findet, könnte er eigentlich zufrieden sein. Doch die Vergangenheit lässt ihn nicht los …

WWW.GMEINER-VERLAG.DE
Wir machen's spannend

Katharina Eigner
Diva del Garda
Gardasee-Krimi
281 Seiten, 13,5 x 21 cm,
Premium-Klappenbroschur
ISBN 978-3-8392-0348-4
€ 16,00 [D] / € 16,50 [A]

Haus verloren, Herz gebrochen: In Riva am Gardasee rappelt sich Restauratorin Rosina wieder auf. Ab jetzt residiert sie im Wohnmobil, und zwar solo. Soweit der Plan. Aber dann überfährt sie beinahe Mario, den gutaussehenden Ex-Kardinal, und wirft ihre Vorsätze schnell über Bord. Ihre Camper-WG entwickelt sich rasch zur Arbeitsgemeinschaft, denn ein Kunstwerk hat den Besitzer gewechselt. Rosina will das Gemälde aufspüren und schaltet in den Ermittler-Modus. Freie Fahrt für die Diva del Garda!

WWW.GMEINER-VERLAG.DE
Wir machen's spannend

Anne Nørdby
Rot. Blut. Tot.
Thriller
512 Seiten, 13,5 x 21 cm,
Premium-Klappenbroschur
ISBN 978-3-8392-0430-6
€ 17,00 [D] / € 17,50 [A]

»Da war der Wolf. Er kam jede Nacht. Nebelgrau, mit gelben Augen und mächtigen Pfoten. Er konnte seine Krallen durch den Stoff seines Hemdes spüren. Sie drangen in ihn ein. Der ganze Wolf drang in ihn ein …«

Nach 30 Jahren Haft kehrt ein entlassener Mörder in seine alte Heimat auf die Insel Møn zurück. Alle wissen, was der „Wolf von Møn" damals getan hat. Als Leichen mit brutal auseinandergerissenen Kiefern auftauchen, beginnt für die Super-Recognizerin Marit Rauch Iversen und ihre Kollegen von der Kopenhagener Mordkommission eine Menschenjagd.

GMEINER SPANNUNG

WWW.GMEINER-VERLAG.DE
Wir machen's spannend

DIE NEUEN

ISBN 978-3-8392-0154-1 — AM INN
ISBN 978-3-8392-2730-5 — AUGSBURG UND BAYERISCH-SCHWABEN
ISBN 978-3-8392-0155-8 — FÜNFSEENLAND
ISBN 978-3-8392-0158-9 — HARZ

ISBN 978-3-8392-0160-2 — mit Hund NORDSEEKÜSTE NIEDERSACHSEN
ISBN 978-3-8392-0159-6 — LÜNEBURGER HEIDE
ISBN 978-3-8392-0161-9 — NIEDERRHEIN
ISBN 978-3-8392-0163-3 — OSTSEE MECKLENBURG-VORPOMMERN

ISBN 978-3-8392-0164-0 — OSTSEE SCHLESWIG-HOLSTEIN
ISBN 978-3-8392-2626-1 — SACHSEN
ISBN 978-3-8392-0156-5 — Für Senioren BODENSEE
ISBN 978-3-8392-0157-2 — Für Senioren NORDSEE SCHLESWIG-HOLSTEIN

ISBN 978-3-8392-0166-4 — SÜDLICHE WEINSTRASSE UND PFÄLZERWALD
ISBN 978-3-8392-0166-4 — SÜDTIROL
ISBN 978-3-8392-2838-8 — USEDOM
ISBN 978-3-8392-0168-8 — WIESBADEN RHEIN-TAUNUS RHEINGAU

GMEINER KULTUR

WWW.GMEINER-VERLAG.DE
Mensch, Kultur, Region

Zeitfracht Medien GmbH
Ferdinand-Jühlke-Straße 7,
99095 - DE, Erfurt
produktsicherheit@zeitfracht.de